2011年パリ・シンポジウム

物語の言語

時代を超えて

寺田澄江
小嶋菜温子
土方洋一
編

青簡舎

Colloque à Paris 2011
La parole romanesque à travers les siècles
Sous la direction de Sumie TERADA, Naoko KOJIMA et Yoichi HIJIKATA
Editions Seikansha 2013
ISBN978-4-903996-62-2

開会の辞

イナルコ日本研究センター所長
アンヌ・バヤール＝坂井

本日、このように特殊な状況の中で開かれるシンポジウムに御参加、御出席下さいました皆様に、心からお礼を申し上げます。私たち主催者は皆様の御参加を、そしてその重要性を重く受け止めさせて頂きたいと存じます。

今開かれようとしているこのシンポジウムは当初予定されていたものからはほど遠く、また当初我々が望んでいたものとはかけ離れています。ここ一週間日本で起き、また今だに起こりつつある悲劇が、そのような変更を余儀ないものにしました。この状況を踏まえて、シンポジウムを維持するべきか、中止するべきか迷ったことは言うまでもありません。しかし、最終的にはプログラムを縮小し、また変更しつつも維持することに致しました。それは究極的には大学の役割、文化の意味、知識の共有を、日本が今経験している試練を前にしてどう位置づけるかにかかっているからです。そしてシンポジウムを中止することも、全く形を変えずに維持することも、同じようにその役割を過剰評価することに繋がると判断したからです。

大学の役割、知識の共有など、犠牲者の方たちの死、被災者の方たちの苦しみを前にしてほぼ無意味であることは確かです。にもかかわらずシンポジウムを中止することは、その無意味さを否定することになり、無意味なものを中止することは無意味な訳ですから、それは大学人、文化人の驕りでしかないでしょう。あるいは中止することにより安易で自己陶酔的な、自虐的満足を求めるといった、道徳的にそれこそ破廉恥な態度をとることにもなったでしょう。また逆に、当初の予定をそのままにシンポジウムを遂行することは、文化至上主義、知識至上主義を意味し、それこそまた被害者の方達に対して申し訳の出来ない傲慢さを意味したことでしょう。

ではなぜ形を変えながらもシンポジウムを維持したかというと、それが我々の仕事であるからであり、今日我々にできることと言えば、できるだけ謙虚に、そして丁寧に仕事をし、言説、解釈、仮定、知識を紡ぎ出すことぐらいしかないからです。

日本のご家族のもとに帰られた参加者の方の発表はいずれ論文集に掲載されることになりましょう。

以上が、この形のシンポジウムに至った経過です。そして、これから第一セッションに入る訳ですが、その前にこの大災害の犠牲者の皆さまのご冥福を祈って一分間の黙祷を捧げたいと思います。

目次

Ⅰ 語りの生成――神話から説話・物語へ

II 『源氏物語』――語りの体系

III 拓かれる語りの地平――中世・近世、そして近代へ

Ⅳ 総括

「物語」をめぐる断想

土方　洋一

日本文学史のジャンルの名称として使用されている「物語文学」とは、通常は、仮名を用いて創作されたフィクションのことを指す。即ちそれは『竹取物語』や『源氏物語』に代表される散文のことだが、私たちが「物語の言語」というテーマを掲げて考えようとする時の「物語」は、もっと幅が広い。

ジェラルド・プリンス（GERALD PRINCE）の『物語論辞典』（A Dictionary of Narratology）を開くと、「物語」（narrative）の項に次のような定義が掲げられている。

物語とは、一・二名あるいは数名の（多少なりとも顕在的な）語り手（narrator）によって、一・二名あるいは数名の（多少なりとも顕在的な）聞き手（narratee）に伝えられる一ないしそれ以上の現実の、あるいは、虚構の事象（event）の報告をいい、とりわけ、それら事象の結果とその経過、関与者（物）とその行為、構造と構造化の報告をいう。

かつて、筆者が『物語のレッスン』（二〇一〇年　青簡舎刊）という本の中で掲げた次のような定義も、よりわかりやすい表現を心がけたとはいうものの、基本的にはプリンスの定義に近い。

「物語」とは、「出来事の推移の記述」である。

この定義に従えば、「何（誰）が、どうした」（出来事）というのが「物語」の最小の単位で、「何（誰）が、どうした」それから（and then）、「何（誰）が、どうした」というように、出来事（event）が連鎖していくことで、「物語」は成立すると考えられる。これは、ウラディーミル・プロップ（VLADIMIR PROPP）以来の機能分析の考え方にも近い。

このような把握に従うならば、仮名文のフィクションとは表現形式が異なる『古事記』も『平家物語』も村上春樹の小説も、「物語」であるということになる。

この定義は、これ以上噛み砕くことはできないか？

「物語」に、はたして「出来事」は必要か？

実に安易な話だが、いまたまたま傍らにあった萩原朔太郎の詩集『月に吠える』（一九一七年）を手に取ってみる（どうして詩集なのだろう）。

地面の底に顔があらはれ、
さみしい病人の顔があらはれ、（後略）

（「地面の底の病気の顔」）

ここにはなんらかの「出来事」(event)があるように思われる。「「物語」的な何かがある」ということができそうだ。

林あり、
沼あり、
蒼天あり、
ひとの手にはおもみを感じ
しづかに純金の亀ねむる、(後略)　　　　(「亀」)

ここには「出来事」(event)がない。これは「物語」から遠いテクストであると感じられる。「出来事」という要素を含まない「物語」はやはり成立しがたいと、直感的には感じられる。

「出来事」らしきものはあるとして、「ストーリー」即ち「出来事」の「連鎖」によらない「物語」は存在しうるのか?

こう自問してみて、まず筆者の頭に浮かんでくるのは、エドガー・アラン・ポー(EDGAR ALLAN POE)の『アルンハイムの地所』(The Domain of Arnheim)のようなタイプの作品である(同じくポーの『ランダーの別荘』(Landors Cottage)も似たタイプの作品だが、話が錯綜するので今は『アルンハイムの地所』に限定して話題にする)。

莫大な遺産を相続した人物が、その使途として、広大な土地を手に入れ、自分の芸術的趣味を実現するために、思いのままに手を入れ、理想郷のような世界を作り出すという話である。羊腸と流れる川を遡っていくと、高い岸壁に据えられた巨大な門があり、そこを抜けると別世界が待っている。紫色の山々に囲まれた土地には、楽の調べが流れ、芳香が漂い、ほっそりとした東洋の木々の間を金や深紅の鳥の群れが集い、百合の花に縁取られた湖、スミレやチューリップ、ケシやヒヤシンスや月下香の咲き乱れる牧場がある。

この物語には、基本的にストーリーのようなものはない。この物語の眼目は、延々と続く理想郷の描写にある。ポーが描きたかったのは、まるでクロード・ロラン（CLAUDE LORROIN）の風景画に見られるような人工的な理想郷の有様であり、詩的な想像力が生み出した一つの空間世界の造型そのものであった。おそらく、ポーは物語を、詩や絵画といったジャンルとまったく異質なものとは考えていなかったのだろう。

そしてこの小品は、これといった結末もなく、詳細な理想郷の描写が一段落したところで、突然終わってしまう。筆者はかつて、はじめてこの物語を読んだ時、こんな物語もありうるのかと驚嘆したことを憶えている。日本の近代小説では、佐藤春夫の『美しい町』（一九一九年）や江戸川乱歩の『パノラマ島奇譚』（一九二六〜一九二七年）のような、ポーの物語の影響を受けたと思われる作品が意外にたくさんあるが、彼らもポーのこの種の物語を読んで驚嘆し、魅せられたのだろう。

もっとも、主人公が偶然莫大な遺産を相続し、その資産を傾けて建設した理想郷が、主人公の死後、一部の来観者に公開されるようになってその真実が明らかになったという前段なしに、これが物語として成立しうるかどうか、そのところには引っかかるものをおぼえる。

「物語」に登場人物はどうしても必要なのか？

頭のいい人はあまりこういうことを考えないが、長い間筆者の脳裏から離れなかった問題である。

人間あるいは擬人化された動物がまったく出てこない「物語」というものは存在しうるのか。筆者の記憶のどこかには、「ありうる」という根拠になりそうな作品が揺曳していたのだが、それがどのような作品であったのか、どうしても思い出せなかった。

二〇一二年六月に、レイ・ブラッドベリ（RAY BRADBURY）が九十一歳で亡くなった。筆者が少年の頃にもっとも愛読していた作家のひとりである。アメリカのバラク・オバマ（BARACK OBAMA）大統領も、「彼の物語を作る才能は、われわれの文化の形を変え、わたしたちの世界を広げた」と、追悼のコメントを発表した。「レイは、想像力は私たちの理解を深め、変化をもたらし、私たちのもっとも貴重な価値観を表現する手段になりうることも知っていた」とも。

現代アメリカを代表する、この豊かな想像力と、詩的なイメージを持った作家の死を深く悼みつつ（「ありがとう、レイ」）、サム・ウェラー（SAM WELLER）によるインタビュー集『ブラッドベリ、自作を語る』（Listen to the Echoes:The Ray Bradbury Interviews）を読んでいた時、不意に思い出した。

ブラッドベリの『火星年代記』（The Martian Chronicles）は地球人の火星移住をめぐる壮大な物語だが、日付の付いた章の一つ一つが独立した短編として読め、全体としては連作短編の形式をとっている。その中の一編、「二〇二六年八月」という日付を持つ「優しく雨ぞ降りしきる」（There will Come Soft Rains）という物語。

舞台は、核戦争で人類が絶滅した後の地球だ。カリフォルニア州のある家で、朝七時になると、コンピューターの声が時刻を告げ、家族に起床を促す。キッチンではトーストと目玉焼き、ベーコンが焼かれ、コーヒーとミルクが抽出される。一定の時間が過ぎると、それらは自動的に片づけられ、子どもたちに登校を促すメッセージが流れ、父親の出勤に備えてガレージのドアが引き開けられる。みなが家を出た時刻になると、壁の中から小さなロボットネズミがとびだしてきて、部屋部屋を掃除して回る。しかしその家には、もう誰も住んでいない。

人類がいなくなった後も、コンピューターで制御された家は、家族が暮らしていた時のままに毎日のプログラムが進行している。それはおそらく、コンピューターが壊れるまで、永遠に続く（実際には、最後に火事が起こり、家は焼け落ちてしまう）。優しく、残酷な物語だ。

この物語には、人間はひとりも登場しない。決まった時刻になると、コンピューターにセットされたメッセージは発せられるが、人と人との間の会話もない。

ブラッドベリが描いた仮想未来の現実は、ある意味では、もはや古典的なものである。

飛浩隆の『ラギッド・ガール』（二〇〇六年）には、「情報似姿」という概念が出てくる。それを利用する当の実体からは離れて、仮想空間においてその世界で起こることを体験し、あとからその情報をロードして当人の知覚の中に組みこむ装置である。そこでは現実の体験と仮想体験との境界は曖昧になる。〈主体〉という概念も曖昧になる。このような領域に踏み込むことで、いわゆるサイエンス・フィクションの世界では、〈主体〉〈体験〉〈出来事〉というような概念は、もはや跡形もなく解体されてしまう。

結局、〈出来事〉やそれを体験する〈主体〉を描くのが「物語」だという概念規定は、西欧世界の思想伝統に連なる人文主義的な世界観に根拠を持つもので、物語の未来を照射するならば、そろそろ耐用年数がすぎつつあるということになりそうだ。〈主体〉の内面心理を描くのが物語の大切な要素だという概念も、〈近代〉という時代が生み出した時代限定的な文学観にほかならない。

それでも、これからも「物語」が生み出され続けるとすれば、最後に残るのは〈語る〉という行為、あるいは〈語り手〉（narrator）の〈声〉（voice）だけなのではあるまいか。人間も登場しなければ、これといった出来事も起こらない「物語」。そこには、解かなければならない謎もなければ、読みとらなければならない意味もない。始まりもなければ、終わりもない。ただ、語る声だけが続いている「物語」。

不幸にして「物語」を終わらせる強制的な力が働くことがあるとすれば、それは「〈出来事〉を語ればよいというのは素朴にすぎる」とか、「物語は人間の内面の表現だというのはロマン主義の亡霊だ」とかいうような批判ではおそらくない。

「物語」を最終的に抹殺するのは、たぶん「沈黙せよ」というメッセージだけなのだ。

I

語りの生成

——神話から説話・物語へ

神話から物語へ

フランソワ・マセ

一　物語に転写される神話

インド・ヨーロッパ文化圏という広汎な領域を対象とした三機能イデオロギー、即ち、祭政、武力、生産の三概念に基づく研究において、デュメジルは神話研究者達から長い間無視されてきたテクストに照明を当て、ローマ初期の史書《histoire》は、他の地域のインド・ヨーロッパ神話、主にゲルマン神話、インド神話と比較することによって理解出来る部分が多いことを示した。そして、主要な著作の一つ『神話と叙事詩』[1]の中で、その分析方法を『マハーバーラタ』に適用した後、このアプローチを更に続けて『神話から物語へ』[2]を執筆した。この中では物語的に語られている歴史譚《récit historique》、サクソ・グラマティクス（Saxo grammaticus）の『デンマーク人の事績（*Gesta danorum*）』中のハディングス（Hadingus）のサガと、スノッリによる散文の『エッダ』によって知られている神話（複数のバージョン）を比較し、神話的な語り《récit》の論理を物語と見なしうる作品に問題なく適用出来ることを証明した。というよりは、人間の時代へ転写することによって、神の時代の語りに属する筋やその特質の多くがその背後から浮き上がってくるということを明らかにしたと言った方が正しいかもしれない。

デュメジルが強調しているように、ここで比較されているのは、ラテン語とアイスランド語という二つの別々の言葉によって語られてはいるが、スカンジナビア神話という共通の起源を持つと見なしうる話である。ローマの物語の場合は、歴史化された形のものしか残っていないが、デュメジルは比較研究を通して、ローマ建国にかかわる神話的背景を引き出した。ローマの成立をめぐるおとぎ話的逸話《récit fabuleux》は、この分析により、史実を飾るための装置でも単なる空想の産物でもなく、失われてしまった神話的論理を物語の世界に置き換えたものとして把握されるようになったのである。

物語という形は、恐らく、製陶や農業と同様に、様々に異なるコンテクストの中で多くの文明において生まれて来たもので、どこでも同じ図式に従って変遷したとか、物語《roman》の起源は退化した神話であるとかと断言するのは慎重に欠ける態度だろう。

書記と結びついた文学形式である物語《roman》はともかくとして、神話、あるいは神話が生きている口承文化を専門とする研究者達は、神話と昔話《conte》を区別するのに苦労している。[3] これは別の視点から言えば、魔術的とは言わないまでも、宗教的、神話的認識に支配された心性から出発し、こうした幻影を払拭し、最終的に自立した文学世界の構築が可能な文明にたどり着くという、直線的な進化概念から脱する必要があるということを意味する。この二つの世界は非常に長い期間共存しえたと私は思う。一つの詩的言語によって神の偉業を讃える『カムイ・ユーカラ』と人の偉業を讃える『アイヌ・ユーカラ』を歌ったアイヌの例はそれに思い至らせるに十分だろう。

私がここで取り上げたいのは、同じ文化的コンテクストの中における神話と物語の共存の一つの形である。

二　古事記の特異性と三巻の構成

日本において神話を伝える主要な二つの書物、古事記[4]（七一二年）と日本書紀[5]（七二〇年）は、同時代に属していて、二つとも神の時代の話と人間の時代の展開とを組み合わせている。『日本書紀』は、後者を最初の人間の首長を起点とした連続的な年譜として極めて歴史的な視点で扱っている。従って、二つの時代の間の断絶は『書紀』においては明瞭である。一方『古事記』の方は、アイヌの場合と同様に、同じ言語を使っているばかりでなく、神の時代即ち神話と人の時代即ち物語《récit romanesque》を極めて密接に関係づけた特異な書物である。両者を歴史的言語で扱っている同時代の『日本書紀』と比較すると、この書物の特異性は明瞭に見えて来る。『日本書紀』は、神の時代の部分においては、同じ事柄の記述の中に異本を挿入して語りの筋展開を崩してしまう一方、組織的に年代を入れているが、最も古い部分ではこれを単に歴史的印象を与えるためだけに使っているのである。

さて、『古事記』であるが、この書物は七一二年に献上された後、長い間省みられることがなかった。しかし、江戸時代の学者達が再発見し、特に本居宣長の記念碑的な注釈[6]がなされて以来、研究者達の注目の的になり、何世代にもわたる研究が重ねられている。古事記を構成する三つの巻の間の語り方の違いと、それぞれが扱う時代の違いを理解するため、ギリシャの伝統の中に見出される時代区分を『古事記』に引き写すという試みがかなり前からなされている。神々の時代、英雄時代、そして人間の時代、語りのスタイルから見れば、神話から叙事詩を経て物語へ至るという筋道である。

上巻が神話であるということについては問題はない。主人公は神々であり、彼等の行動が宇宙と人間の生活を枠づけている。しかし、他の多くの神話と同様に、神話と昔話との区別をつけることは非常に難しい。因幡の白ウサギの話は昔話のように機能する。それは山幸彦の海神の世界への旅が、よく知られている昔話、浦島太郎（この話は『古事記』と同時代の『日本書紀』に出てくる）と非常に似ているのと同じである。

　中巻は初代の人間の首長による大和の征服から始まり、神々の介入は殆どなくなっている。確かに冒頭に征服譚はあるが、数ページにしか過ぎないこのエピソードを英雄譚というのは大げさであろう。[7] ヤマトタケル（倭建）の悲劇的な物語についても同じことが言える。[8] この人物が英雄譚の主人公としての特性を持っていることは確かだが、人物としての広がりがなく戦いの場面が欠けている。また、中巻はこうした話に限られている訳ではない。啞の子供の誕生で終わるイクメイリビコイサチ（伊久米伊理毘古伊佐知、垂仁）と佐保姫の不可思議な恋物語、また異常に長い妊娠期間の後に海辺で生まれるホムダワケ（品陀和気、応神）の話などが含まれている。そして、ここでもまた昔話に近い二つの話で巻は閉じられる。この二つの話は、その後の展開とは一切関係がなく、他には登場しない人物達の話なのである。

　下巻は、この書物の成立年代に極めて近い推古時代（五二四〜六二八年）とそれまでに語られた事績とを繋ぐ長い系図をもって終わっている。諸天皇についての話の大半は歌謡を記載するためだけにあるといった印象を与え、そうした傾向は特に仁徳と雄略の部分に強い。[9] これらの部分は、『伊勢物語』など、平安時代の歌物語に近い構成となっている。

　このように書き方が様々であるということに対する一番簡単な答えは、三巻はそれぞれ別々の分野のもので、それを無理に一つの書物に纏めたのだと解釈することかもしれない。そのように見ると、大和朝廷の皇統の系図を神々の時代、特にアマテラス（天照）大神に結びつけようとする政治的意図のみがこの三つをつないでいることになる。政治的意図は『古事記』の序にはっきりと述べられており、それを否定する必要はないが、だからと言って、『古事記』がばらばらのものを工夫して何とか纏めたということを意味する訳ではない。それとは逆にこの書物は全体の構成についての深い配慮に基づいて書かれていると、私はかなり以前から主張している。[10]

まず、中巻の話の大半が上巻の話に反映しているという事実がある。また、神代から遥かに離れているように思われる下巻において、神話的部分と重ねて見ると、新たな奥行きを見せるエピソードをいくつか指摘出来る。そしてこれらが下巻の構造を支えるものだと言っても言い過ぎではない。

三 オキナガタラシヒメ物語

まず、中巻のタラシナカツヒコ（帯中日子、仲哀）の治世を例に取り、次いで下巻の中頃に置かれた、軽太子《かるのみこ》と、その妹、身体から出る光が衣を通して外に現れるというソトオシ（衣通）との近親相姦の話を取り上げることにしよう。

タラシナカツヒコ（仲哀）の治世についての話は特に興味深い。『古事記』、そして多くの異本を集めた『日本書紀』[11]だけではなく、『風土記』（特に播磨国風土記）、そして『日本後記』（和気清麻呂の没伝）をも含めた古代に属する複数のバージョンがこの話には存在している。最初の三つの文献はほぼ同時代と言える訳だが、これら複数のテクストの存在は、共通の唯一の出典、あるいは少なくともかなり確立度の高い口承の伝承が存在していたという推察を許すものである。この話を『新羅征討物語』[12]と呼ぶ研究者が多いが、『古事記』という枠組みの中では、私は『オキナガタラシヒメ物語（息長帯比売物語）』という名前で呼びたい。

また、二つのバージョン、『古事記』と『日本書紀』を突き合わせることによって、双方の独自性も明らかに見えて来る。そこで、デュメジルがハディングスについて行ったと同じような比較を、おこがましいながらここで試してみることはできないだろうかと考えるのである。

しかし、この話は大きな不都合をいくつか孕んでいる。まず、レベルを異にする歴史性の問題を避けて通ることはできないのだが、ここでは歴史書とは言えない『古事記』を検討するので、その問題をここで直接扱うことはしない。また、この話は新羅征伐、及び、後に八幡神《ハチマンジン》と見なされるようになるホムダワケ（応神）の誕生を語っているので、驚くほどの数の論文が存在しており、これらの全てを整理し直すのは大変な作業である。それを私自身行ったと言うことはできないが、大まかに言って二つのグループに分けられるのではないかと思う。歴史性に関わる問題を扱っているものと昔話・神話の残照を見るものとである。始めのカテゴリーの中には、少なくとも一部の人物、特に応神（ホムダワケ）などは歴史的事実を背景としていると考えている研究者もいる。また、オキナガタラシ（神后）による家族構造上・政治上の摂政の在り方と、七世紀における推古、斉明、持統等の女帝体制の間に奇妙な共通性があると考える研究者もいる。

神話・伝説の側からの研究はどうかと言うと、様々なバージョンにおいて、しかも歴史性が最も強い『日本書紀』についてさえ、神の介入の重要性を見るのはたやすいことで、例えば舟で捨てられる子供というテーマを持つ神話との比較研究はかなりの説得力がある。

しかし、神話と歴史、あるいは、そらごとと真実の区別という問題の立て方は、二つの世界観の分岐点を成しているこの物語《récit》を扱うには適当ではないと思われる。私はこの二つを組み合わせてみようと思う。非常な数の研究があるので、新しい仮説を提出することになるかどうかは確かではないが、私が調べた限りではここで発表するアプローチに立ったものはない。

『古事記』のオキナガタラシヒメ（神功皇后）についての逸話は、ざっと読んだだけでは、朝鮮征伐の伝説的な話に尽きるようにみえる。この読み方に立つと、この話のおとぎ話的な要素は単にその伝説性に由来するように見え、この分析を更に押し進めると、話の主要な筋立てと意味がない細部との二つに必然的に分かれることになる。果たしてそうだろうか。

この話はいきなり儀式の憑依の場面から始まる。

其の大后息長帯日売命《おほきさきおきながたらしひめのみこと》は、当時神帰《そのかみかみよ》りたまひき。故《かれ》、天皇《すめらみこと》筑紫《つくし》の訶志比宮《かしひのみや》に坐《いま》して、熊曾国《くまそのくに》を撃たむとしたまひし時に、天皇御琴《みこと》を控《ひ》かして、建内宿祢大臣《たけうちのすくねのおほおみ》、沙庭《さには》に居《ゐ》て神の命《みこと》を請《こ》ひき。是《ここ》に、大后神帰《かみよ》りたまひて、言《こと》教へ覚《さと》して詔《の》らししく、「西の方《かた》に国有り。金《くがね》・銀《しろかね》を本《はじめ》と為《し》て目の炎燿《かかや》く、種々《くさぐさ》の珍《うづ》の宝、多《さは》に其の国に在り。吾今其の国を帰《よ》せ賜はむ。[13]」

次いで主要人物の一人、この言葉を信じなかった仲哀天皇は死に、御子誕生が予言される。

しかして、天皇答へて白《まを》したまひしく、「高き地《ところ》に登りて西の方《かた》を見れば、国土《くに》は見えず。唯大海《ただおほうみ》のみ有り。」詐《いつはり》を為《な》す神と謂《おも》ほして、御琴《みこと》を押し退《そ》けて控《ひ》きたまはず黙坐《もだいま》しぬ。（中略）しかして、稍《やくやく》其《そ》の御琴を取り依《よ》せて、なまなまに控《ひ》き坐《いま》しき。故《かれ》、未だ幾久《いく》だもあらずて、御琴の音聞こえざりき。即《すなは》ち、火を挙《あ》げて見れば既に崩《かむあが》りましぬ。しかして、驚き懼《お》ぢて、殯宮《あらきのみや》に坐《いま》せまつりて、更に国の大ぬさを取りて（中略）国の大祓《おほはらへ》を為《し》て、亦建内宿祢《たけうちのすくね》沙庭《さには》に居て神の命《みこと》を請《こ》ひき。是に教へ覚したまふ状《かたち》、具《つぶさ》に先の日の如く、「凡そ、此の国は、汝命《いましみこと》の御《み》腹《はら》に坐《いま》す御子《みこ》の知らさむ国ぞ。」

そして、魚が船団を載せて運ぶという、おとぎ話的な旅の話がそれに続く。

軍《いくさ》を整へ船雙《ふなな》めて度《わた》り幸《いでま》しし時に、海原《うなはら》の魚、大《とほしろ》く小《ちひさ》きを問はず、悉《ことごと》に御船《みふね》を負ひて渡りき。

帰りの旅の途中で、神功は、出産が遅らされていた子供を水辺で産む。子供には火を思わせる名がつけられ、死んだと宣言され舟に乗せられる。

故《かれ》、其の政《まつりごと》未だ竟《を》へたまはざりし間《ほと》に、其の懐妊《はらみ》ませるが産《あ》れまさ臨《むとし》き。即ち御腹を鎮《しづ》めたまはむと為《し》て、石を取りて御裳《みも》の腰に纏《ま》かして、竺紫国《つくしのくに》に渡りまして、其の御子はあれ坐《ま》しぬ。故《かれ》、其の御子の生《あ》れまし地《ところ》を号《なづ》けて宇美《うみ》と謂《い》ふ也。（中略）

是《ここ》に、息長帯日売命《おきながたらしひめのみこと》、倭《やまと》に還《かへ》り上《のぼ》ります時に、人の心疑はしきに因《よ》りて、喪船《もふね》を一つ具《そな》へて、御子《みこ》を其《そ》の喪船に載せまつりて、先づ「御子既に崩《かむあがりま》しぬ。」と言ひ漏ら令《さし》めたまひき。

その死を望んだ腹違いの兄は、戦をしかけたあげく、敗北し入水自殺する。

皇子はある神と名前を交換する。

故《かれ》、建内宿祢命《たけうちのすくねのみこと》、其《そ》の太子《ひつぎのみこ》を率《ゐ》て、禊《みそき》せむと為《し》て、淡海及若狭国《あふみまたわかさのくに》を歴経《へ》し時に高志《こし》の前《みちのくち》の角鹿《つぬが》に假宮《かりみや》を造りて坐《いま》さしめき。しかして、其地《そこ》に坐《いま》す伊奢沙和気大神命《いざさわけのおほかみのみこと》、夜の夢に見えて云《の》らししく、「吾が名以《もち》て御子の御《み》名《な》に易へまく欲し」。しかして、言禱《ことほき》て白《まを》ししく、「恐《かしこ》し。命《みこと》の随《まにま》に易へ奉《まつ》らむ」。亦《また》其の神詔《の》らししく「明日《あす》の旦《あした》、浜に幸《いでま》すべし。名を易へし幣献《まひなひたてまつ》らむ」。故《かれ》、其の旦《あした》浜に行幸《いでま》しし時に、鼻毀《やぶ》れたる入鹿魚《いるか》、既に一浦《ひとうら》に依《よ》れり。是《ここ》に、御子神に白《まを》さしめて「我に御食《みけ》の魚給《な》へり」と云《の》らしき。

そして、スクナビコナ（少名毘古那）がつくったという評判の酒を飲む。

是《ここ》に、還《かへ》り上《のぼ》り坐《ま》しし時に、其の御祖息長帯日売命《みおやおきながたらしひめのみこと》待酒《まちざけ》を醸《か》みて献《たて》まつらしき。しかして其の御祖《みおや》御歌《みうた》よみして
曰《い》ひしく、

　このみき《御酒》は　わがみき《御酒》ならず。くし《酒》のかみ《司》　とこよ《常世》にいます　いは《石》たた《立》す　すくな《少》み《御》かみ《神》の　かむ《神》ほき《寿》
ほき《寿》くるほし《狂》　とよ《豊》ほき《寿》　ほき《寿》もとほし《廻》　まつり《献》こし《来》みき《御酒》ぞ。あさ《浅》ずを《飲》せ。ささ。

この話の論理は一見明らかではない。そこに混乱を見ることもできるし、提示の仕方が下手だと言って済ませることもできるだろう。応神がホムダワケ命という名の他にオホトモワケ命（大鞆和気命）という名も持つのは「鞆《とも》の如き宍御腕《ししみただむき》に生《な》りき」だからだと説明されているが、この肥大した肉の塊は、ホムダワケ（応神）が母の胎内で既に将来の天皇の位にあったということの合理化だとも言われている。しかも、父、天皇の死と生まれる天皇についての予言に関わる二回目の託宣の儀式の前に、妊娠の話は全く出てこない。喪船の存在を合理化する腹違いの兄弟達の謀略という説明も後から語られる。

この点から見ると、筋の展開がより複雑な『日本書紀』の方が遥かに問題点が少ない。一例を挙げれば、喪船は欺く為の手段ではもはやなく、天皇、タラシナカツヒコ（仲哀）の遺骸を大和に運ぶ船なのである。魚が船を背に載せて運ぶといった、ある種のおとぎ話的な雰囲気を除けば、この話を特定の神話に結びつけるものは一見して何もない。『風土記』に数多く見られる地名起源説話の一つに過ぎないのではないかとも言えるのである。

また、非常に単純な読み方も可能だ。例えば天皇の死は、霊媒の言葉、そして神々の言葉を疑う者に対する警告だと言って済ませることである。しかし、それにとどまるのでは十分でないと私は思う。『古事記』には深い整合性を持った内部構造があるという仮説から出発し、この話の構成、またこの話に含まれる大多数の要素を、『古事記』の話の総体との関係において考え直すべきだと思うのである。

四　重層する構造

この話の出発点は、夫と妻の間の意思疎通が断たれるという状況である。タラシナカツヒコ（帯中日子、仲哀）は、神々にその口を貸すオキナガタラシ（息長帯、神功）の言葉を信じない。しかも、ここでの託宣は、おとぎの世界のような国の征服を呼びかけ、次いで、オキナガタラシが妊娠していることを明らかにするという二重の役割を果たしている。ところが、『古事記』の数多くの神話やその他の話《récit》には、このような意思疎通の断絶を語るものが多いのである。その中の一つに、これと同様に、男が女の言葉を信じるのを拒否することを起点とした話がある。ホノニニギ（番能邇邇芸）[14]についての神話の一節である。この天孫は美しいコノハナサクヤヒメ（木花之佐久夜比売）と結婚し、初夜の翌日姫は妊娠したと告げる。ホノニニギはその言葉を信じない。偽りではないことを証明するため、姫は自らに神明裁判に類する試練を科し、自ら館の窓・出入り口を全て塞ぎ火をつけて、その中で出産する。炎の中で生まれた子供達は、ホデリ（火照、輝く炎）、ホスセリ（火須勢理、燃え盛る炎）、ホヲリ[15]（火遠理、消えてゆく炎）という、この異常な誕生に関係する名前がつけられる。この波乱に富んだ出産の後、この天孫について語られることはない。

一見して何の関係もないと見られるこの二つの話の接点は実は数多く、検討に価する。女は妊娠しており、生まれる子の本質に疑いがかけられる。この疑いは儀式化され（神明裁判と神託）、生死に関わるものである。コノハナサクヤヒメとオキナガタラシはそれを生きて乗り越えるが、天孫は話から姿を消し、タラシナカツヒコ（仲哀）は死ぬ。

　しかもオキナガタラシの息子はコノハナサクヤの子供達と同様に火と関係したホムダワケという名前を持っている。このように共通点を探って行くことは、あるいは恣意的に見えるかもしれない。話の中にこうした探索を正当化するものはないのである。しかし、この名前は、また別の子供、意志を疎通し合えないイクメイリビコイサチ（垂仁天皇）と佐保姫から生まれた子の名前、ホムチワケに極めて似ている。ホムチワケがこの名を持つのは、実際に炎の中で生まれたからで、水辺で生まれたホムダワケとは全く違う。これを単に同音異義に近い類似現象に過ぎないとしてしまえば、検討する価値がないものになってしまうだろうが、この二人の皇子は、もう一つの共通点を持っているのである。両方とも生まれてすぐ後に船に乗せられている。ホムチワケの場合は、唖で生まれたため、しゃべるようになる手段を求めてという理由が挙げられている。この子は出雲への旅の後にしかしゃべらない。ホムダワケ（応神）の場合は、氣比《ケヒ》大神を訪れた後初めて、彼の言葉が物語に出て来るが、こうした共通性も単なる偶然と言って済ませていいのだろうか。しかもホムダワケが船で旅するのはこれが初めてではない。新羅というおとぎの国への旅の間、彼はずっと母の胎内にいたのである。継体の治世以降、『日本書紀』では、彼をホムタノスメラミコト（胎中之帝）[16]と呼んでいる。これから生まれるべく、不思議の国に赴くこの子供は、火の中で生まれ、瓦礫の浜で泣き、ありあわせの小船に乗って海神のもとに赴いたホヲリ（山幸彦）を想わせる。彼は強力な魔術的力を帯びて戻って来ると、その力を駆使し、溺れ死なせるぞと脅す事によって兄を屈服させるのである。

　喪船に入れられた子供は、原初の男女イザナキとイザナミの最初の子供、ヒルコを思い出させる。ヒルコは立つことができず、葦舟に入れて流され、『蛭』という漢字で書かれるのだが、この名前はしばしばオホヒルメ（大日め）、つまり、『日本書紀』に出て来るアマテラスの異名の一つと結びつけられてきた。アマテラスが燃え盛るという性質を表していることについては証明するまでもないだろう。[17]

ところが、もう一人の燃え立つ子を出産した結果、イザナミは死んで、腐敗と全ての災いのもとであるヨミの国へ行かねばならなくなる。イザナキは彼女を生き返らせるためにヨミに行き、建物の内部を照らし、身体中をウジが這い回るその死体を見て、妻の死を悟り、恐怖にかられて逃げる。この建物は『日本書紀』の異本によれば[18]、葬儀のための宮、殯宮《もがりのみや》である。

『オキナガタラシヒメ物語』では、光をともしてタラシナカツヒコ（仲哀）の死を知り、国は恐怖に陥る。この二つの場面は似通っている。しかも、この話は『古事記』において、この建物と儀式に触れる唯一の場なのである[19]。神の祟りによって[20]殺された天皇の死体を発見すると直ちに大祓《おほはらへ》を行えとの命令が下る。このように不吉な死の後には禊《みそぎ》は当然行うべきものであったろう。『日本書紀』においては事実の記録にとどめているが[21]、『古事記』では、払い除くべき全ての災いを列記している。このリストは大祓祝詞《おほはらへのりと》で[22]挙げられるものよりも長く、獣姦など様々な人道にもとる行為が挙げられているが、この場所で、このような悪がなぜ挙げられるのかよくわからない。これら諸悪の一部が、高天原においてスサノオが犯した悪事に対応するとしても[23]、イザナキ・イザナミ神話によって、罪はもがりの宮の儀式と強い関係を持つヨミの国から来るものだということを我々は知っている。この宮に触れるということは無秩序と不幸のイメージを呼び起こすものであるらしい。

『古事記』のイザナキ・イザナミ神話では、寡夫となったイザナキが、ヨミの国への旅の後、祓えのための沐浴《みそぎ》をし、その過程で一人きりで、三人の神格[24]を生みだす。『物語《ロマン》』においてはオキナガタラシ（神功）は寡婦となり、すばらしい土地、朝鮮半島への旅の後、ホムダワケ（応神）を一人で海辺で産む。両方とも遅らせられた誕生と言え[25]、転写という訳ではないが、注目に価する対応関係を結んでいる。

オキナガタラシ（神功）が出産を遅らせるために腹に石を巻いたという行為は、私には古代の出産技術を語るものではなく、むしろ、天石屋《あめのいわや》に閉じこもったアマテラスを想わせる。ここで使われている石という漢字はイワを指しているが、天の石屋戸を開けて、アマテラスは光を入れ、オキナガタラシは自分の子供を閉じ込めている石を取り除くことによって、ホムダワケを産む。しかもこの名前の「ホ」は「火」と同音異義である。

また、アマテラスとオキナガタラシは、二人とも男のように振る舞うというもう一つ共通点がある。弟のスサノオが来ると聞くと、アマテラスは男の髪に結い、靫《ゆき》を負い鞆《とも》を腕につけ弓を持って武装する。[26]『古事記』では、新羅征伐時の姫についての描写はないが、戦の大将として新羅に向かい、その杖を国主の門の上に突き刺すのである。『日本書紀』では、アマテラスの髪型と同じ男の髪型[27]にオキナガタラシを描いているばかりでなく、近臣に自分は男の姿になると言わせている[28]が、男に変装する女達が出て来ることはそれほど多くない。八世紀の書物では、私はこの二つの例しか知らない。

一方、兄弟間、あるいは腹違いの兄弟間の争いは、神話においても物語においても常に見られる現象だが、対立が溺死をもって終わるとなると、さほど多くはない。『オキナガタラシ物語』においては、オシクマ（忍熊）は琵琶湖に身を投げる。辞世の歌はこの行為を説明し、敵の大将から傷を負いたくないのだと言う。しかしこれをもう一つの溺死、というより溺死的状況と結びつけることも可能だ。天孫神話において釣り針を取り戻したにもかかわらずホデリ（海幸彦）が和解を拒否すると、ホヲリ（山幸彦）は、魔法の珠で水位を上げ、海幸を溺死寸前に追い込む。

腹違いの兄弟達の謀略から逃れたホムダワケ（応神）が最初にしたことは、ツヌガ（角鹿）に居す大神のもとに行くことだった。実際には、どこにでも顔を出す人物、建内宿禰が案内している。皇子は自分から行動を起こすにはまだ幼過ぎるのだ。話のこの部分はよくわからないところがある。『日本書紀』は、ホムダワケ（応神）治世の冒頭で触れているが、この書物によくみられる合理的な態度で、「ということは、神の名は元はホムダワケであり、帝位を継承する皇子の名はイザサワケということになるが、他の書物では未見。はっきりしない」[29]と結論している。この不明瞭さはそれ自体として意味深い。オオナムチがスサノオから大国主という名前を授かったように、幼い皇太子は話のこの段階で、ある神の名を授からねばならないということなのである。他の話では母親が名前を与えている。佐保姫は稲の城の中で、豊玉姫は海辺で。また『古事記』が取り上げている命名は全て、境界において行われるということにも注目しておきたい。スサノオは根の国との境界で、佐保姫は城と天皇たる夫の陣営の間で、また更に生命と死との境において、そして豊玉姫も気比大神も海辺の近くで命名するのである。

『物語』はオキナガタラシヒメが息子を迎えるために整えた宴会で終る。この終わり方は、昔話にあるような普通の終わり方である。しかし、姫の歌を通してスクナビコナ（少名昆古那）に直接つながるものとなっている。大国主の建国を助けたこの小人の神は、治療を司る神として描かれ、任務が終わると病気も老衰も死も知らない常世の国へと帰って行く。『古事記』と同時代の民俗学的資料がないので、どのような宴会であったか、そこでどんな歌が歌われたかを知る術はない。しかしこの話の最後に出て来る常世への言及は、常世を探し求めた哀れなタジマモリの話で終わるイクメイリビコイサチ（垂仁、愚弄された、佐保姫の夫）の治世と結びついて行く。

五　神話から物語へ、そして物語から神話へ

この『物語』の全ての要素が、こうした共振関係を構成している訳ではなく、例えば、殆どのバージョンに含まれ

ている鮎釣りのエピソードと照応関係を持つものは『古事記』の他の話にはない。しかしこうした独自の要素は非常に限られている。

ここで行った比較分析は、こじつけと言わないまでも、恣意的で根拠に乏しいと見えるかもしれない。しかし、これら照応的関係の数を考えると、見過ごしにできないものがある。また、他の話との比較によって、モチーフの背後にあるそれぞれの論理が浮かび上がって来る場合も多い。例えば喪船のテーマをとって見ても、そこには単なる策略以上の意味があると思われる。

『古事記』の構成は、比較的限られた状況及びモチーフからできている。それらが使われると、それらが含まれている他の話と響き合うということが起こる。しかしそれは繰り返しではない。モチーフの色合いはその都度微妙に違うのである。

しかも、特に上巻、中巻においては筋を構成する話型の数は限られている。例えばカムヤマトイハレビコ（神倭伊波礼毘古、神武）の東征とヤマトタケルの事績とは深く結びついている。しかし、最も盛んに利用された図式を持つ話はどれかと言えばこの『物語』で、その究極的なあり方は天孫神話の中に見出される。夫婦の関係に意思疎通の断絶が生じた後、火との関わりにおいて子供（達）が誕生する。しかも、この誕生の重要な点は、夫婦のいずれかが死ぬということである。次いで、生まれたばかりの子供は遠い国に旅立つ。子供は成人して帰国し、父となる。二回目の出産は水辺で行われる。

話によってこの話型の完成度は違うが、多くの場合、細部の記述が不在の部分を暗示している。例えば父イザナキの鼻から生まれたと神話の中で語られたばかりのスサノオは母を求めて泣くのである。また、この『物語』の中のホムダワケという名は、サホヒメを母とし、炎の中で生まれた子の名、ホムチワケに共鳴するのである。

これまで私が示そうとして来たのは、イメージ、モチーフ、状況にかかわる語彙ばかりでなく、話の構築の仕方、その文法が、神々の時代に属する上巻と人間の時代に属する中・下巻において共通しているということである。口承と書記の中間に位置する『古事記』の筆記過程そのものが神話と物語に同じ言語を使うという書き方を必然とした。しかし、この言語は、両方の世界で同様の効果を発揮する訳ではない。人間の時代の話である物語は、神話との共鳴によってその真の意味を獲得するのである。

『日本書紀』においてはオキナガタラシの摂政に重きが置かれ、六九年続くこの期間を通じた朝鮮半島の諸王朝との交渉が詳述されている。『物語』の方は諸要素が短い話にまとまっていて、他の話との共振関係がより分かりやすく見えて来る構成である。『古事記』は長さから言えば、小さな書物で三巻しかない。数多くの系図を省いてしまえば、話そのものを読むのに時間はかからない。それぞれの話、主要部分を忘れるひまはないのである。従って、呼応、共振構造はたやすく現れて来る。

このような書物について、物語という形が神話の衰退したものにすぎないと言うのは、不用意な発言だと思われる。『オキナガタラシヒメ物語』は『古事記』の全体構成の一翼を担っているのである。神話と同じイメージ、構成を使うということは、神話時代の教訓が人間の時代、人間の世界においても有効だということを示している。

オキナガタラシの摂政は『日本書紀』においては日本と朝鮮半島の関係を記述する役に立っているが、『物語』は新羅の王の名を書くこともしない。この書物の関心は他にある。即ち、人間の世界が現れ、次第にその自立性を高めて行く姿を示しているのである。この話の後には、神々の介入は少なくなって行き、神々の世界は引き続き人間の世界に知らせをもたらすが、二つの別個の並行する世界となる。こうした全体の構成の中で、『物語』は神話にとって不可欠な、その反映として現れて来る。その存在なくしては神話は過ぎ去った過去に属する話《histoire》にすぎないものになってしまうのである。

六　軽太子物語

さてここで、一見すると歌物語集のように見える下巻において神話の枠組みが認められるだろうかという問題を検討する必要が生じる。ここでは巻の中頃に出て来る『軽太子物語《かるのみこものがたり》』を取り上げてみよう。『オキナガタラシ物語』と同様に、この話はヲアサツマワクゴ宿禰（男浅津間若子宿禰、允恭《インギョウ》）の治世の話だという枠付けであるが、天皇に関する部分は一ページ強に過ぎず、いつもの通り皇后と子供の名前が記述されている。その他の部分は、悲劇的な皇太子の物語に費やされている。筋は非常に簡単で、父の死後、皇太子は皇位に着く前に、同母妹の軽大嬢《かるのおおいらつめ》と関係してしまう。朝廷も人民も太子に背き、次期天皇として別の皇子を選ぶ。軽太子は大前小前宿禰《おおまえこまえのすくね》の屋敷に逃げ込むが、屋敷はすぐに反乱軍に取り囲まれてしまう。両軍共に放つ矢の準備をするが、戦を避けるために、大前小前宿禰は太子を引き渡し、太子は伊予（四国の松山）に流される。姫は兄の後を追って伊予に赴き、二人は共に死ぬ。

この短い話は、十二の歌謡を含んでいて、既に述べた仁徳や雄略の治世における話に代表される第三巻の話のスタイルそのものである。もし二つの極めて特別な点がなかったら、悲劇的な恋の物語のヴァリエーションの一つに過ぎないと見なしてしまうこともできる話である。

注意を引くのは、まずこれが、『古事記』の中で子供同士の近親相姦をはっきりと語っている唯一の話だということである。古代日本においては、同父・異母間の兄弟姉妹が肉体関係を持つことは認められており、七世紀の皇室にはこの例がいくつかある。しかし同母間の関係は認められていなかった。

二つ目の点は、より不可思議なもので、ソトオシヒメ（衣通王）という軽大嬢が持つ別名に関するものである。この名前については、この話に先立つ、ヲアサツマワクゴ宿禰（允恭）の子供達の名前が列挙されている部分の本文中の注において、彼女にこの名がついているのは、衣《そ》を通して光が輝き出ているからだと説明されている。暴力に満ちた散文的世界の話の中で、光り輝く身体を持つというおとぎ話的点は、一見単純に見えるこの話が詳しく調べてみるに足るものを持っていることを示している。

『軽太子物語』の特質は『日本書紀』と比較すると分かりやすくなる。『書紀』においては、ヲアサツマワクゴ（允恭）の治世は、その息子で次代の天皇となる穴穂（安康）の治世とともに第十三巻を構成しているが、この書においては、衣通姫は皇后の妹で、ヲアサツマワクゴが非常な関心を寄せているため、皇后たる姉の嫉妬を受けている、つまり仁徳の治世で語られている皇后の嫉妬が重要な意味を帯びる話を引き継いだ図式を示している。このエピソードは、允恭の治世についての記述の中で最も長く、皇太子とその妹との近親相姦についての部分ははるかに短く、六つのエピソードのうちの一つに過ぎない。[30] 二人とも非常に美しかったとはあるが、いずれについても光が衣を通して輝き出ていたという記述はない。近親相姦が発覚して後、天皇は皇女を伊予に追放し、皇子は皇太子という身分の御蔭でいかなる刑罰からも免れる。この話の結末は、次の天皇、穴穂（安康）の話の中におさめられている。そこでは、軽太子は放埒であるとの理由で朝廷に背かれ、大前小前宿禰の屋敷に逃げ込んだ後自殺すると語られる。[31]

兄を慕う従順な『日本書紀』の「ヒロイン」は、卓越した跡継ぎを後世に得ている。『古今集』（九一三年）の「かな序」は、第一流の女流歌人小野小町を語る際に衣通姫に触れ、[32] そればかりではなく、『日本書紀』に引かれている彼女の歌[33]を編入しているのである。[34] 中世のお伽草子の一つ、『小町草子』においても、美しい女流歌人、小町は、いにしえの衣通姫の流れであると言われ、[35]『古今著聞集』（一二五四年）巻一においては、衣通姫は和歌を司る女神として住吉大社の南社に祭られていると記述される。[36] そして、光が衣を通して輝き出るという姫のイメージは、この歌人に重ね合わされて行き、能の『草子洗い』の主人公として小町が登場するときにも衣通姫にたぐえられることになる。[37]『軽太子物語』においては、光り輝く妹は歌を詠む人で、この二つの特質が相関関係にあるがごとき印象を与えるが、我々の注意を惹くのは姫にかかわるもう一つの点である。兄が伊予の湯に追放された後、愛する兄に次々に歌を送り、「また恋ひ慕《しの》ひ堪《あ》へずて、追ひ往きまし」[38]、二首の歌を贈答した後、共に死ぬと語られる。この死を賭してまで兄を慕うという女の話は、『古事記』のもう一つのエピソード、既に述べた佐保姫のエピソードを直ちに思い起こさせる。イクメイリビコイサチ（垂仁）の妻、サホヒメは、夫の天皇の元に戻るよりは兄のサホビコと死ぬことを選ぶ。テクストは近親相姦について直接には触れないが、兄妹の会話は疑う余地なくはっきりとそれを語っている。

　サホヒメの命《みこと》の兄《いろえ》サホヒコの王《おほきみ》、其の伊呂妹《いろも》に問ひて「夫《を》と兄《いろえ》と孰《いづ》れか愛《は》しき」と曰《い》へば、「兄ぞ愛しき」と答へて曰ひき。[39]

彼女は兄の求めに応じて、夫、天皇の首を掻くということまではできなかったが、兄が逃走し天皇の軍隊に追われると、兄のもとに走る。

　此時、サホヒメの命《みこと》其の兄《いろえ》に忍《しの》びずして後《しり》つ門《と》より逃げ出でて其の稲城《いなき》に納《い》りましき。

いずれの話でも、血縁関係・結びつきの深さを強調するかのように兄と妹は同じ名を持ち、いずれの場合もこの近親相愛は死をもって終っている。悲劇性は薄まっているとは言え、非常に近似した名を持つイザナキとイザナミという源初の結びつきを、ここで思わざるを得ない。

もう一つの隠れたモチーフ、光についても考えなければならない。『軽太子物語』の場合は、妹、軽大嬢の二つ目の名前、「衣通」がはっきりとそれを表している。物語の部分においては、その名前は、自ら伊予へ赴く前、既に流されている兄に最初の歌を贈る時に初めて出て来る。サホヒメの場合の光は、不可思議なエピソードと関係している。稲城から意志に反して無理矢理に奪回されまいとして、彼女は酒に漬けた衣を身にまとう。天皇の命で姫を「救出」に来た兵の手には、酒に漬かり腐った衣しか残らない。物語はここで、姫の裸体については何も語らず、「今まさに火稲城を焼く時」と、稲城の火災について語る。

サホヒメの物語においては、ヒロインとその兄の命を奪う火災が、生まれたばかりの子供の名前、ホムチワケを動機づけている。またこの名前が『オキナガタラシ物語』に出て来るホムダワケと響き合っていることも既に見た。『オキナガタラシ物語』には、天皇の死後清めなければならない長い罪のリストがあったが、この中の近親相姦は親と子の間のもので、『軽太子物語』の場合は両親が同じ兄妹の間の近親相姦である。『オキナガタラシ物語』のリストは高天原で須佐之男が犯した罪が中心となっているが、この神代に属するエピソードにおいて須佐之男は姉の天照大神に対して強姦・近親相姦を象徴的に表す行為に及んでいる。光り輝く姉が隠っている屋の屋根を壊して皮を剥いだ馬を彼が投げ込んだため、驚いたおつきの女性が梭《ひ》で性器を貫かれて死んでしまう。『日本書紀』の一書によれば、傷ついたのはアマテラスその人であった。この神が光り輝く身体を持っているということについては、贅言を費やす必要はないだろう。神話においては、暴力と反秩序は極限化している。これに対して『軽太子物語』は、より穏やかなモードで語られているため、全く関係のない文学的な語りの世界であるかに見え、オペラの舞台のように死ぬ直前に主人公に絶唱を詠わせることが関心の中心だと思わせてしまうかもしれない。しかし、日本であれ、その他の文化圏であれ、文学は神話を栄養として育ち、というよりは神話とは不可分の関係にあり、多くの場合、神話は文学に形を与えるものであると言えよう。

　これまで、一つの点から出発して、それが全体的な相関関係に行き着き共鳴し合うということを見て来た。伊予の湯への追放というエピソードはその最後の例である。『古事記』において最も多く使われている話型の中に不思議の国への旅という話がある。『オキナガタラシ物語』においては、いわゆる「新羅遠征」であり、サホヒメの息子、ホムチワケについては出雲への旅であり、そして特に、同じように炎の中で生まれたホホデミ（山幸彦）にとっては海神の国への旅である。これらに比べれば伊予の湯への軽太子とその妹の旅は、ずいぶん見劣りがするのは確かである。二人は、内海を通ってこの地へ赴くが、「伊予国風土記」[40]によれば、伊予の湯はオオナムチ（大国主命）が、仲間のスクナビコナを蘇生させた場所として知られているばかりでなく、治癒力が高い湯として知られ、オキナガタラシがここに来て、湯を讃える歌をつくったという。しかし『軽太子物語』においては、そこに到達すれば二度と戻ることができない土地、近親相姦の二人が命を捨てる地であった。この運命から逃れる術はなく、不思議な力の介入も期待出来ない世界にこの物語は入ったのである。罪は、民の反乱を引き起こし、子孫を残すことなく罪で結ばれた二人は死ぬ。しかし、この悲劇的な話のただ中に光り輝く女主人公の身体が、人間界における天照大神の身体の残照として語られているのである。[41]

　『古事記』を構成する要素はさほど多くないと既に述べた。しかし、それらは適当にばらまかれたものではなく、共鳴効果を引き起こすべく配置されている。中でも最も明確に認められるのは火の中の誕生、または光に取り巻かれて出現する存在というモチーフである。イザナミと火の誕生、岩屋から出て来るアマテラス、ホムチワケの誕生、というようにこのモチーフは『古事記』の最後まで続き、火の傍らに出現し天皇になる二人の兄弟の話で終る。そして同じモチーフのヴァリエーションが配置されて行くことによって、原初の時から人間の時間へのプロセスが繰り広げられるのである。また『古事記』においては、同じ話の図式、昔話の話型に近いものが現れている。例えば代表的なものは、「孤立・旅・結末」という図式で、ハッピー・エンドになる昔話の場合とは違って、劇的な終末にたどり着くこともある。

このように、違う次元の話を一つの書物に込めたことの意味は何なのだろうか。勿論時間軸に沿って神から人間へと話を進めて行くためと言うこともできる訳だが、もし神話がそれ自体で自足しうるのであれば、その後に人間の事績を語る必要はない。しかしこの書物では神話（神の世界）と物語（人間の世界）は一緒に纏められ、同じ扱いを受けている、つまり同じイメージと同じシェーマが使われているのである。

このような構成を前にすると、宗教感情に支配された古代的心性がまずあり、そして少しずつ、楽しみのために物語が語られるようになったという説明は説得力がない。初期の時代から神話とその昔話的または物語的バージョンが共存していたと考える方が正しいように思われる。共存と言うより不可分の関係であったと言った方がいいかもしれない。そして、このような神話と物語の関係は『古事記』という作品においては、非常に明瞭にうかがえるのである。もし、中巻、下巻がなければ上巻のメッセージのかなりの部分は不明瞭になってしまうだろう。人間の時代の話、つまり物語があるからこそ神話はその意味を獲得するのであり、換言すれば、物語がなければ神話は空転し、人間に関わりのないものになってしまうということなのである。ここで提起した問題と歴史性の問題とをどのようにつなげるかという課題が残るが、それに関する私の考えは次の機会に述べたいと思う。

〔注〕

1 *Mythe et épopée*, I, II, III, Paris, Gallimard, coll. Bibliothèque des sciences humaines, 1968-1973.
2 *Du mythe au roman*, Paris, P.U.F., 1970.
3 レヴィ・ストロースもデュメジルもこの問題に直面した。
4 本文として西宮一民本（桜楓社、一九七八）を使った。読みやすさを考えて、引用部分では脇に付された訓読部分を全て平仮名に改めて引用文中に組み込んだ。
5 都合で岩波文庫本（一九九四）を使った。
6 『古事記伝』（東京、筑摩書房、一九六八〜一九七四）
7 西宮本では、神武の治世については一二ページ、征服譚は八ページ未満。
8 倭建の事績は全部で一〇ページのみ。
9 仁徳についての話は一二ページ中に歌謡が二二、雄略の場合は一〇ページに対して歌謡一三である。
10 フランソワ・マセ、『古事記神話の構造』、中央公論社、一九八九年
11 巻九の前紀十二月の後に挿入されている（岩波文庫、一五二〜一五四ページ）。同じ話が若干の違いを伴って時には三回繰返されているということも付け加えておこう（仲哀治世時〔巻八〕、神功の摂政下〔巻九〕、そして応神治世の始め〔巻十〕）。
12 例えば家永三郎（『日本書紀』、第二巻、補注、岩波文庫）
13 『古事記』（前掲書、以下引用は一四一〜一四七ページ）
14 正確な名前はアマツヒコヒコホノニニギノミコト（天津日高日子番能邇邇藝能命）で、通常省略されてニニギと呼ばれている。
15 アマツヒコヒコホホデミ（天津日高日子穂穂手見）とも呼ばれる。通称は山幸彦。
16 『日本書紀』、六年、十二月の項において、胎《はら》のうちにましますホムダスメラミコト（胎中誉田天皇）と呼んでいる。
17 『日本書紀』本文（岩波文庫本三四ページ）において、異名としてオオヒルメノムチ、アマテラスオオヒルメノミコトが挙

げられているが、「メ」には「[illegible]」の字があてられている。

18 『日本書紀』異本第九（岩波文庫本五二ページ）、もがりのところ（殯斂処）。

19 読み方は違っていてアラキの宮となっているが、両方とも「殯宮」と書記され、同じ儀式である。

20 この言葉は『古事記』においては使われてはいない。『日本書紀』巻九、前紀（岩波文庫本一三六ページ）にある。

21 『日本書紀』巻九、前紀（岩波文庫本一三六ページ）、「罪をはらへ過ちを改めて（解罪改過）」。巻八の天皇の死においては、祓えについての記述は一切ない。

22 祝詞の中では、罪は天上のものと地上のものとに分類されている。

23 これらは、大祓えの天津罪《あまつつみ》である。

24 アマテラス（太陽）、ツクヨミ（月）、スサノオ（手のつけられないひどい子供）

25 イザナキだけから生まれたにもかかわらず、死んだ母の国（妣國）を慕って泣く。ここで「はは」と読まれている漢字は「死んだ母」という意味である。

26 すなわち、み髪を解かし、みづらに巻かして（即解御髪、纏御美豆羅而、前掲書、四一ページ）

27 『日本書紀』巻九、前紀、四月（岩波文庫本一四四ページ、原文四九五ページ）、きさき即ちみぐしをあげたまひてみづらにしたまふ（皇后便結分髪、而爲髻）。

28 同前。しかれどもしばらくますらをの姿をかりて（然暫假男貌）。

29 『日本書紀』巻十、前紀（岩波文庫本一九二ページ、原文五〇八ページ）、然則可謂大神本名誉田別神、太子元名去来紗別尊、然無所見也。未詳。

30 衣通との逢い引きに先立つエピソードは前代天皇の殯宮《もがり》を舞台としている（『日本書紀』前掲書、第三巻、一一〇〜一一三ページ）。

31 『日本書紀』の一書によれば、伊予に流されたらしいとなっている（一云流伊予国、同前、一三二ページ）。

32 をののこまちは、いにしへのそとほり姫の流なり。あはれなるやうにて、つよからず（『古今和歌集』、岩波古典文学大系、八、一九六九、一〇一ページ）。

33　『日本書紀』（新編日本古典文学全集、二、小学館、一九九六、一一八～一一九ページ、歌謡番号六五）

34　巻十四の墨消歌の内の一つ（前掲書、三三二ページ、歌番号一一一〇、適宜かなを漢字に改めた）。

　そとほり姫のひとりゐて帝を恋たてまつりて
　わが背子が来べき宵也ささがにのくもの振舞かねて著しも

35　この小町は歌をよむことすぐれたり。いにしへの、衣通姫の流れとも申（し）、観音の化身とも申す（『御伽草子』、岩波古典文学大系、三八、一九六九、八六ページ）。

　慈覚大師如法経かきたまひける時住吉神託宣の事、并びに住吉由来の事

36　又、津守国基申侍るは、南社は衣通姫也。玉津島明神と申也。和歌浦に玉津島の明神と申す、此衣通姫也。昔彼浦の風景を饒《ゆた》かに思しめしし故に、跡をたれおはしますなりとぞ（『古今著聞集』、岩波文学大系、八四、一九六九、五二ページ、巻一の五）

37　シテ「恥づかしのご諚候ふや、先代の昔はそも知らず、すでに衣通姫この道の廃らんことを嘆き、和歌の浦に跡を垂れ、玉津嶋の明神よりこのかた、皆この道を嗜むなり」
ワキ　げにげにそれはさることなれどもさりながら、おん身は衣通姫の流なれば、あはれむ歌にて強からねば、古歌を盗むは道理なり。（『謡曲　下』（岩波文学大系、四一、一九六九、三八三～三八四ページ）

38　前掲書、一八七ページ

39　同前、以下引用は一一七～一一八ページ

40　『風土記』（岩波古典文学大系、二、一九六九、四九三ページ）

41　スサノオについて、『古今集』仮名序は、「あらがねのつちにしては、すさのをのみことよりぞ、おこりけり（同前、九三～九四ページ）」、つまり、地上で初めて和歌を詠んだと述べている。貫之はまた、『日本書紀』の記述に基づいて、高天原において歌を最初に詠んだのは、もう一人の光り輝く身体を持つヒロイン、下方に向かって光を放つ下照姫であると記している。

　このうた、あめつちの、ひらけはじまりける時より、いできにけり。しかあれども、世につたはることは、ひさかたの

あめにしては、したてるひめにはじまり（「仮名序」、九二ページ）。『日本書紀』のこのエピソードは天孫降臨神話の第一の異本中にあるが（同前、一、一二六〜一二七ページ）、『古事記』では、少し違った話になっている。下照姫は自分の兄の真実の名前、アジスキタカヒコネ（阿遅鉏高日子根）を明かす人物として登場する。この兄は、死んだアメワカヒコ（天若日子）の家族が死者と混同してしまったほど天若日子と似通っていた。しかし『古事記』においては、下照姫は地上での天若日子の妻なのである。つまり彼女は兄と瓜二つの男と結ばれている。光り輝く身体を持つ女達、イザナミは火を産んで死に、アマテラス、サホ、衣通、下照は不可思議な強い感情で兄弟に惹かれているが、それは多くの場合、彼女等の死を招くことになる。

（寺田澄江 訳）

『日本霊異記』における語り

マリア＝キアラ・ミリオーレ

長い歳月を研究に費やし、ようやく二〇一〇年の七月に、私は『日本霊異記』のイタリア語訳を出版した。[1]『日本霊異記』は、従来、益田勝実氏が説かれたように、私度僧が作った、私度僧階級を中心とする人々に読まれるべき「私度僧の文学」であり、[2]また、中村史氏が論じられたように、説教・唱導にもちいられた「唱導の文学」であるとされてきた。[3]

しかし、私は『日本霊異記』の撰集の意図・目的について別の見解を持っている。そこで、ここではその根拠を、作品そのものによりながら、明らかにしてみたいと思う。

最大の問題は、作者について、戒名が景戒であるということの他は、ほとんど何も知られていないということである。自身が奈良の薬師寺の僧侶であると身分を明かしている他、『日本霊異記』の下巻第三十八縁で彼自身の仏教への帰依と僧侶として生きていることを述べた箇所以外、何も情報を残していない。俗名や出身地を特定する情報が存在しないために、日本の研究者が発表した様々な学説は、論拠に欠ける仮説にとどまっている。だが、実は、当時の社会における景戒の地位を、幾分でもはっきりさせることが出来る唯一の確固たる証拠といえば、彼の中国大陸の言葉に対する造詣の深さである。そこには、中国語は東アジア全域を文化的に一つに結びつけるものであり、日本のエリート階級は中国語の習熟に自らの存在意義を認め、権力の基盤としていたという時代背景があった。

一 『日本霊異記』の表現

『日本霊異記』に書かれている言葉は、中国の正史を綴った漢文の簡潔さも、名詩選などに収められているような形式的な優雅さも有していない。『日本霊異記』の説話の文体は独特で、同時期に日本で書かれていた作品に類似したものを見つけ出すことは出来ない。簡素で、時に素朴《ナイーヴ》であるにも関わらず、目を疑うほど鮮明で、写実的であるからこそ、人を引きつけ感動させるのである。その文体のモデルは、上巻の序で、景戒自身が挙げているように『冥報記』と『金剛般若経集験記』であることは確かである。両作品とも、中国の古典文学における代表的な説話文学の系譜に属するもので、その誕生は仏教の浸透に促されたとされている。こうした文学の発展にともなって、中国では十四世紀以降、民間の物語、小説、芝居の演目が発生した。しかしながら、景戒が書いた序の文体は、説話のそれとは同じものではない。景戒は、中国の古典文学の典型的な文体で、修辞的技巧を駆使し、高尚な引用を行い、史実へ言及し、さらには自身の力不足を告白するなど、饒舌に序をしたためている。

武田祐吉は、

「序文の如きは、特に注意して漢文の風習によっているが、本文においては、かならずしも漢文の風習通りになっていない。（略）十分に漢文を作ることになれないので、いっそう純粋な漢文から遠ざかるのである。[4]」

と述べているが、私はこの説には賛成できず、むしろ反対の意見を持っている。大陸の言葉をものにし、教養のあった景戒は、仏教の経典を学び、儒教の古典にも通じており、テクストに付けられた引用から見るところ、日本の国史も相当読んでいたと考えられる。『日本霊異記』の本質を理解するためには、本作品のこうした基本的な側面、つまり、漢文で書かれ、内典・外典に出典をもつという側面をもっと重視し、考慮に入れるべきであると考える。

また、民衆の想像力に訴えかけるために作り出された説話文学としての要素が豊富であるため、『日本霊異記』を唱道文学作品だとする推測もある。裏付ける資料はないが、『日本霊異記』は僧侶が説法を行うための準備に使われたと考えることもできる。しかし、説法の内容を聴衆にわからせるためには、どうしても日本のわかりやすい言葉で聞かせる必要があった。一方で『日本霊異記』は朝廷および貴族社会にも知られており、好んで読まれてもいたことは周知の事実である。平安時代に下るが、『三宝絵』は同様に三巻構成をとるばかりでなく、それぞれが『日本霊異記』と全く同じような序で始まっており、筆者自身も述べているように、中巻の十八話あるうちの十七話までが『日本霊異記』に載っている説話の忠実な翻訳である。

二　編纂の動機

景戒が生きていた時代、貴族社会では仏教の難解な注釈書や、仏教関連の著述が盛んに読まれ、そのうちのいくつかは精緻な理論的骨格をもっていた。例えば、空海の手による一連の著作がそれにあたる。私は、まさにこういった難解な著作物を論難するために、景戒は『日本霊異記』を編纂したと考えている。わかりやすい例を挙げよう。中巻第七縁で、景戒は高僧智光について語っているが、高貴な生まれで、学問の大家でもあり、経典の注釈書を作っていた智光が地獄に落とされることになったのは、高名な行基菩薩をあざけり笑い非難したからであるとしている。行基菩薩は、高貴な生まれでもなく、経典の注釈書を作ってもいなかったが、貧しい者に救いの手を差しのべ、民を仏門に帰依させることにその人生を捧げた。勿論、景戒の筆の無邪気さは微笑ましくさえあるが、教義の研究や制度化された仏門での地位を守ろうとするのではなく、修行に励み、いやしい者を哀れみ、布教を率先して行う僧侶の後押しをする立場を彼が明確にとろうとしていたのだろうということを考えさせる説話である。

奈良に都があったのは、数十年という僅かな年月ではあったが、大陸との文化的、芸術的な交流が行われた並々ならぬ価値を持つ時代であった。仏教も、大陸や朝鮮半島に赴いた日本の僧侶や、宮廷に仏具、儀礼、聖典をもたらした大陸や朝鮮半島の僧侶の活躍によって、大きく花開いたのである。様々な宗派の思想を受け入れていた寺院においては、仏典研究が活発に行われ、朝廷は新宗教を保護した。仏教が、天皇を正当化するための政治的計画の重要な一要素になりうることを、かなり早い時期に悟ったためである。しかし平安京へ遷都することで、桓武天皇は仏教界の経済的な影響力を削ぎ、それに対抗するための法律を続けて公布し、寺院の特権や僧院の規模に制限を加えるよう様々な措置を講じ、空海・最澄による新たな平安仏教の流れが主流となっていった。

景戒が『日本霊異記』を編纂した動機の一つは、もちろん因果応報を標榜して、仏教の力が善を行う人を助けるという教えを示すことである。しかし、もう一つの主な動機は、政治・社会に関わるもので、仏教を政治から締めだそうとする桓武朝の新たな傾向に対しての反論であった可能性がある。作品全体を通して、数多くの説話で、僧侶を手ひどく扱ったり、仏教関係の財産を横取りしようとしたりする者のおぞましい結末が語られる。報いからのがれることは身分の高い貴族さえもかなわない。たとえば中巻第一縁の長屋王もその例に漏れないし、下巻第三十六縁の藤原永手は左大臣にまで出世したにも関わらず、寺院の規模を縮小したかどで報いをうける。私の解釈では、景戒は当時の日本の仏教は衰退の時期にあると見ていた。たとえば、下巻の序で、日本は末法の時代に入ったと、景戒自身が強調しているのはたいへん興味深い記述である。こう考えてみることで初めて、聖武天皇治世における仏教の栄光の時代を執拗に回想することや、魂の救済へといたる道程を示そうという彼の渇望をより深く理解することが出来るだろう。因果応報や業《カルマ》が作用する機構《メカニズム》を力説するのは、おそらく景戒が生きていた時代のエリート階級には、あまり深くこの機構《メカニズム》が理解されていなかった事を感じたからだろう。上巻の序では、中国の古典―国家の統治者にとって無視することの出来ない倫理的モデルを唯一有している―を学んでいる者達が、仏典にほとんど関心を払っていないことを嘆いている。

上巻の序に書いてある景戒の言葉で言うと、

「儒教の書を信じ学ぶ者は、仏法を悪く言う。反対に仏教の本を信じ読む者は、儒教の書を軽んじている。（略）しかし、知恵の深い仏教信者の仲間は、仏教の本にも儒教の書にも親しんで、因果応報の教えをかたく信じ、つつしみ恐れているのである。[5]」

ということである。要するに、景戒によると、真の賢者とは、経典や古典を学び、因果応報の法則を信じている人々なのである。朝廷や地方で活動していた貴族や官僚と等しい教養をもつ景戒は、国家に仕える世俗のエリート階級に属していたはずである。彼のメッセージは、私度僧と民衆へ向けたものはなく、景戒がみずからもその一員であった知識階級に向けて、すなわち、律令国家における官僧・官人層に向けて書かれたたものであろう。この観点から、私は、おそらく彼も地方の官僚制度の中の一員であると考えるにいたった。[6]『日本霊異記』撰述の目的は、当時沈滞していた仏教を、律令国家が依拠する倫理的・政治的な指針とすべく、国家を担う有能な人物たちに訴えかけ、説得するというところにあったのではないか。国家と人民の幸福は、物質のみにあらず、まず、精神的なものでなければならなかったからである。とりわけ仏教は国家を守護するだけではなく、すべての人間、わけてもいやしい者の救済を目的としていた。このような普遍的視点も『日本霊異記』においては知識階級としての社会観に裏打ちされていたということができるのではないだろうか。

三　『日本霊異記』における物語的要素

用語の混乱もあり、日本古典文学のジャンルの区分が西欧文学伝統に基づく分類方法とは必ずしも合致しないという問題もあるが、『日本霊異記』が仏教説話に属するものだということについては疑問の余地がない。ジャクリーヌ・ピジョーの説話の特質についての分析[7]に基づいて考えてみると、三巻共に序を持つという構成の他、簡潔で直接的文体が選ばれているという点で、この作品は他の仏教説話と同様に、教訓的意図を持ち、人物を特定し（名前や官職がしばしば与えられている）、場所、年次を明示して事実譚であることを示そうとする意図がはっきりと示されている。その例として、下巻の第十九話冒頭を挙げておこう。

「肥後の国八代《やつしろ》の郡《こおり》豊服《とよぶく》の里の人、豊服広公《ひろぎみ》の妻が妊娠して宝亀二年冬十一月十五日の午前四時ごろ、一つの肉団《ししむら》を産み下ろした。」　（一三五〜一三九頁）

また、イタロ・カルヴィーノの文学についての考察[8]に基づいて考えてみると、説話《アネクドート》[9]の特徴は、筋展開が早く、登場人物の心理分析が全くないとは言わないまでも非常に少ないということに加えて、その内容は物語ではなく、むしろテーマだということになる。『日本霊異記』の場合そのテーマは言うまでもなく悪行・善行の因果応報である。それに対して、「古い書物の中に多少見出される物語についての言及を集めてみると（略）、殆ど常に共通していて、物語というジャンルの主要な特徴であると当時の人々に考えられていたのは」[10]、事実ではないということである。しかし、私は『日本霊異記』を翻訳していて、物語の典型的な要素を備えた以下の話が中巻にあることを発見した。

みなしごの娘が観音の銅像を頼りにし敬った時に、
不思議なことが現れて、この世で報いを得た話

奈良の都の右京の殖槻寺のほとりの里に、一人のみなしごの娘がいた。まだ結婚していなかったので、夫はいなかった。名前はわからない。父母が生きていた時分は財産が多く、暮しも裕福で、たくさんの家や倉を建てて観世音菩薩の銅像を一体お造り申した。銅像の高さは二尺五寸である。家から離れた場所に仏殿を建てて、そこにその像を安置し供養していた。聖武天皇の御代に、父母はこの世を去り、男女の召使いはみな逃げ去り、牛馬もそのため死んでしまった。財産もなくなり、家も貧しくなって、ただ一人何もない家にいて、昼も夜も悲しみ泣いて涙を流していた。娘は観音菩薩は人々の願いをよくかなえてくださると聞き、その銅像の手に縄をかけて引き結び、花・香・灯明を供えて、幸運を願い、「わたしは一人子で、今は父母もおりません。みなしごとなり、ただ一人で暮らしております。財産もなくなり、家は貧しく、生きて行く手だてもありません。どうかわたしに幸運を恵んでください。早くお恵みください、すぐにも施してください」と夜となく昼となく泣き訴えた。この里に豊な人がいた。妻に先立たれて男やもめになっていた。この人がある時、この娘を見て、仲人を通じて結婚を申し込んだ。娘は答えて、「わたしは今は貧乏です。裸同然で、着る物もありません。どうしてあつかましい

顔をしてお嫁入りできましょう」と言った。仲人は帰ってこのことを男に告げた。男はそれを聞いて、「その身が貧乏で着物のないことは、百も承知です。ただ結婚を許してくれるかどうかです」と言った。仲人は娘の所へ行き、またこの旨を伝えた。娘はやはりいやと言って断った。男は強引に娘の所に行き、執拗になぶりかかって結婚を求めた。そこで娘はやっと承知して、男と交わった。明くる日は一日中、雨が降ってやまなかった。男は雨に妨げられて帰ることもできず、三日間、女の家に留まった。男は空腹のあまり、「わしは腹がへった。飯をくれ」と言った。妻は「ただいま差し上げます」と答えた。そして立ち上がり、かまどに火をつけ、からの土鍋を置いたものの、煮る物もなく、頬に手をつき、うずくまり、また何もない家の中を行ったり来たりし、大きくため息をついた。そして口をすすぎ、手を洗って仏殿に入り、像にかけた縄を引いて、涙ながらに、「どうか恥ずかしい思いをさせないようにしてください。わたしに今すぐ財産を施してください」と祈った。仏殿から出て、さきのようにむなしいかまどに向かい、頬に手をあてうずくまった。その日の午後四時ごろ、急に門をたたいて娘を呼ぶ声がした。出て見ると、隣の金持ちの家の乳母であった。大きな櫃にいろいろなすばらしい食べ物が納めてあり、おいしそうな匂いがぷんぷん立ちこめ、必要なものはみなそろっていた。食器はいずれも金属製の椀や漆塗りの皿であった。隣の家の乳母はこれらを娘に与えて「お客様がいると聞きましたので、家の女主人が品々さしあげようとお贈りするのです。ただ食器は後ほどお返しください」と言った。娘はたいへん喜び、幸福な気持ちを抑えきれず、着ている黒い衣を脱いで使いの者に与え、「お礼として差し上げる物もありません。ただ垢で汚れた普段着があります。受け取って使っていただければ幸いです」と言った。使いの乳母は着物を受け取って着た。娘は急いで夫の所にもどって、ご馳走を出してもてなした。夫はご馳走を見て不思議がり、そのご馳走を見るよりも妻の顔ばかり見つめていた。次の日、夫は帰ると、絹二十反、米十俵を妻に送って、「絹は早く衣服に縫い、米はすぐにも酒にお造りなさい」と告げた。娘は隣の金持ちの家に行き、心からお礼を言い、感謝した。隣の女主人は「まあ、おばかさんですね。ひょっとしたらあなたは鬼神にでも取り憑かれて、おかしくなったのではないですか。そんなこと、わたしは何も知りませんよ」と言った。また使いとなった乳母もやはり、「わたしも知りません」と取り合わない。娘はなぶられる思いで家に帰り、いつものように礼拝しようと仏殿に入って見ると、使いに来た隣の乳母に着せたはずの黒い衣が、わが家の観音菩薩像に着せてある。そこで、あのご馳走は観音がくださったのだということがわかった。このようなわけで、仏法の因果応報の定めを信じ、いよいよ心をこめて勤め、その観音像を敬った。これより後は、以前のように裕福になり、飢えも免れ、憂いもなく、夫妻ともに早世することなく、天寿を全うして長く生きた。これは不思議なことである。

この話においては、テーマとしてのテクストから語りとしてのテクストへの転換が認められ、説話を物語に近づけている。主人公が信心による報いを受けるというテーマは、筋の複雑化のため印象が薄いものになってしまっている。同じテーマを持つ似たような話は他にもあるが、乳母の姿になって現れる吉祥天女の奇瑞の御蔭で皇族の名に恥じない宴会を開くことができたという皇女の話（中巻、第十四話）にはこの説話が持つ豊富な状況設定・細部描写はない。

財産を失った子供が家の富を取り戻すというテーマ、信じがたいほど頑固に主人公を得ようとする求婚者の登場、そして求婚者が若い娘の秘めていた力に感嘆するという設定の結婚というテーマは、シモーヌ・モークレールによる『落窪物語』の構造分析が明らかにした語りのテーマ[11]と極めて近似したものを内包しており、この説話の筋を『落窪物語』のそれとを比較することの意義を思わざるをえない。また、はじめは主人公の窮乏に何の関心も払わず、彼女が礼を言おうとすると邪険な返事をする隣の金持ちの女は、中世の物語にもよく出て来るタイプの、意地の悪い継母を思わせる。また、複数のテーマを既に抱え込んだ筋に、食器の描写に見られる細部へのこだわり、また主人公の悲嘆を語るコミックな幕間など、純粋に文学的なディテールが豊かさを添えている。『日本霊異記』にこの説話があるということは、この作品のすばらしい豊かさを教えてくれるとともに、日本古典文学のジャンルに関する研究への新しい切り口を与えてくれるのである。

〔注〕

1 Maria Chiara Migliore, a cura di, *Nihon ryōiki, Cronache soprannaturali e straordinarie del Giappone*, Roma, Carocci, 2010.

2 益田勝実「古代説話文学」(『岩波講座日本文学史』第一巻)、岩波書店、一九五八年

3 中村史、『日本霊異記と唱導』三弥井書店、一九九五年

4 益田勝実、前掲書、一八頁

5 『日本霊異記』の現代語訳は全て、中田祝夫『日本霊異記』(小学館、一九九五年)に部分的に基づいた。

6 景戒が名草郡の郡司層に属する大伴氏関係者であるという説については志田諄一、『日本霊異記とその社会』、原田行造『日本霊異記の新研究』を参照。

7 Jacqueline Pigeot, «Autour du monogatari : question de terminologie», *Cipango. Cahiers d'études japonaises*, 3, 1994, p. 93-107.

8 Italo Calvino, *Lezioni americane*, Milano, Garzanti, 1988 (2. Rapidità). 日本語訳は『カルヴィーノ アメリカ講義―新たな千年紀のための六つのメモ』岩波文庫、一九八八年。

9 説話は事実譚であるという受容伝統を考慮して、フランスでは説話を〝アネクドート anecdote〟と訳すことが普通に行わ

れているが、ベルナール・フランクがその『今昔物語』の仏訳の序において指摘しているように、「さして重要でないエピソード」というニュアンスを持ち、それが問題視されており、訳語は確定されていない（編者註）。

10 ジャクリーヌ・ピジョー、前掲書、九五頁

11 Simone Mauclaire, *Du conte au roman: un Cendrillon japonais du Xe siècle. L'Ochikubo-monogatari*, Paris, Maisonneuve et Larose, 1984（編者註、シモーヌ・モークレールは、婚姻に伴う主人公の社会的地位の変化と両親の不在、『日本霊異記』の場合は孤児、『落窪物語』の場合は主人公が孤児に等しいということ及び主人公を虐待する継母と頼りにならない父が留守であること、を関係づけている）。

『竹取物語』における語り
――『今昔物語集』所収説話との比較から――

小嶋　菜温子

一　かぐや姫の「生い立ち」の語りから

王朝物語にみる語り（話法）についてはこれまで、『竹取物語』『うつほ物語』『源氏物語』といった物語史に沿いつつ考察が深められている。[1] おおまかな会話文／地の文という区分、あるいは会話／内話（心内語）／地の文という一般的な区分は、さらに以下のように分節化されてきた。会話文は、直接的な会話・内話文（直接話法）／間接的な会話文・内話文（間接話法）に。そして地の文は、いわゆる地の文（間接言説）／移り言葉的な地の文（自由間接言説）に。なかでも『源氏物語』に特徴的な、移り言葉（自由間接言説）の話法は、表現史的に注目されてきたところである。

ここではそうした研究の流れを踏まえつつ、王朝物語の表現史の原点ともいえる、『竹取物語』における語りについて、物語の始発部分と結構部分を中心に考えてみたい。とくに会話文の機能を中心に、『今昔物語集』所収の竹取伝承とも比較しながら、『竹取物語』なりの話法の意義の一端を探れればと思う。

まず、よく知られているごとく、『竹取物語』の概要は以下のとおりである。

・「生い立ち」
・「求婚（難題）譚」――五人の貴公子・帝
・「昇天」
・「富士の山」

このうちの「生い立ち」から「求婚（難題）譚」の導入部分について、語りの成り立ちを見ておこう。『竹取物語』の語りの特徴として、方法としての会話・内話文の機能をとらえることとしたい。

かぐや姫の「生い立ち」の語り出しの部分を見る。次に引くとおり、掛詞（「子」となる＝「籠」で養う）の技法において、会話・内話と物語の筋が呼応する形が見られる。そして大事なことは、それによって「養ふ」翁と、養われる姫の親子関係（擬制的ではあるが）が説明抜きで成立してしまうという点であろう。それゆえ、媼に姫を「養はす」にあたって、翁は余計な説明をしなくても済むのである。かぐや姫の物語を必然的に導く方法として、会話・内話文に一定の機能が与えられているのである。左に、起点となる会話・内話部分（骨子にあたる箇所に網掛けを施す）と、それを受ける展開部分を矢印で示す。

（『竹取物語』）

翁いふやう、「我あさごとに夕ごとに見る竹の中におはするにて、知りぬ。子となり給べき人なめり」とて、手にうち入れて家へ持ちて来ぬ。

（日本古典文学大系による。以下同じ）

↓　妻の女にあづけて養はす。うつくしき事かぎりなし。
　↓　いとおさなければ籠に入れて養ふ。

『今昔』所収説話と比べれば、こうした『竹取物語』の語りは機能的であることがよく理解できるはずだ。「子」「籠」の掛詞が、翁と姫の養父子関係の成立の鍵を握るといった点も、『今昔』所収説話には見られないことであった。

（『今昔』所収の竹取説話）
翁、此レヲ見テ思ハク、「我レ、年来竹取ツルニ、今此ル物ヲ見付タル事ヲ喜テ、片手ニハ其ノ小人ヲ取リ、今片ニ竹ヲ荷テ家ニ返テ、妻ノ嫗ニ、「篁ノ中ニシテ、此ル女児ヲコソ見付タレ」ト云ケレバ、嫗モ喜テ、初ハ籠ニ入レテ養ケルニ、三月許養ル丶、例ノ人ニ成ヌ。
（『今昔物語集』巻第三十一・第三十三。新日本古典文学大系による。以下同じ）

翁と姫の出会いの説明は、『今昔』所収説話のほうがむしろ詳しい。地の文も会話文も、『竹取物語』よりも散文的で説明的だ。「養ひ」「養はるる」という親子関係（擬制的）にいたる経緯は、『今昔』所収説話のほうが平明であるとも言えよう。ただし、『竹取物語』の会話に仕組まれたような掛詞のレトリックは見られない。あくまで散文的な説明に終始しているのであった。

逆に言うと、『竹取物語』の語りのありようのほうが、飛躍を内包しているということになる。そしてその飛躍を可能にしているのが、会話・内話文の機能であったのである。このことは、続く「求婚（難題）譚」の導入部における語りにおいても確かめることができるだろう。

二　求婚（難題）譚を導く会話の機能

三月ほどで美しい女性に成長した、かぐや姫。「世界中の男」たちから五人の「色好み」たちによる求婚譚が開始する。熱意がさほどなかった男性たちが諦めていくのに対して、彼ら五人の執念は並外れたものがあった。その熱意のほどを如実に表すのが、会話・内話文に見る、「歩き」への執念である。

をろかなる人は、「ようなき歩（あり）きは、よしなかりけり」とて、来ず成（な）りにけり。

↓　あながちに心ざし見え歩く

↓　「おいらかに、あたりよりだにな歩きそ、とやはのたまはぬ」と言ひて、倦んじて皆帰りぬ。猶、この女見では、世にあるまじき心地のしければ、……

熱意の乏しい男性たちは、「ようなき歩き」の無意味さに思いを致し、求婚を断念した。それに対する五人は、情熱を「見え歩く」ことに精を出す。いっそのこと、かぐや姫に「な歩きそ」と言って諦めさせてほしいと思いつつも、やはりその執着を捨てきることができない。会話文から地の文での展開が引き出され、さらにそれが別の会話文を率いだしていくという構造が見て取れるところである。

同時に、右の求婚者たちの「心ざし」は、実は、かぐや姫が要求したものであった。かぐや姫は言った。

「世のかしこき人なりとも、深き心ざしを知らでは、あひがたしと思ふ」

それに対して求婚者たちは、翁が必ず姫を男に会わせる（結婚させる）と信じた。それと呼応するかのように、翁は姫に結婚を勧奨する。

「さりとも、つゐに男あはせざらむやは」と思ひて、頼みをかけたり。あながちに心ざしを見えありく。

↓

「この世の人は、おとこは女にあふことをす、女は男にあふ事をす。その後ろくもなり侍る。いかでか、さることなくてはおはせん」。かぐや姫のいはく、「なむでふ、さることか、し侍らん」と言へば、……

「変化の人（物）」である姫を、養い育てた翁の「志（こころざし）」（②の求婚者たちの「心ざし」と呼応）を、翁が強調して語る。それを受けた姫は、「変化の身」について否定し、翁を「親」と思う人間的な立場を語った。その結果、求婚譚に巻きこまれるという筋書きが展開する。

姫は翁の勧奨に簡単には従おうとせず、「心ざし」を確かめるべく難題を提示するのである。かくして求婚難題譚が始まるのであった。これに求婚者たちは、各自の「心ざし」を見せる努力をすることになるが、そこからさらに翁の「志」が引き出されていくのである。

あながちに心ざし見えありく。これを見つけて、翁、かぐや姫に言ふやう、「我子の佛、変化の人と申ながら、ここら大きさまで養ひたてまつる志をろかならず。翁の申さん事は聞きてむや」と言へば、

↓

かぐや姫「なにごとをか。のたまはん事は、うけたまはらざらむ。変化の物にて侍（り）けむ身とも知らず、親とこそ思（ひ）たてまつれ」と言ふ。翁「うれしくも、のたまふ物かな」と言ふ。

求婚者たちと翁の右の会話には、重要な情報が詰め込まれてもいた。姫の出自（翁が山で見いだした）と、それゆえ不

羈の「心」を持つこと。この情報は、次の求婚者と翁の会話で反復されるとともに、さらに翁と帝との会話で再確認されるのである。

この人々、ある時は竹取を呼び出て、「娘を吾にたべ」と、ふし拝み、手をすりたまへど、「をのがなさぬ子なれば、心にも従はずなんある」と言ひて、月日すぐす。

↓

「……「宮仕へに出したてば死ぬべし」と申。宮つ子まろが手に産ませたる子にも子にもあらず。昔、山にて見つけたる。かかれば心ばせも世の人に似ず侍（り）」と奏せさす。

こうして、「変化の人」としての姫の属性が、徐々に拡大していくことになるところが注目されよう。それにともなって、かぐや姫の抱える矛盾も拡大していくことになる。「変化の人」でありながら「女の身」を有する――地上でのかぐや姫は、その二律背反を生きているのだ。実は左の翁の発言が、その点を鋭く衝いていた。

「変化の人といふとも、女の身持ち給へり。翁のあらむ限りは、かうてもいますかりなむかし。この人々の年月をへて、かうのみいましつつのたまふことを、思ひ定めて一人一人にあひたてまつり給ひね」と言へば、

↓

かぐや姫のいはく、「深き心も知らで、あだ心つきなば、後くやしき事もあるべきを、と思ふばかり也。世のかしこき人なりとも、深き心ざしを知らでは、あひがたしと思」と言ふ。

かぐや姫はすでに、自分が「変化の身」とは思っていないとしていた。だからここでも、「変化の人」としての発想ではなく、「女の身」を持つ人間として、求婚者たちの「心ざし」を求めることになる。これによって、かぐや姫は「変化の人」であることから、より遠く離れねばならない。「女の身」の立場で、翁との親子関係のもとに、難題譚か

ら求婚譚へと歩を進めることになるわけだ。

三　かぐや姫と帝の対話――昇天の論理

残念なことに五人の求婚者の難題譚は、ことごとく失敗談に終わった。そして、最後の求婚者である帝が登場する。しかし、その帝もまた、かぐや姫を手に入れることは叶わなかった。かぐや姫が「月の都」の存在であるという本性を露わにし、「この世」の存在としての帝の権威を圧倒したからであった。帝が彼女を連れ出そうとした瞬間の描写。

……このかぐや姫、きと影になりぬ。

かぐや姫と帝それぞれの、拠って立つ基盤の違いが、ここに顕わになった瞬間だ。天上界を帰属地とする、かぐや姫。その美しい身体は、地上の仮の姿でしかなかったのだ。けっきょくは、姫と帝とは住む世界が異なるということを、思い知らされる場面である。

いずれ、かぐや姫は「月の都」へと昇天せねばなるまい。その結構に向けて、「月の都」と「この世」の原理的な対立が、緊密かつきわめて論理的に仕組まれていくのである。このことについては、かつて論じたことがある（注3）。『竹取物語』のコスモロジーをめぐる論理構造の確かさは瞠目されるべきものであった。詳細は前著に譲るが、天地の対立をめぐる論理の骨格は、次のように整理することができる。

月の都（天上界）…　神権　…　不老不死
この世（地上界）…　皇権　…　生老病死

かぐや姫の昇天は、こうした論理構造を基盤として、きわめて合理的に語られるのであった。

本稿に引き付けて言えば、こうした物語の仕組みを支えるものとして、会話文の機能があったのである。そのことを、『今昔』所収の説話との比較をとおして確認したい。前節まで図式的に見た、「生いたら」から「求婚（難題）譚」での語りに比して、「昇天」に至る語りの論理性は際だっているため、以下では今すこし丁寧な説明を要しよう。

まず、昇天に向けて最も重要なファクターである、かぐや姫の出自の暴露そのものが、かぐや姫の告白によるものであったことが注意されよう。月を見ながら嘆く姫は、自らが「月の都」の存在であることを告げたのであった。

「……をのが身はこの国の人にもあらず。月の都の人なり。それを昔の契りありけるによりなん、この世界にはまうで来りける。いまは帰るばかりになりにければ、この月の十五日に、かのもとの国より、迎へに人々まうで来んず。……」

「この国」「この世界」としての地上と、それに対する「かのもとの国」としての「月の都」――『竹取物語』の根幹をなす、対立的なコスモロジーが、かぐや姫の会話をとおして提示された。その言葉によれば、姫は「昔の契り」なる因縁ゆえに、地上に降りたが、今は帰還する時期となったので昇天しなければならないのだ、と。ついては、「月の都」からの迎えの降臨までが予告されたのであった。

衝撃の告白に、翁は迎えの天人を迎撃するべく、帝に軍隊の出兵を依頼する。けれども、かぐや姫は、地上界と天上界の原理的な差を語り、なにごとも無駄な抵抗に終わろうことを示唆するのであった。不老不死の「月の都」に対する、生老病死の「この世界」の落差。かぐや姫の言葉によって、二つの世界の異質さが明確にされるばかりか、地上界の限界が浮き彫りにされていくのだ。

「……かの都の人は、いとけうらにて、老いをせずなん。思ふ事もなく侍る也。さるところへ罷らむずるも、いみじくも侍らず。老い衰へ給へるさまを見たてまつらざらむこそ、恋しからめ」と言ひて、……

「かの都」すなわち「月の都」の人々は、「けうらにて」＝美しく、「老い」もなく、また「思ふ事もなく」ある。地上界の人間のように、悩むことがない、と姫は語った。いっぽうで、地上界にある翁たちは、「老い衰へ」る存在であることを指摘するのであった。その上で、かぐや姫自身は「けうら」で「思ふ事なく」過ごせる「月の都」に帰還するのが嬉しい訳ではないと明かす。「老い衰へ」ていくであろう翁たちのことを見届けられないのが残念で、どんなにか恋しいことであろう……との真情を吐露するのであった。生老病死の地上界への哀惜に、かぐや姫は心を痛めているわけだ。

しかし、姫の真情がどうであれ、昇天の時は刻々と近づいている。かぐや姫の予告どおり、天人は迎撃しようとした翁や皇軍を瞬時に制圧するのであった。そして、かぐや姫の言葉は、迎えの天人の会話文へと引き受けられていく。姫の説明にあった「昔の契り」の中身が、天人の言葉によって補足されることになるのだ。

汝、おさなき人、いささかなる功徳を翁つくりけるによりて、汝が助けにとて、かた時のほど﹅て下ししを、そこらの年頃、そこらの金給て、身をかへたるごと成にたり。かぐや姫は、罪をつくり給へりければ、かく賤しきをのれがもとに、しばしおはしつる也。罪の限り果てぬればかく迎ふるを、翁は泣き歎く、能はぬ事也。はや出したてまつれ」と言ふ。

天人はまず、かぐや姫を翁のもとに下したのは、「賤しき」翁の「功徳」によるものであったと明かす。かたや、かぐや姫が地上に下ろされた理由は、姫が天上界で犯した「罪」ゆえであったことを明かす。しかも、その「罪」たるや、贖罪が完全に果たされたために、このように迎えにきたのである、と。かぐや姫が口にした「昔の契り」とは、翁の「功徳」と、姫の「罪」によってもたらされた因縁であったということが、天人が姫の言葉を引き継ぐ形で展開した会話文において、判明する仕組みとなっているのが分かるであろう。

「月の都」で犯した罪を、「この国」で贖う――そのために、かぐや姫は一時的に翁のもとに降ろされた。姫が今や贖罪を完遂したとあれば、もはや「この国」に滞留する意味は無い。翁がどんなに嘆こうとも、意味はないのだ――かぐや姫の言葉を補いながら繰り広げられた天人の会話文は、非情なまでの論理性で、昇天を必然化するのであった。

こうしてみると、かぐや姫は自らが発した言葉によって、昇天への道を進みだしたと言うべきであろう。そうはいっても、最後の別れの瞬間まで姫自身、「物思ふ事」に心を苛まれ続けた。翁たちを残して去ることを哀しみ、帝への想いを文に託した。

今はとて天の羽衣きるおりぞ君をあはれと思ひいでける

帝に残した姫の歌は、絶唱にも近い悲哀に満ちている。五人の求婚者を難題によって振り回し、帝の求愛にまで拒絶を貫いた頑強な姿勢とは大違いだ。

しかし、やがて別れの時が来る。翁や帝の哀しみそして自身の「物思ふ事」もすべて置き去りにして、かぐや姫は天界へと飛び立つことになる。その時、「この国」の人としての心情ばかりか身体性は消去されねばならないだろう。

……ふと天の羽衣うち着せたてまつりつれば、翁をいとおしく、かなしと思しつる事も失せぬ。此頃も着せつる人は、物思ひなく成にければ、車に乗りて、百人ばかり具して昇りぬ。

「かの国」の人々は、「けうらに」「物思ふ事」もない――かぐや姫自身の言葉に明かされたとおり、姫は地上での感情や悩みを一切忘れて天界へと翔るのみである。以上のように見てくるなら、『竹取物語』の天上界・地上界に関する対立構図は、次のようになるであろう。

月の都（天上界）：神権　：不老不死　：贖罪／きよら　：非身体／もの思いなし
この世（地上界）：皇権　：生老病死　：罪障／穢れ　：身体／もの思い

以上のごとく、『竹取物語』の語りにおける会話文は、首尾一貫した論理性を有して配置されたのである。この特徴は、『今昔』所収の竹取説話との比較をとおして、より明確になるはずである。

かたや『今昔』所収の竹取説話の結構部では、何が語られたか。『竹取物語』の語った天上界・地上界の対比や、原理的な対立は見られるかというと、それはない。会話文もなくないが、『竹取物語』のように語りの機動力になるような機能を負っているとは言い難い。

而ル間、天皇、此ノ女ノ有様ヲ聞シ食シテ、「此ノ女、世ニ並無ク微妙シト聞ク。我レ行テ見テ、実ニ端正ノ姿ナラバ、速ニ后トセム」ト思シテ、忽ニ大臣百官ヲ引将テ彼ノ翁家ニ行幸有ケリ。既ニ御マシ着タルニ家の有様微妙ナル事、王ノ宮ニ不異ズ。

女ヲ召出ルニ、即参レリ。天皇、此レヲ見テ給ニ、実ニ世ニ可譬キ者無ク微妙カリケレバ、「此レハ、我ガ后ト成ラムトテ、人ニハ近付ザリケルナメリ」ト、喜ク思し食テ、「ヤガテ具シテ宮ニ返テ、后ニ立テム」ト宣フニ、女ノ申サク、「我レ后ト成ラムニ無限キ喜ビ也ト云ヘドモ、実ニハ、己レ人ニハ非ヌ身ニテ候フ也」ト。

帝の会話文で語られるのは、かぐや姫を「后」にしたいということのみ。対する姫の言葉には、自分が「人ニハ非ヌ身」であるとの重要なファクターが含まれているのだが、それが次の語りを誘導しえているかというと、そんなことはない。

天皇ノ宣ク、「汝ヂ、然は何物ゾ。鬼カ、神カ」ト。女ノ云ク、「己レ鬼ニモ非ズ、神ニモ非ズ。但シ、己ヲバ只今空ヨリ人来テ可迎キ也。天皇、速ニ返ラセ給ヒネ」ト。天皇、此レヲ聞給テ、「此ハ何ニ云フ事ニカ有ラム。只今空ヨリ人来テ可迎キニ非ズ。此レハ、只我ガ云フ事ヲ辞ビムトテ云ナメリ」ト思給ケル程ニ、暫許有テ空ヨリ多ノ人来テ、輿ヲ持来テ、此ノ女乗セテ空ニ昇ニケリ。其迎ニ来レル人ノ姿、此ノ世ノ人ニ不似ザリケリ。

姫の言葉に応じるようにして、帝は「鬼カ、神カ」と問い返した。姫はそれに対して、「鬼ニモ非ズ、神ニモ非ズ」と非定形で答えるのみで、ならば何かということを語ることはないのである。代わりに、「空ヨリ人来テ可迎キ也」と、「空」から迎えが来ることを伝えるだけで、その「空」たるや、地上界とどういう関係にあるのかは全く不明なままなのだ。そして帝は帝で、かぐや姫の弁が帝を拒否するための口実だろうと思うのみだ。

言ってみれば、『今昔』所収の竹取説話にみる会話文や内話文は、ただ断片的に置かれるだけである。文と文との相互関係から、緊密な語りが導き出される『竹取物語』とは、語りのあり方が明らかに異なっている。『竹取物語』の語りに顕著であった論理性も、ここには介在しえまい。

其ノ時ニ、天皇、「実に、此ノ女は只人ニハ無キ者ゾ有けれ」ト思シテ、宮ニ返り給ニケリ。其ノ後ハ、天皇、

　彼ノ女ヲ見給ケルニ、実ニ世ニ似ズ、形チ・有様微妙カリケレバ、常ニ思シ出テ、破無思シケレドモ、更に甲斐無クテ止ミニケリ。其ノ女、遂ニ何者ト知ル事無シ。亦、翁ノ子ニ成ル事モ何ナル事ニカ有ケム。忽ベテ不心得ヌ事也トナム、世ノ人思ケル。此ル希有ノ事ナレバ、此ク語リ伝ヘタルトヤ。

漠然とした「空」に帰還した、かぐや姫。彼女が実に「只人」ならざる存在であったことを、思う帝。その後も姫のことを常に思い出しはするが、甲斐もないため止めたという。この帰結に、天上界・地上界のコスモロジーも窺うことはできない。『竹取物語』のかぐや姫が昇天するに当たって用いられた、罪／贖罪という論理もここでは不要に違いない。翁との因縁についても、語り手は「何ナル事ニカ」と疑問を呈するのみ。すべて「不心得ヌ事」との世人の感想が投げ出されるのであった。もっとも、こうした語り口自体、『今昔』の語りの一つの特徴を印象付けるものとして評価し得よう。かつて述べたように、『今昔』の語りは、不可知論的な視線に貫かれている。[3] そこにおいては、論理的な構文や、会話文はむしろ排除されねばならなかったということだろうか。

　会話文・内話文の機能、地の文への緊密な連動――『竹取物語』の語りに見るような論理性は、『今昔』の語りとは相容れないものであったと言うべきかもしれない。逆に言えば、『竹取物語』の語りは、ある意味で論理至上主義的であるとも言えようか。少なくとも不可知論的な姿勢は見出しがたいのは確かである。『竹取物語』が首尾一貫して、このような語りの構造を有する点はきわめて興味深いものがあろう。

　見てきたとおり、『竹取物語』では、その始発から結構に至るまで、会話文が物語の導入として有効に機能し、物語の展開を導いていくための鍵となっている。会話・内話文どうしの響きあいのみならず、会話・内話文と地の文が共振しあって物語を動かす様相を確かめることができた。『今昔物語集』所収の竹取説話との語りのあり方とは、その点で大きく異なっている。『竹取物語』の会話（内話）は方法的に配置されているといえるだろう。

会話文・内話文にも〈知〉的な脈絡を与えて、物語の論理展開を誘導する機能まで持たせようとする。『竹取物語』の語りのあり方は、物語史的に見ても看過しがたいものがあるのではなかろうか。たとえば『源氏物語』の会話文（内話文）が、主題的な展開の梃子となる様相を呈することと繋げて考えることができるように思われる。[4]『竹取物語』の文体はその未熟さが際立つと見做されがちであるが、そこに内包された機能性には見るべきものがあるのである。

〔注〕

1　高橋亨『物語文芸の表現史』名古屋大学出版会、一九八七。三谷邦明編『源氏物語の〈語り〉と〈言説〉』有精堂、一九九四。土方洋一『物語史の解析学』風間書房、二〇〇四。土方洋一『日記の声域―平安朝の一人称言説』右文書院、二〇〇七。東原伸明『古代散文引用試論』勉誠出版、二〇〇九など。

2　小嶋菜温子『かぐや姫幻想　皇権と禁忌』森話社、一九九五年。

3　『今昔』所収の竹取説話については、以下を参照されたい。小嶋菜温子「かぐや姫の〈罪〉と帝―『今昔物語集』竹取説話の世界観から」『源氏物語の性と生誕　王朝文化史論』立教大学出版会、二〇〇四年。また『今昔』の語りについては、前田雅之『今昔物語集の世界構想』（笠間書院、一九九九年）に教えられる。

4　若菜巻の冒頭において、朱雀院の心中思惟が綿々と語られる。あるいは晩年の光源氏が、長々とした述懐を繰り返す。一見して冗長に見えるそれらの内話文が、物語を大きく動かす鍵を握ることは知られている。

II

『源氏物語』

――語りの体系

『源氏物語』の巻々と語りの方法
――蓬生巻の語りを中心に――

土方　洋一

一　話と話との時間的関係について

岡本綺堂の『半七捕物帳』は、江戸末期の捕り方、半七を主人公にした短編シリーズで、一編ずつが独立した話だが、事件の年時が明記されていることが多く、相互の時間的関係を推定できる場合がある。

『正雪の絵馬』は、堀ノ内の近くのお堂に祀られている、由井正雪が奉納した絵馬にまつわる事件で、安政元年（一八五四）三月に始まる出来事とされている。一方、破牢した男を半七が追跡する『廻り燈籠』という話には、「この「捕物帳」を読み続けている人々は定めて記憶しているであろう。この年の四月、半七はかの『正雪の絵馬』の探索に取りかかっていたのである。そのあいだに、この牢破りの一件が出来して、人相書までが廻って来たので、これも打ち捨てては置かれなくなった」[1]という記述があり、本文に「五月はじめの朝」とあるので、安政元年の五月のことであるとわかる。

また『幽霊の観世物』という話は、幽霊の観世物小屋で起こった殺人事件を扱った話で、「そこでこのお話も安政元年の七月末、――いつぞや『正雪の絵馬』というお話をしたでしょう。淀橋の水車小屋が爆発した一件。あれは安政元年の六月十一日の出来事ですが、これは翌月の下旬、たしか二十六七日頃のことと覚えています」という記述があるので、同じ年の秋口のことだとわかる。

このように、ここにあげた三つの話は同じ年の晩春から秋口にかけて立て続けに起こった事件で、時系列に沿って並べ直してみればそれが明確にわかるのだが、話としては相互に独立しており、執筆・発表された時期もまちまちである。上に示したような相互の時期的関連性を示す記述があるにしても、読者はそれをほとんど意識せずにこれらの話を楽しむことができる。

たまたま思い浮かんだままに「半七」の例をあげたが、こうしたことはさほど珍しいことではなく、シャーロック・ホームズ・シリーズなどにおいても古くから「シャーロッキアン」と呼ばれる愛読者たちの間でこれに類した遊びが定着している。

筆者は近年、『源氏物語』の初期の巻々を眺めていて、これらの巻々の間にもこうした短編シリーズにおける承接関係と似たような関係を想定できるのではないかと想像しはじめている。

二　巻序と読む順序

『源氏物語』の初期の巻々の中には、時間的に並行する時期のことを扱っている巻がある。

一つは末摘花巻で、朱雀院の行幸の準備に触れられている箇所のあることから、若紫巻・紅葉賀巻と時間的に並行する、光源氏十八歳の春[2]から翌年の春にかけての出来事であることがわかる。花散里巻は、本文中には特に他の巻との関係を示す記述はないが、桐壺院の崩御後、ひときわ厭世的になっている源氏の心境を描く語り出しから見て、源氏の不遇の極まった時期、則ち須磨退去の直前の年の夏の出来事と理解されている。賢木巻の第三年と重なることになる。蓬生巻は末摘花の姫君のその後を語る巻で、光源氏の須磨退去中から帰京後の澪標巻までの時間と並行することになる。関屋巻も空蟬のその後を語る巻で、逢坂関での再会は、澪標巻と重なる光源氏二十九歳の秋の出来事である。

　これらの時間的に並行関係にある巻々を巻序という観点から見ると、平安時代末期の『源氏釈』ではすでに若紫巻の次が末摘花巻、賢木巻の次が花散里巻、澪標巻の次が蓬生・関屋巻（ただし関屋・蓬生の順）となっており、現行とほぼ同じ巻序である。鎌倉時代初めの藤原定家の『奥入』や高野山正智院旧蔵の『白造紙』「源氏の目録」でも、巻序はおおむねこの通りで（「源氏の目録」は竹河・紅梅の順とする）、この時期にはすでに巻序についての見方は安定していたと考えられる。

　物語の中の出来事を、できるだけ時系列に沿った形で読もうとするならば、初期の巻々の巻序はほぼ現行のように配列するほかなく、その順序に従って読むのが望ましいということになる。

　だが、『源氏物語』がそもそも「巻」と呼ばれる独立した冊子の集合体として成立し、その形で享受されていたということから考えれば、巻序というものはそれほど固定的なものでなければならないのだろうか。

　たとえば末摘花巻は、先にも述べたように若紫・紅葉賀巻と時期的に重なり、その末尾は若紫巻の末尾より後の源氏十九歳の春の出来事で、紅葉賀巻はさらに後のその年の秋の記事までを含むから、より早い時期の出来事からより遅い時期の出来事へという順序で読むべきだという原則を立てるならば、若紫・末摘花・紅葉賀という巻序にならざるをえない。

しかし、時系列の順序に必ずしもこだわらず、時間的な秩序は読者の頭の中で事後的に整理されるのでもよいという見方が許容されるのならば、若紫・紅葉賀・花宴のあたりまで読み進んだ時点で、時間を遡って、若紫・紅葉賀と部分的に並行するらしい末摘花巻を読むという読み方があってもよい。あるいは、若紫巻に「十月に朱雀院の行幸あるべし」(①二三九)[3]とあり、末摘花巻にそれと並行する時期のことであるらしい記事が見えるという点に目をつぶれば、夕顔の物語を受ける「思へどもなほあかざりし夕顔の露におくれし心地を、年月経れどおぼし忘れず」(①二六五)ということばで始まる末摘花巻を夕顔巻に続けて読み、次いで末摘花巻冒頭よりはやや後れる「三月のつごもり」から始まる若紫巻を読むという読み方も絶対にありえないとは言えない。また先にも述べたように、花散里巻は、全体の雰囲気から光源氏の離京の前年の夏のこととされ、巻序としては賢木巻の次、須磨巻の前に位置づけられているが、他の巻とのつながりが薄いことから考えれば、源氏の須磨流離の前にあるべき挿話的な巻として理解されていればよく、読むタイミングはある程度フリーであってもよいように思われる。

要するに、巻序というのは出来事の時系列を基準にして巻々を配列し直したものという以上のものではなく、巻々を読む順序を指定しているものと捉える必要は必ずしもないのではないか。

よく知られているように、『更級日記』の作者は、少女の頃、「紫のゆかり」を見て続きを読みたいと思ったが、なかなか手に入らなかったと記している。このように、『源氏物語』という大部の作品は、部分的に巻単位で書写され、流通することがあったし、また少なくとも初期の段階では、そのような流通の仕方をするかもしれないということを前提に執筆されたと想像することが可能である。巻と巻との時間的関係はかなり綿密に考慮されてはいるが、どの巻からどの巻へと読み進めるかは、ある程度柔軟であってかまわない、というよりも、読まれる順序は流動的なものになる、そのような流通の仕方しか望めないであろうことが前提とされていたと考えるべきではないだろうか。初期の巻々の関係を考える前提として、そうした享受のあり方を念頭においた、巻と巻との間のゆるやかな結合のあり方を想定してみたいのである。

三　蓬生巻の執筆時期

以下では、須磨・明石・澪標巻と時間的に並行する巻である蓬生巻について検討する。

蓬生巻は「藻塩たれつつわびたまひしころほひ、都にも、さまざまおぼし嘆く人多かりしを」（②三二五）ということばで始まり、光源氏の須磨退去中にまでいったん物語の時間が遡ることが読者に対して告知される。巻の前半は漠然と須磨・明石の頃と並行する時期として設定されているようだが、中段には、「さるほどに、げに世の中に赦されたまひて、都に帰りたまふと天の下のよろこびにて立ち騒ぐ」（②三三四）と、源氏の帰京のことが記される。これは明石巻の巻末あたりの源氏二十六歳の秋の時期に対応する。明石巻に続く澪標巻の初めでは、その年の神無月に故院追善の御八講が催されたことが語られるが、蓬生巻でもこのことに触れられ、末摘花の兄、禅師の君が参列した帰途に立ち寄って、源氏の威勢を語るくだりがある（②三三七）。また、叔母の大弐の北の方が侍従を連れ去ろうとする場面では、「大将殿の造り磨きたまはむにこそは、ひきかへ玉の台にもなりかへらめとは頼もしうはべれど、ただ今は式部卿の宮[4]の御むすめより外に心わけたまふ方もなかなり」（②三四〇）と嫌がらせをいう場面があり、源氏の愛を一身に受けている紫の上と、忘れ去られたように困窮してゆく末摘花とを対比的に浮かび上がらせている。

乳母子の女房、侍従にまで去られ、孤独なまま雪に埋もれていく末摘花の有様が語られた後、「年かはりぬ」（②三四四）とあって、ここから場面は一転する。ここまでこの巻は末摘花の側から語られていたのだが、ここで光源氏の側に視点が移り、花散里の許を訪れるために外出し、偶然通りかかった源氏と惟光によって末摘花が見出されることになる。

この源氏と末摘花との再会の場面は、「卯月ばかりに、花散里を思ひ出できこえたまひて、忍びて、対の上に御暇聞こえて出でたまふ」（②三四四）という改めて出来事を語り起こすようなことばで始まり、直前の「年かはりぬ」との間に時間的な断絶がある。視点が切り替わるだけでなく、春を跳ばしてその年の夏へという大きな時間的飛躍が見られるのである。それまでは雪に閉ざされた冬の情景だったのが、ここでは常陸宮邸の情景が、光源氏の眼を通して、

大きなる松に藤の咲きかかりて月影になよびたる、風につきてさと匂ふがなつかしく、そこはかとなきかをりなり。橘にはかはりてをかしければ、さし出でたまへるに、柳もいたうしだりて、築地もさはらねば乱れ伏したり。（蓬生②三四四）

と色彩豊かに表現されているため、この場面転換が読者に与える印象は鮮烈である。松に藤という屏風絵的な構図、また「むかしの人の袖の香」を想起させる「橘」に言及されるなど、引歌や歌ことばの表現が二人の再会の場面を盛り上げる効果をあげている。が、そのことのために二人の再会の場面が夏に設定されたとは考えにくく、夏に由来する引歌や歌ことばが見られることは、二人の再会の時期として夏が選ばれたことの結果ではあっても理由ではないようである。

この時間的な飛躍の理由を、蓬生巻の叙述の中に見出すことは困難である。

そこで、この巻と並行する澪標巻を参照すると、この年の春には朱雀帝から冷泉帝への代替わりがあり、源氏は内

大臣に昇進している。それに伴う様々な公事のため、この時期の源氏は繁忙をきわめている。一方、明石では姫君が誕生し、源氏は乳母を遣わすなど細心の対応を行っている。将来姫君を迎えるための準備として二条東院の造営に取りかかったのもこの時期のことである。

要するに、澪標巻ではこの春の時期に多くの出来事がつめこまれており、余暇に花散里を訪れるような余裕は源氏にはなかったのである。[5]澪標巻では、行事が一段落ついた時点で、五月雨の頃に花散里訪問という記事が挿入されている。[6]

つまり、蓬生巻だけを見ると、末摘花と源氏が再会する劇的な場面の前に新年から夏へという無意味な空白が置かれていて、いささか間延びするような印象を受けるのだが、これは澪標巻の記事を勘案した上でのやむを得ざる措置であったと考えられるのである。

このように、蓬生巻は、それ以前の末摘花巻や花散里巻にも増して、先行する澪標巻との時間的並行関係を強く意識しつつ書き進められているという気配が濃厚である。

蓬生巻の巻末には、「二年ばかりこの古宮にながめたまひて、東の院といふ所になむ、後は渡したてまつりたまひける」(②三五五)という記述がある。劇的再会を果たした後、末摘花が源氏の許へ引き取られるまでに二年の間があり、その間、末摘花は常陸宮の旧邸に住み続けたというのだが、再会から源氏に引き取られるまでに二年間の歳月が流れるというのは間延びしすぎで、かつわざわざそのことを明言しなければならない必然性が感じられない。

これはおそらく、二条院には末摘花を引き取る余地がないため、彼女を引き取るためには二条東院の完成を待たなければならなかったためであろうが、二条東院の完成は、現行の巻序では蓬生巻の三巻後の松風巻の冒頭あたりで語られる出来事である。年立の上で確認すると、それは確かに源氏との再会から二年後のことになる。

つまり、末摘花が源氏との再会から二年後に二条東院に引き取られたという記述は、少なくとも松風巻のあたりまで物語が進行してから、時間的には数年遡る形で蓬生巻が執筆されたため、物語の世界ですでに実現している事実に合致させるべくとられた処置であったということを意味しているだろう。[7]

初期の巻々に関しては、必ずしも物語の時系列に沿う形で巻々の執筆が進行していったわけではなさそうで、このことはすでに成立論に関わる議論の中で提起されていた問題でもある。紫の上系の十七帖が執筆された後、玉鬘系十六帖が一括して執筆され、巻々の間に挿入されていったという玉鬘系後記挿入説[8]に、筆者は賛同しないが、少なくとも蓬生・関屋両巻が澪標巻に続けて執筆されたのではなく、少女巻のあたりまでストーリーが進行してから物語の時間を遡って執筆されたということは、上のことからも明らかな事実だと思う。しかし、それ以前の巻々については、必ずしも現行の巻序の順に執筆されたわけでもなければ、長編的系列の後で短編的系列というような法則に従って執筆されたわけでもない、もっと不規則な経過をたどって制作されたものと想像している。

四　蓬生巻の語り

再度、蓬生巻冒頭の本文を掲げる。

藻塩たれつつわびたまひしころほひ、都にも、さまざま思し嘆く人多かりしを、さてもわが御身の拠りどころあるは、一方の思ひこそ苦しげなりしか、二条の上などものどやかにて、（中略）なかなか、その数と人にも知られず、立ち別れたまひしほどの御ありさまをもよそのことに思ひやりたまふ人々の、下の心くだきたまふたぐひ多かり。

（蓬生②三二五）

見られるように、ここでは、自らの体験した出来事を「き」の文体で語る語り手が設定されている。一方、この巻の巻末には、

かの大弐の北の方上りて驚き思へるさま、侍従が、うれしきものの、いましばし待ちきこえざりける心浅さを恥づかしう思へるほどなどを、いますこし問はず語りもせまほしけれど、いと頭いたううるさくものうければなむ、いままたもついであらむをりに、思ひ出でてなむ聞こゆべきとぞ。

（蓬生②三五五）

という特徴的な草子地表現が見られる。ここでも実体的な語り手が表面に顔を出して語りかける形式がとられているが、ここで「思ひ出でて」語ったとしている語り手は、蓬生巻頭において「き」の文体で語りはじめる語り手と同一という設定であろう。

つまり、蓬生巻の地の文の全体が、かなり実体的な存在として設定されている語り手の回想のことばによって成り立っている形式で、巻末の「とぞ」だけがそれを受ける真の地の文と捉えることも可能なのである。

こうした設定は、『源氏物語』の巻々の中でもほとんど蓬生巻に固有の語りのあり方である。[9] 蓬生巻がこうした語りの方法を用いなければならなかった理由は何なのだろうか。

すでに様々に指摘がなされているように、先行する末摘花巻で語られる末摘花像と、蓬生巻で語られる末摘花像との間には、大きな落差がある。[10] 末摘花巻での末摘花は、その鈍感さと醜貌とが強調され、コミカルな道化的キャラクターとして読者の前に提示されている。ところが蓬生巻では、毅然とした態度をとる意志的なヒロインというイメー

ジが強く、容貌の醜さにもあまり触れられることがない（末摘花を貶めるような言説が二箇所ほど見えるが、これについては後述する）。蓬生巻の語り手は、機能的で中立的な語り手ではなく、末摘花に同情的な語り手で、総体的に彼女のことを美化して語ろうとしていることは明らかである。

末摘花巻での末摘花は、歌を詠むことも苦手で、源氏に対する返歌は女房の侍従に代作してもらわなければならず、直接向き合って歌を詠みかけられた際には、絶体絶命、「むむ」と笑ってごまかすことしかできない（①二九四）。末摘花巻の中で唯一彼女が詠む歌も、「からころも君が心のつらければたもとはかくぞそぼちつつのみ」（①二九九）という古風で調べの悪い歌で、さすがの源氏も首をかしげざるを得ない。蓬生巻以後も、玉鬘・行幸巻に一首ずつ彼女の歌が見えるが、いずれも判で押したように「からころも」という歌語を含む古風で調べの悪い歌で、詠歌の教養の欠落した姫君という造型は一貫している。

ところが、蓬生巻だけは事情が異なる。この巻では、侍従との別れの際に詠まれる「たゆまじき筋を頼みし玉かづら思ひのほかにかけ離れぬる」（②三四二）、父宮を偲んで詠まれる独詠歌、「亡き人を恋ふる袂のひまなきに荒れたる軒のしづくさへ添ふ」（②三四五）、さらには再会した際の源氏の歌に対する返歌、「年を経てまつしるしなき我が宿を花のたよりにすぎぬばかりか」（②三五一）という三首が詠まれているが、いずれもその場に適した一定の水準の歌で、「からころも」を常に用いるというような定型的なところもない。

このように、蓬生巻で末摘花が詠む歌は、それ以外の巻で詠まれる歌とははっきりと様相が異なっており、一般に詠者のことばそのままに記載されていると信じられている和歌でさえも語り手の改作の手が入っているのではないかという疑いを抱きたくなるような豹変ぶりなのである[11]。

蓬生巻は、源氏と末摘花との何年ぶりかの感動的な再会と、末摘花が源氏に引き取られるまでを描く、ハッピーエンドに終わる物語である。しかし、末摘花巻で設定された末摘花の人物像では、末摘花のひたむきさに心を打たれた源氏が彼女を引き取る決心をするという展開にはなりにくい。蓬生巻での末摘花は、あくまでも物語のヒロインなのであり、美化され粉飾された姿で読者の前に現れる必要があったということなのであろう。

そのためには、末摘花巻とは異なる語りの視座が設けられなければならず、その差異を明確にすべく、末摘花の身近に仕えていて、彼女に好意的な人物を語り手として設定し、その語り手が回想して語るという例外的な語りの仕組みが必要となったということであるのかもしれない。

五 「き」の語りの属性

蓬生巻の基調が、直接体験者である語り手による「き」の文体であることを確認したが、やや意外なことに、『源氏物語』以前には、「き」の文体を基調とする仮名文の前例がほとんど存在しない。歴史的事実などを「き」という助動詞を用いて記述する例はもちろん上代から存在するが、公的な記録とは縁遠い表記法であった初期の仮名文においては、あえて「き」で基調づけられるような書き方をする必要性がなかったらしい（みずからの体験に基づいて書かれているはずの『かげろふの日記』のような日記文学でも、「き」を基調とする必要性を感じていない）。

『源氏物語』成立以前における唯一の例外といえそうなのは、『枕草子』の中のいくつかの章段であるが、そこにはそれらの文章が単なる過去の体験の回想ではない特殊事情が介在しており、「き」の表出する陳述性に多くのものを託さんがための意図的な試みであったようだ。[12]

『源氏物語』においては、全体が「き」を文体の基調とする巻あるいは場面は、蓬生巻以前には基本的に存在しないのだが[13]、作中人物の発話では、自身の体験を語る際にもっぱら「き」が用いられるということは当然起こりうる。

たとえば、帚木巻の雨夜の品定めの場面にそうした口調が見られる。宮中の宿直所に集まった青年貴族たちの間で交わされる会話の中の左馬頭・頭中将・藤式部丞が語る体験談は、（左馬頭）「はやう、まだ下臈にはべりし時、あはれと思ふ人はべりき」（①七一）のように、「き」の文体で語られる。自身の体験談だから「き」を用いて語られるのは当然なのだが、ここで問題にしたいのは、そこで取り上げられる話題の質である。

左馬頭が語る執着の強い女の話、浮気な女の話、頭中将の語る内気な女の話、藤式部丞の語る博士の娘の話、それらは基本的に男たちの失敗談であり、それぞれに悔恨や懺悔、場合によっては相手の女性への未練の感情もにじむのだが、その基調に流れているものは、長雨の季節、宮中の物忌に縛られている源氏の気持ちを引き立てようという座興的な気分であり、話を盛り上げるための誇張や歪曲が含まれていることが前提とされている。

私たち現代の読者は、実体験というものを重んじる価値観をどこかで刷り込まれているので、直接体験者の証言は信頼のおけるものという先入観を抱きがちだが、当事者の証言であるからこそ無条件では受け入れられないという場合もある。

地の文においても、帚木巻冒頭では「き」の文体による箇所が見られる。

まだ中将などにものしたまひし時は、内裏にのみさぶらひようしたまひて、大殿には絶え絶えまかでたまふ。忍ぶの乱れや、と疑ひきこゆることもありしかど、さしもあだめき目馴れたるうちつけのすきずきしさなどは好ましからぬ御本性にて、まれには、あながちにひき違へ心づくしなることを御心に思しとどむる癖なむあやにくにて、さるまじき御ふるまひもうちまじりける。（帚木①五二）

　これは「けり」「けむ」を用いて語る冒頭の語り手のことばに続けて現れる言説で、光源氏のことを間接的にしか知らない語り手のことばに続けて、若き日の源氏を直接知っていた人物が回想して語っているという体裁で書かれている。〈語りの場〉としては、一段と源氏の時代に近づいたという趣なのだが、そこで語られている光源氏像がそれだけ正確さの度合いを強めているかというと、それは疑わしい。ここでの語り手は、若き日の光源氏が内裏に詰めていることが多く、正妻の葵の上のいる左大臣家に足を運ぶことは稀であったと述べ、その理由として「忍ぶの乱れ」則ち恋多きためであったかと疑っているが、この語り手は、源氏が内裏にいることが多かったのは恋い慕う藤壺宮の身辺にいたかったためであるという真の理由に気づいていない。また行きずりの浮わついた恋などは好んでいなかったと述べているが、これもこの直後の雨夜の品定めの場面で源氏の傍らの御厨子に女からの手紙があふれかえっている様が描かれていることから見れば、若き源氏の行状のとらえ方としてはそうとうにあやしいのである。

　要するに、ここでの直接体験者の証言は、若き源氏の実像とは隔たりのある源氏像を読者に印象させるためのバイアスのかかったフィルターとしての機能を有していると言える。

　また、これもよく知られている箇所だが、須磨巻の地の文に次のような例がある。冒頭近く、源氏の離京が語られる条で、まず、

　三月二十日あまりのほどになむ都離れたまひける。（須磨②一六二）

と、離京の事実が述べられ、それに続けて、

　さるべき所どころに、御文ばかり、うち忍びたまひし|にも、あはれとしのばるばかり尽くいたまへるは見どころ

もありぬべかりしかど、そのをりの心地のまぎれに、はかばかしうも聞きおかずなりにけり。（同）

という草子地的表現が現れる。別離に際して、源氏が女性たちにお忍びで贈った手紙にはさぞ「あはれ」なことが記されていたであろうが、源氏の君の離京の騒ぎに気も動転していて情報を集めることができず、詳細を伝えることができなくて残念である、というのである。ここで顔を出している語り手は、源氏の離京という出来事を間近で体験した人物で、その体験を後から回想して「き」を用いて語っているという趣である。

ここでの語り手は、出来事のもっとも間近にいたはずの人物なのだが、むしろそれ故に様々な出来事をトータルに把握することができず、話の内容が不充分であることに対して弁解するという姿勢を見せている。作者の側からいえば、それは一種の省筆の手法といえるが、それが直接体験者の語りという形をとらなければならないことが問題なのである。

こうしてみると、「き」を用いて一人称的に語る口調の持つ、ある種の共通する性格が浮かび上がってくる。それは第一に、出来事を客観的に正確に伝えなければならないという縛りを持たず、もっぱら自らの主観において語ることが許されているため、他の情報とつきあわせてみた場合、必ずしも信頼度が高いとは言えないということである。第二に、出来事の渦中でまたは間近で見聞したことに基づいて語っているため、出来事の全体像を俯瞰的にとらえることができていないということである。

これらは共通する問題で、総じていうならば、自らの体験を「き」を用いて語る語り手の登場する場面で聞き手（読者）が与えられる情報は、必ずしも信頼のおけるものとしてそのまま受けとるわけにはいかない、そういう質の情報として提示されている、ということになる。

このことは、「き」の文体が現れる場面あるいは巻に与えられている属性として押さえておくべきだろう。

こうした問題は、そのまま蓬生巻の語りの性格にも反映されている。蓬生巻では、冒頭と末尾以外にも語り手の介入を思わせる草子地的表現が見られる。たとえば、末摘花が困窮しつつも調度などを手放そうとせず、じっと隠忍の生活を送っていることを述べたあとに、

音泣きがちに、いとど思し沈みたるは、ただ山人の赤き木の実ひとつを顔に放たぬと見えたまふ御側目などは、おぼろけの人の見たてまつりゆるすべきにもあらずかし。くはしくは聞こえじ。いとほしうもの言ひさがなきやうなり。（蓬生②三三六）

という語り手の評言が現れる。全体に末摘花に対して同情的な語り口を見せるこの巻の中では例外的に、彼女の醜貌に触れている箇所である。末摘花の性格の一途さを同情的に述べた直後にその容貌の醜さに触れ、コントラストの妙をねらった表現かとも鑑賞的には評価しうるが、その口調の辛辣さ、遠慮のなさに注目すべきであろう。この草子地表現は、そのように批評される末摘花という女性の印象を読者の脳裏に印象させると同時に、身近にいながら姫君の容貌をこのようなあからさまな口調で悪し様にいう語り手の口の悪さ、品のなさをも感じさせる仕組みになっている。

もう一箇所、類似した例がある。末摘花との再会のあと、光源氏が予定通り花散里を訪問したことに触れる条に、

かの花散里も、あざやかにいまめかしうなどははなやぎたまはぬ所にて、御目移しこよなからぬに、咎多う隠れにけり。（蓬生②三五二）

という草子地表現が見られる。花散里の君も今風ではなくぱっとしない姫君なので、源氏の目で比較されても末摘花

の君の欠点がさほど目立たないですんだというのだが、末摘花ばかりでなく、比較対象にされた花散里の君に対してもそうとうに失礼な評言である。

このような草子地は、語られている事柄というよりは、語っている語り手の属性のほうをより多く伝える機能を帯びた表現であり、その語り手は、物語の他の箇所での語り手とは性格の異なる、「もの言ひさがな」く品下ったところのある、蓬生巻固有の語り手なのである。

そうした語り手の性格は、巻末の、「頭いたう、うるさく、ものうければ」という理由で話を打ち切ってしまう口調にもそのまま受けつがれている。ここからうかがわれるのは、かなり高齢の、年をとって遠慮がなくなり、がさつな口の利き方をするようになった語り手の姿なのである。

蓬生巻は、このように特殊な語りのあり方を持った巻である。ある意味では、この巻のもっとも印象的な登場人物は、末摘花ではなくこの個性的な語り手であるといえるかもしれない。

六　正伝と別伝

最後に今一度、巻々の関係に話を戻す。先にも述べたように、物語の初期の巻々は、後期の巻よりも独立性が高く、短編の集積的な性格が強い。それが源氏の須磨・明石流離のあたりからは、試練を体験した主人公が栄華への道を昇りつめてゆくという長編的な流れが明確になり、前後の巻々の関係としては、ストーリー上の連続性が強化されていく。話題がいったん過去に遡る玉鬘巻を除いては、少なくとも第二部の終わりまでは巻と巻とが時間的に並行するという現象も見られなくなり、巻々の承接関係は直線的になってゆく。

そういう流れの中にあって、蓬生・関屋巻は、長編的なストーリーの流れから外れ、長編的な出来事を語る巻と時間的に並行する独立性の強い巻として、巻序の上での位置づけも明確でない「浮島」のような巻として存在している。この両巻において「き」の文体が基調となっているということは、何を意味するのだろうか。

長編的な流れを構成する澪標巻を、「文体」という側面から見ると、この巻は、

さやかに見えたまひし夢の後は、院の帝の御事を心にかけきこえたまひて、いかでかの沈みたまふらん罪救ひたてまつることをせむと思し嘆きけるを、かく帰りたまひては、その御いそぎしたまふ。神無月に御八講したまふ。世の人なびき仕うまつること昔のやうなり。（澪標②二七九）

という文章によって開始される。明石巻で語られている、故桐壺院の霊が源氏の夢枕に立ったという出来事を受けて、帰京した源氏が父院の追善供養の準備を進めていることが語られ、それにこと寄せて源氏が昔の威光を取り戻したことが確認される。ここでは話題は中立的、俯瞰的な視点から語られており、文末も現在形で、淡々とニュートラルに話題を提示する姿勢が前面に現れている。

このあと、朱雀帝の動向、御代替わり、明石の姫君の誕生、というように重要な話題が続くが、所々に「けり」を用いた物語的な文体を差し挟みつつ、全体としては現在形終止を基調とする中立的な語り口で進行していく。ことに公的な意味あいの強い話題に転じる条では、「明くる年の二月に、春宮の御元服のことあり」（②二八一）「同じ月の二十余日、御国譲りのことにはかなれば、大后思しあわてたり」（②二八二）「源氏の大納言、内大臣になりたまひぬ」（同）のように、現在形終止か、「ぬ」止めを用いた中立的・客観的な口調を用いるという原則でほぼ一貫している。

こうした文体は、語り手の主観の介入が最低限に抑えられているという意味で、出来事を公的で客観的な立場で語

る文体であるということができるだろう。

つまり、澪標巻と蓬生巻との間の時間的並行関係は、文体の面においては、公的な〈正伝〉的な語り口と、私的な〈別伝〉的な語り口という異なる話法が並行しているということでもあるのである。蓬生巻で導入されている「き」の文体は、〈正伝〉に対する〈別伝〉、〈正史〉に対する〈稗史〉の語り口としての性格を持っている。

こうした巻による内容的な違い、語りの性格の違いは、両者が併せ読まれるとき、他の物語にはない独特の印象を生み出すことになる。澪標→絵合→松風、と進行する物語が、源氏の人生史の公的な側面を語るもので、蓬生・関屋はより私的な側面を取り扱うものであるとすれば、公的な語りと私的な語りとが交響的に響きあうことによって、描かれている世界が立体的な姿で立ち現れてくる。物語の世界を流れる時間の中で、様々な出来事が並行して進行しており、単一の視点からは捉えられない物事の多面性に異なる角度から光が当てられることで、読者は物語の世界で生起していることどもをトータルに把握しているという感触を与えられるのである。

ただしここでは、本論の冒頭で述べた、この物語が「巻」という独立性を持った単位に分割され、流通していたという、今日の文学作品との間にある形態上の違いについても意識に上せておく必要があるように思われる。

たとえば、蓬生巻を参照せずに、長編的な筋立てに添って澪標巻→絵合巻と読み進めることも可能だし、長編的な巻々とは別次元のものとして、蓬生巻・関屋巻を独立させて読むことも可能である、そういう読み方を受け入れるような形態と流通のシステムを有していたということになると、前者のように源氏の表向きの人生史にシフトして読むことも、後者のように裏面史的な巻々にシフトして読むことも許容されているということになるのではないか。つまり、「巻」単位で読む対象や読む順序を選択することがありえた当時の読者であれば、どの巻々を中心に読むかによって、またどのような順序で巻々を読むかによって、物語の印象はかなり変わってこざるをえなかったはずだということである。

これを要するに、作品は常に物語の世界の中で起こる出来事の時系列の因果関係を意識しながら読む必要があり、すべてのパーツを把握した上でトータルな視点から評価しなければならないという、私たちの持つ文学観が、はたして『源氏物語』のような物語を対象にした際にも絶対的な基準でありうるのかどうか、ということが問題になってくるのである。

『源氏物語』五十四帖が、五十四分冊であったということを意味すること、その巻々は現代の小説における「章」のようなものとは根本的に性格の異なる物理的な単位であるということ、そのことが物語の読みに及ぼす影響については、まだ充分な検討がなされているとはいえない。本稿は、そうした巻々の関係と語りの問題とを関連づけて考えようとする一つの試みである。

〔注〕

1　引用は光文社文庫による。

2　以下、光源氏の年齢は便宜上小学館新編日本古典文学全集等で採用されている通行の年立に従う。

3　以下、『源氏物語』の本文は小学館新編日本古典文学全集により、巻数頁数を示す。

4　大島本・肖柏本等が「式部卿」とするほか、御物本・池田本・三条西家本では「式部卿」の「式」に「兵」と傍書、河内本・別本も「式部卿」で、本来「式部卿」であったことは確実である。が、紫の上の父宮が式部卿に転じるのは少女巻になってからで、ここはまだ「兵部卿」でなければならない。この巻が後記されたことの根拠の一つとされている箇所である。稲賀敬二「螢兵部卿一家の物語」（『源氏物語の研究』一九六七年、笠間書院、所収）参照。

5　大朝雄二「並び蓬生をめぐって」(『源氏物語正篇の研究』所収)にすでに指摘がある。
6　澪標巻で五月雨の頃の花散里訪問は、源氏の帰京後久々の訪問であるかのように読めるが、蓬生巻の記述によれば、その前の卯月にも訪問していることになる。澪標巻の記述と蓬生巻の記述とは辻褄が合わない。
7　高橋和夫「源氏物語第一部における若紫系と帚木系の問題」(『源氏物語の主題と構想』一九七一年、桜楓社)参照。
8　武田宗俊『源氏物語の研究』(一九五四年、岩波書店)
9　これとやや事情は異なるが、竹河巻では巻の冒頭で以下の語りのニュースソースを明らかにする姿勢を見せており、語りの視点を換えることで別伝的な位置づけの内容であることを示す姿勢がうかがわれる。
10　森一郎「源氏物語における人物造型の方法と主題の連関」(『源氏物語の方法』一九六九年、桜楓社、所収)
11　土方「『源氏物語』の語りの諸相」(『青山学院大学総合研究所研究叢書』第十三号、一九九九年三月)参照。
12　土方「過去と向き合う仮名散文」(『国語と国文学』二〇一一年一一月)
13　次巻の関屋巻が、ややこれに準じる性格を持っている。

『源氏物語』帚木巻を通して見る物語観

ダニエル・ストリューヴ

一 「物語論」

『枕草子』に「つれづれなるもの」と「つれづれなぐさむもの」を列挙する章段がある。

つれづれなるもの
所さりたる物忌《ものいみ》。馬おりぬ双六。除目《ぢもく》に司《つかさ》得ぬ人、家。雨うち降りたるは、まいていみじうつれづれなり。[1]

（第一三三段　二五三頁）

つれづれなぐさむもの
碁。双六。物語。三つ四つのちごの、物をかしう言ふ。また、いと小さきちごの物語し、たがへなど言ふわざしたる。くだ物。男などのうちさるがひ、物よく言ふがきたるを、物忌なれど、入れつかし。

（第一三四段　二五四頁）

これらの章段は二つの興味深いことをはっきりと語っている。無為と倦怠を表す「つれづれ」という言葉と雨の降るときとの関係、そしてその「つれづれ」を紛らすことができる様々な遊芸、なかんずく物語、そして「物よく言ふ」という芸との関係である。陰暦五月など雨のよく降る季節は物語を広げて読むのに最も適した時期でもあり、そして物をよく言う人が来れば特に喜んで迎える時期でもある。それを例証するかのように『源氏物語』の「蛍巻」においてこういう「つれづれ」という言葉がぴったりの、雨で家に閉じ込められ所在ない五月雨の季節を背景として、物語を読んだり、気の利いた会話を交わしたりする有名な一節がある。源氏は養女の玉鬘に有利な結婚をさせようとあれこれ考え、また一方ではそれ以上の感情を持ってひんぱんに彼女を訪れているが、この場面でも源氏は玉鬘を訪れ、次いで紫上のもとへ行く。女君は二人とも物語に夢中だが、特に玉鬘は熱心で、物語を書き写し、女主人公達の中に自分に似た運命を持つ女達を見つけようとしている。源氏は、丁度そういう場面に出くわし、からかって言う。

殿も、こなたかなたにかかる物どもの散りつつ、御目に離れねば、「あなむつかし。女こそものうるさがらず、人に欺《あざむ》かれむと生まれたるものなれ。ここらの中にまことはいと少なからむを、かつ知る知る、かかるすずろごとに心を移し、はかられたまひて、暑かはしき五月雨《さみだれ》の、髪の乱るるも知らで、書きたまふよ」[2]

（第三巻　二一〇〜二一一頁）

そして、「物語論」という名で知られている二人の長い会話が続く。源氏はまず物語などは「すずろごと（とりとめがなく根拠がないこと）」であって単純な女達はだまされるかもしれないがと言って馬鹿にする。しかし、態度をすぐ変えて、冗談を交えながらではあるにせよ、こうした物語が、漢籍を学んでいる教養のある自分のような貴族も含めて読者の心を巧みにとらえると褒める。また少なくとも「つれづれをなぐさめる」効果を認めるべきだと言う。

「かかる世の古言《ふるごと》ならでは、げに何をか紛るることなきつれづれを慰めまし。さてもこのいつはりどもの中に、げにさもあらむとあはれを見せ、つきづきしくつづけたる、はた、はかなしごとと知りながら、いたづらに心動き、らうたげなる姫君のもの思へる見るにかた心つくかし。またいとあるまじきことかなと見る見る、おどろおどろしくとりなしけるが目おどろきて、静かにまた聞くたびぞ、憎けれどふとをかしきふしあらはなるなどもあるべし。このごろ幼き人の、女房などに時々読まするを立ち聞けば、ものよく言ふ者の世にあるべきかな。そらごとをよくし馴れたる口つきよりぞ言ひ出だすらむとおぼゆれどさしもあらじや」（同前　二一一頁）

物語の読者はある種の魅力にとらわれる。次々に起こる出来事にひきつけられて、作り事だと知っているにもかかわらず、現実から抜け出て来たような事柄や人物に興味を持つ。源氏は、これら物語の作者達が「そらごと」を言う能力に長じ、言葉を巧みに操り、弁舌にすぐれ、「ものよく言う」ことに感心する。すると玉鬘は源氏が偽りを言い慣れているからそういうことを言うのであって、自分は物語をもっと素直に読むのだと応酬する。

「げにいつはり馴れたる人や、さまざまにさも酌《く》みはべらむ。ただいとまことのこととこそ思うたまへられけれ」（同前　二一一～二一二頁）

結局読者はそれぞれ、自分が物語に入れたいものを物語に読み取るということだ。源氏は言葉を続け、今度は笑いながら、物語が語るのは存在しない現実だが、理解する力がある者はそこに教訓を読めない訳ではないと述べる。史書などが無視するようなこの世の側面について語ってくれるのが物語だと言い、最後には、真実をさとすための方便として使われる仏教のたとえ話に物語を較べる。

ここでは、有名であるのも当然なこの部分の細かい分析を割愛し、簡単に若干の点を指摘するにとどめたい。この部分ではまず、物語の問題、その価値、そのメカニズムが二つの違ったやり方で考えられている。はじめに、源氏は受容する側（読み手または聞き手）の視点から、物語には一切真実がないと否定し、次いで人の心を惹きつける物語の力を褒める。この最初の部分の終りで物語作者達の巧みな弁舌に注目するが、それは作者の視点であり、次いで、源氏は物語についての問いを作者の視点から考えて行く。

「その人の上とて、ありのままに言ひ出づることこそなけれ、よきもあしきも、世に経《ふ》る人のありさまの、見るにも飽かず聞くにもあまることを、後の世にも言ひ伝へさせまほしきふしぶしを、心に籠めがたくて言ひおきはじめたるなり。よきさまに言ふとては、よきことのかぎり選《え》り出でて、人に従はむとては、またあしきさまのめづらしきことをとり集めたる、みなかたがたにつけたるこの世の外《ほか》のことならずかし。」（同前　二一二頁）

源氏が物語を語るときに使う言葉と、百年前に紀貫之が『古今和歌集』仮名序で使った表現（「心におもふことを見るものきくものにつけていひいだせるなり」）との共通性が指摘されている。[3] 和歌がその基盤を外界が我々の心に与える印象に置くのと同様、物語作者は観察し心の奥底に蓄積した印象を出発点とする。そして、その重みが既に耐えきれないほどになったときに、物語は生まれる。なぜかと言えば、物語が語る出来事は、作り事であっても、何から何まで作り事である訳ではない。作者の知覚に依拠し、この世界の現実と無関係ではなく、作者の心を通り過ぎるものであり、そして読者に訴えかけるものとなるように手を加えられたものなのである。ある意味では物語は全て作り事から成り立っていると言えるが、ある意味では全てが真実なのである。読者が物語にどのように向かうかということが決定的なのであり、源氏に物語りについての評価を逆転させる理由もそこにある。

長雨の季節には殊に喜ばれる「物言い」の役割を笑いながら自ら演じている源氏のこの言葉をどのように位置づけるべきかということについて、しばしば議論された。つまり、それは物語の人物としての発言か、作者としての言葉か、この時代の教養人の通念だったのかという議論である。しかし、物語というものが曖昧さをその本質としている以上、この問いに対して一つの答えだけを求めることができるのだろうか。フィクションとは遊びなのであり、フィクションのステータスを失い、嘘・偽りに陥ったり、あるいは現実に転落したりするまいとするなら、冗談に頼るしかないであろう。物語は、作者と読者の間の特有な約束をその基盤とするのである。

「物語論」については、ここまでにしたいが、最後に登場人物達の重要性について触れておきたい。読者である玉鬘と紫上は『住吉物語』とか『うつほ物語』などの『源氏物語』以前の作品の登場人物達に自分を同化したり、反発したりしている。源氏自身も物語の主人公になったかのような気になる。登場人物達、そしてその行動や性格はあたかも現実の世界のものであるかのように受け取られている。彼等を批判したり、自分と同一視したり、同情したりするのである。一方、物語を作者の心に蓄積した印象を言い出すことから生まれるものとすれば、作者が感じてきた様々なことは登場人物、またその在り方を通して、表現されるということになる。そうして物語りは読者と作者が出会う場として成立するのである。

二 「帚木」

「蛍巻」の物語論は、十一世紀初頭の平安時代に達していた物語技法と物語についての思考の成熟を証するものとなっている。『源氏物語』は、長い豊かな物語伝統の到達点なのである。物語の第二の巻「帚木」は、この観点から見て非常に重要な役割を演じている。主人公の誕生と子供時代を語りプロローグの役割を果たしている第一の巻「桐壺巻」にはじまるこの物語全体の導入としての位置をこの巻は占めているのである。「帚木巻」では、「蛍巻」とは違って、物語論も物語談義もない。しかし、ここには、物語というものが持つ語りの在り方が具現化されていて、「蛍巻」と同様にその理解に有益である。第一の巻は、「いづれの御時にか」という非常に有名な一節から始まり、読者に架空の年代記が始まることを告げるにとどまる。これに対して第二の巻は、非常に複雑で精緻な仕組みから成り、物語論を体現しているというべき巻なのである。ここでは、「蛍巻」と対比しつつ、その仕組みについて若干考えてみたい。

「帚木巻」は、この物語の主人公を、色好みだが人の噂を気にし後世に残す自分の評判を気にして、様々な女との関係を隠し、あるいは自制する複雑な人物として紹介する前置き的言葉から始まる。次いで、語り手は義父の左大臣の屋敷よりも父が住む宮中の方を源氏が好んでいると述べて、新しい登場人物、左大臣の息子、つまり義兄弟で源氏と非常に仲がいい頭中将を導入する。右大臣の娘と結婚している彼は、源氏と同じような立場にあり、同じように妻の邸宅を避けている。次いで、実はここから本当の物語が始まるのだが、この二人の友達が雨の季節のある日、宮中で雑談をしている場面になる。二人の会話は、源氏が読み返している厨子にしまわれていた恋文の話となり、頭中将は中身を知ろうとするがうまく行かない。そして、彼は話題を女についての一般的な話に持って行き、完全無欠な女がいるとは思えないと主張する。この会話に中級の官人二人が加わり、「雨夜の品定め」という名で知られる場面となる。やってきた二人のうちの左馬頭は、中の品の女達がいいということを強調する女性談義を滔々と語る。そして、それぞれが経験談を披露する。全部で四つあり、二つは左馬頭、一つは頭中将、もう一つは後からやって来た貴族のもう一人、藤式部丞の話である。彼等の会話は一晩中続く。

翌朝は雨も止み、太陽が顔を出し、源氏は宮中を出て、妻の屋敷に行くが、すぐそこを出てしまう。方違えで外に行く必要があることを知らされたためで、家人《けにん》の一人紀伊守の家へ行き、そこで一晩を過ごす。たまたま、彼の寝所のすぐ近くに、紀伊守の若い義母（空蟬）が泊まっていることを知った源氏は、彼女の寝所へ行き、無理に関係を結ぶ。若い女は驚愕し、源氏に対して冷たい態度を示すのみである。その後源氏はまた逢おうとするがうまく行かず、結局彼女のまだ小さい弟を通して近づこうとする。源氏は紀伊守の家で、二回目の逢う瀬を持つことを図るが、彼女の方は防御を固くして、靡こうとしない。

この巻は大きく二つに分けることができる。雨夜の品定めの部分と、紀伊守の屋敷での色恋沙汰の部分である。これもまた、二つの時間帯に分かれる。夜の逢瀬の部分と、それに続き源氏が何とかしてまた逢おうとしてうまく行かない日々を語る部分である。この二つの部分は時間的に連続している。空蟬との出会いは雨夜の品定めの翌日にあり、この二つの主要なエピソード間には時間的な切れ目がない。次いで、長さがはっきりしない日々が過ぎ、源氏は紀伊守の家で新たに夜を過ごすことになるが、源氏の期待は満たされないで終わる。この巻はこうして、一つの完結した独立の巻を構成する。紀伊守の義母についてのエピソードも、中の品という身分の女を主人公とし、男女間の感情の齟齬を語るという意味で、雨夜の品定めの四つの話と完璧に対応する構成となっている。源氏の美しさと優雅さに空蟬は惹かれているが、このような関係に身をまかせても将来はなく、全てを失うだけだということが分かっている。そして、結婚する前に源氏になぜ会えなかったかと思う。しかしまた「帚木巻」は、一つの閉じられた世界ではない。この巻は、それに続く巻々と緊密な関係がある。まず最初の群は、「帚木」、「空蟬」、「夕顔」の三つの巻からなる。空蟬の話は彼女の名前を表題とする第三の巻に続く。第四の巻「夕顔」は、雨夜に頭中将が語った話の続きである。この四の巻は「帚木」冒頭の語り手の言葉に呼応する短い語り手の言葉で終わる。また別の繋がりが、これらの巻を作品の他の部分、特に「夕顔巻」の主人公の娘、玉鬘の系統の巻々と結んでいる。このようにして、これら冒頭の巻三つを一まとめにして見た場合も、「帚木巻」を一つだけ切り離して取り上げた場合も、いずれも、それに続く作品全体の導入部を構成し、主題と物語技法の提示部分と見なすことができるのである。

「帚木巻」と「蛍巻」との類似については藤井貞和氏の指摘がある。[4] 二つとも物語の草子や雑談によってつれづれを紛らわさなければならない雨の季節をまず背景としている。弁舌を振るい「物言い」の役割を演じる馬頭の姿は、玉鬘と会話する源氏の姿に重なる。片方は物語を語り、片方は女を語っているが、既に見たように、この二つは深く結びついている。「蛍巻」では女主人公達が話題となり、「帚木」では、「物語」ということに何度か焦点があてられる。「物語」という言葉は「女房の物語」、「み物語」（「身物語」か「御物語」かであろう）、「痴れ者の物語」、「昔物語」という形で四回出て来る。雨夜に語られた四つの話は、物語のサンプルを提供していて、「物語」という言葉でまとめることができる。この四つの話に、この巻の第二部、そしてその次の巻で語られる源氏自身の話を付け加えるべきだが、こちらの方は、源氏自身が語る話ではないという点で他の話とは違っている。全般的に見て、「帚木」では物語は指標として絶えず出て来るのである。この巻の冒頭では、理想的色好みとされている物語の主人公、交野の少将と較べると、源氏は全くぱっとしないと言っている。この語り手の言葉は、自分の話が物語になったら、自分はどんな痴れ者の主人公となるだろうかという源氏の「蛍巻」における言葉に呼応する。この「痴れ者の物語」という言葉は、「帚木」で頭中将が自分の経験を語り始める時に口にする言葉でもあり、二つの巻をさらに緊密に繋いでいる。

結局これらの要素は、この二つの巻が呼応しているという読みに向かわせる。物語そのものは女性論の中ではテーマとして扱われていないが、馬頭が語る物語性のゆたかな女性論に始まり、それを具体的に示す四つの話で構成されている雨夜の品定めの場面は、物語的語りの表象として読むこともできる。話と話の間、または話の途中で、読者の関心は何度か聞き手側の反応に向かわされる。この休止部は全部で七つあり、わけ知り顔だったり、屈折した反応を示したりする藤式部丞、感心して夢中で聞いている頭中将、そして皮肉っぽい無関心を装いながら、後から分かるように、実はずっと彼の中の理想の女性を思い続けている源氏と、聞き手達のそれぞれ異なる反応が述べられている。

以下は、第一の休止部分である。

> いでや、上《かみ》の品と思ふにだにかたげなる世を、と君は思すべし。白き御衣《おんぞ》どものなよよかなるに、直衣《なほし》ばかりをしどけなく着なしたまひて、紐などもうち捨てて添ひ臥したまへる御火影《ほかげ》いとめでたく、女にて見たてまつらまほし。この御ためには上が上を選り出でても、なほあくまじく見えたまふ。[5]
> （第一巻　六一頁）

あるいはまた次の部分である。

> 中将、例のうなづく。君、すこしかた笑みて、さることとは思すべかめり。「いづ方につけても、人わろくはしたなかりけるみ物語かな」とて、うち笑ひおはさうず。
> （同前　八〇～八一頁）

各人が、語られる内容や状況と共通性のある自分自身の経験を思い浮かべている。聞かされた話は、その度に別の反応を引き起こし、物語のテクストの場合と同様に、あらたに繰り広げられるものに共鳴していくのである。かくして物語は閉じられた空間を構成するのではなく、同席する人々の間で交わされる語りの輪の中に位置づけられることになる。

この場面の中で一人の人物が特異な位置を占めている。今紹介した最初の休止部では、聞き手の中でただ一人源氏のみがいささか詳しく示される。

いでや、上の品と思ふにだにかたげなる世を、と君は思すべし。白き御衣どものなよよかなるに、直衣ばかりをしどけなく着なしたまひて、紐などもうち捨てて添ひ臥したまへる御火影いとめでたく、女にて見たてまつらまほし。この御ためには上が上を選り出でても、なほあくまじく見えたまふ。（同前　六一頁）

ここは語り手が顔を出す、いわゆる草子地の部分である。どの視点から語られているかは示されていない。聞き手が誰かであるかも知ることはできないが、そのように限定的なものではないため、この飛び抜けて優れた人物を取り囲んでいる座の中に、読者は想像を羽ばたかせて参加することもできるのである。体験談が語られる間は源氏の内心について述べられることは一切なく、頭中将を除く他の登場人物達と同様、源氏は外側からのみ描かれているが、観察者は非常に注意深く、態度や表情を鋭く読み取っている。この少人数の座において「くまなき物言ひ」と描写される左馬頭は中心人物になっているかと見えるが、実は彼とは対称的な位置を占める光源氏の方が真の中心人物なのだと言うことができる。

頭がしゃべりまくるのに対して、源氏は黙っている。彼一人が話をせず、最初から最後まで聞き手に徹している。それと同時に、彼がいたからこそこの集まりがあったのであり、全ての話の最も主要な聞き手は彼である。早速翌日に彼が経験する中の品の女とのうまく行かなかった関係は、その晩彼が聞き、心に留めた話と響き合っている。それのみならず、彼はまた全ての基準でもあり、常に強調される雅びの理想を体現する存在として描かれている。そして常に彼の思いが向かい、彼だけがその卓越性を知る藤壺という存在は、彼にふさわしい近寄りがたい女性の規範として、すべての女性の評価の絶対基準となっている。

従って我々は、源氏という登場人物の中に、聞いた話を知識として活かし自分自身が現実の中で行動して行くという読者の像を見るとともに、種々の価値観や発言を統括する極限点としての指標を構成する存在を見出すことができるのである。そうして、こういう絶対指標としての役割を果たしている光源氏は物語の世界を支配する作者を代表する者としても捉えることが出来る。

逆説に満ち問題を孕んだ人物である源氏は、この物語の中心を占め、心に持つ秘密を核として構成された人物である。この話の中では、どんなに理想的な女も彼の心を満たすことはできないだろうというような取り巻きの考えを通して間接的に、そして一連の話が終わった後はっきりとした心中描写の表現で、それは示されている。

と言ふにも、君は人ひとりの御ありさまを心の中《うち》に思ひつづけたまふ。これに、足らず、また、さし過ぎたることなくものしたまひけるかなとありがたきにも、いとど胸ふたがる。（同前　九〇～九一頁）

そしてまた、翌日の夜、紀伊守邸で、隣の部屋の女達の会話を密かに聞き、女達が自分の話をしていると分かったときに一瞬自分の秘密を話すのではないかとドキッとする場面もある。

など言ふにも、思すことのみ心にかかりたまへれば、まづ胸つぶれて、かやうのついでにも、人の言ひ漏らさむを聞きつけたらむ時、などおぼえたまふ。（同前　九五頁）

この秘密というテーマ、噂というテーマは、女達との関係を隠そうと無駄な努力をしている源氏について述べるこの巻の冒頭で既に提示されている。そしてそれは、語り手が自分の口の軽さを詫びつつも、欠点のない主人公を書くと本当らしくなくなり、「作りごとめきて」と弁解している「夕顔巻」の最後に呼応する。[6]

なほかく人知れぬことは苦しかりけりと思し知りぬらんかし。かやうのくだくだしきことは、あながちに隠ろへ忍びたまひしもいとほしくてみなもらしとどめたるを、など帝の皇子《みこ》ならんからに、見ん人さへかたほならずものほめがちなると、作り事めきてとりなす人ものしたまひければなん。あまりもの言ひさがなき罪避《さ》りどころなく。

（同前　一九五～一九六頁）

この秘密というテーマはまた、女性論の出発点となっていたのである。最初の場面は源氏が厨子にしまっておいた手紙を読んでいて、友達の頭中将の好奇心をそそるという場面から始まる。個人的で、秘められた、しばしば和歌で表現される、感情・心を伝えるための特権的な手段である手紙が、主人公の恋愛譚の冒頭に掲げられている[7]。源氏はごまかし、面白がって中将に手紙を見せて書き手をあててごらんと言う一方、大事なものは見せないと言う。そのすぐ後に始まる頭中将の女についての議論、そして、源氏を除くその場の人々が銘々に語る話を聞くという、この巻の構成は、物語の材料が、一つの秘密、あるいはむしろ藤壺に対する禁じられた成就不可能な恋を中心とした多重の秘密を起点としてどのように発生するかということをまのあたりに見せている。つまり、このモティーフは、空蟬、姿を隠してしまう夕顔という女、そして信濃の山に生える、近づくと消えてしまうという帚木に繋がっていくのである。換言すれば、物言いの伝統を基盤として発達した物語（すずろごと）という遊戯的な方法はその近寄れば消える捕らえがたい現実を、ある程度把握できる力を持っていると言うのである。

三　作者・語り手

「帚木巻」で紫式部が間接的に展開している物語の詩学の検討は、この巻に出て来る作者・語り手の像について触れなければ不完全になってしまうだろう。語り手は、この巻の冒頭で、その存在を強く示している。

光る源氏、名のみことごとしう、言ひ消たれたまふ咎多かなるに、いとど、かかるすき事どもを末の世にも聞きつたへて、軽《かろ》びたる名をや流さむと、忍びたまひける隠ろへごとをさへ語りつたへけん人のもの言ひさがなさよ。さるは、いといたく世を憚りまめだちたまひけるほど、なよびかにをかしきことはなくて、交野《かたの》の少将《せうしやう》には、笑はれたまひけむかし。

　まだ中将などにものしたまひし時は、内裏《うち》にのみさぶらひようしたまひて、大殿には絶え絶えまかでたまふ。忍ぶの乱れやと、疑ひきこゆることもありしかど、さしもあだめき目馴れたるうちつけのすきずきしさなどは好ましからぬ御本性《ほんじやう》にて、まれには、あながちにひき違《たが》へ心づくしなることを御心に思しとどむる癖《くせ》なむあやにくにて、さるまじき御ふるまひもうちまじりける。（同前　五三〜五四頁）

作者はそれに二つのやり方を使っている。まず冒頭の二つの文章では感情的・強調的表現と伝聞を示す「けり」を文節の終りに置く。つまり語り手は出来事が露見してうわさとなったことを嘆きつつうわさを語る者として登場するのである。この仕掛けは、自分の口の軽さを詫びる「夕顔巻」の最後の文に呼応する。[8] そして、この文に続く二つの文章で「確実な」過去を示し、直接的経験を語る場合に使われる過去の助動詞「き」を使い、語り手を登場人物達と同じ現実を生きる者として位置づけている。

この段落は、再び「けり」という助動詞によって閉じられている。この場合は伝聞の過去という時制よりも気づきや説明などムードの方を表す機能であるが、語り手の主体を浮き彫りにさせる働きは前と変わりがない。

雨夜の品定めのエピソードが始まると、こうした徴証のない語りになるが、ここでも、例えば次のような形で語り手が顔を出して自分が語っている事実を評価することもある。


いと聞きにくきこと多かり。（同前　五八頁）

または、女性論の場面で、外からの視点について先ほど述べたときにも触れたようにムード表現が援用されている。

と怨《ゑん》ずれば、やむごとなく切《せち》に隠したまふべきなどは、かやうにおほざうなる御厨子《みづし》などにうち置き、散らしたまふべくもあらず、深くとり置きたまふべかめれば、二の町の心やすきなるべし。片はしぢつ見るに、「よくさまざまなる物どもこそはべりけれ」とて、心あてに、「それか、かれか」など問ふ中に、言ひあつるもあり、もて離れたることをも思ひ寄せて疑ふも、をかしと思せど、言少《ことずく》なにて、とかく紛らはしつつとり隠したまひつ。（同前　五五～五六頁）

ムード表現の話主は頭中将ではないかとも思われるが、よく調べてみると頭中将が知らない主人公の秘密を暗示する語り手の視点とも解釈できることが分かる。

源氏と頭中将の女についての話は、三人称（というよりは、日本の文法は人称の表現の仕方があいまいなので、物語に属さない語り手と言った方がいいかもしれないが）で、始めは源氏の観点から書かれているようである。源氏の考えそのものについては、前に引用した「をかしと思せど」という箇所の後は二度触れられている（一つ目は助動詞「む」が付いているので語り手の推量というべきだが）。

とうめきたる気色も恥づかしげなれば、いとなべてはあらねど、我も思しあはすることやあらむ、うちほほ笑みて、（同前　五七頁）

とて、いとくまなげなる気色なるも、ゆかしくて、（同前　五八頁）

しかし、左馬頭と式部丞が来ると、源氏の意識を語る視点は後退する。語り手は主人公から離れ、外からの視点を取り、語り手自身が四人の間に座ったかのように、主人公の考えを我々に伝えることを止めてしまう。[9] この部分は「三人称的語り」から、登場人物達が語る我々の言う「一人称的語り」に移る部分でもある。話主に関する言葉が出て来ることもあるが、日本語の場合、これは人称に関わる表現の有無にはさほど関係せず、既に見た通り冒頭の語り手の言葉の中に使われている時制に関する特定のタームによって表現される。そして、話が全て話す人々の体験談であるため、用法通りの使い方となっている。これらの話は、語り手が提示することになる源氏自身を主人公とする話を準備し予告する。そして語り手がこれから語ろうとしている「物語」をディスクールの世界につなげる役割を帯びている。[10] これに関して特に注目すべきなのは頭中将が「帚木」で始めた話（一人称的語り）が、語り手による話（三人称的語り）として「夕顔巻」に引き継がれて行くことだ。

『源氏物語』の語り手を特定しようとする論文が日本で多数発表され、一般に上流貴族の周辺に仕える、おしゃべりで主人の恥を漏らす傾向がある女房という風に考えられている。既に指摘されているように、語り手はこの物語の中の人物ではない。とは言っても、冒頭で（また物語の他の場面でも）確実な過去を表す助動詞を使っていることからも分かるように、この世界に全く属さない人間とも言えない。『源氏物語』の語りは、いわゆる三人称の語りと一人称の語りの間を揺れ動いているように見える。光源氏が頭の中将に見せるのを拒んだ手紙の内容、黙って取り巻きの話を聞きながら考えていたことなど、語られなかった話が語られる話の背後にあり、物語の世界に深い奥行きと生気を与えている。つまり語り手が担当している「三人称的語り」の中に様々な「一人称的語り」が潜在しているのである。馬頭という物言い的な存在は聞き手の興味を呼び起こし長雨の夜の退屈を晴らし個々の物語を繁殖させる機能を担っている者である。彼の姿を作者の表象と理解し、雨夜の品定めの場面そのものを物語の発生の表象と見ることができる。物言いが機能できるために欠かせない存在は聞き手である。おしゃべりな馬頭と注意深く話を聞く無口な光源氏の二人がその場面の中心人物となっているという構図はこのような物語の場の二極構造をよく具現しているのである。

結論

不十分ながら、「蛍巻」あるいは「帚木巻」を通して作者自身が提示するものから『源氏物語』の詩学を考えて見た。確かに「帚木巻」は直接的には物語について考察した物語論と言うことはできないが、作者がここに作り上げている物語の仕掛けは、豊かな示唆を含んでおり、「蛍巻」で源氏が語る物語論と繋がっている。物語の人物達、特に秘密を抱えた源氏を中心に、作者と読者の間接的な対話が始まる。「帚木巻」はこの装置を物語的に、あるいは場面的に、具現化したものを我々に見せていると言うことができ、その意味で注意深い読みに価する巻となっている。この章が及ぼした影響、特に雨夜の品定めの影響は甚大で、江戸時代までに及ぶ数多くの文学技法の源泉となり、その鍵を握っている巻でもあると言うことができる。

〔注〕

1 『枕草子』の引用は、新編日本古典文学全集による（十八、小学館、一九九七）。なお「うちさるがひ、物よくいふがきたるは」の部分は「冗談がうまく弁の達者なのが来た時には」と訳されている。また、『古語大辞典』（角川書店、一九九九）によると「物言ふ」に「しゃれたことを言う、気の利いたことばを言う」の意味があり、「物言ひ」に「ものの言い方が達者であること、また、その者」との意味がある。その一例が『土佐日記』にある（『土佐日記』『蜻蛉日記』新編日本古典文学全集一三、小学館、一九九五、三五頁）。この点は、朝木敏子氏の「『徒然草』の言述—物言ひする語り手」（『国文学論叢』、第四十四輯、一九九九、龍谷大学国文学会、後に『『徒然草』というエクリチュール　随筆の生成と語り手たち』所収、清文堂、二〇〇三）に多くの示唆を得た。

2 『源氏物語』の引用は、新編日本古典文学全集による（二一、小学館、一九九六）。

3 『源氏物語』「蛍巻」における物語論と古今和歌集の序との密接な関係について藤井貞和氏の指摘がある。『源氏物語論』（岩波書店、二〇〇〇）、第二章第一節の六を参照。

4 前掲書、第二章を参考。

5 『源氏物語一』、新編日本古典文学全集、二〇、小学館、一九九四

6 高橋亨「物語の語り手（1）—帚木三帖の序跋」（『講座『源氏物語』の世界　第一集桐壺巻〜夕顔巻』有斐閣、一九八〇所収）を参照。

7 物語文学と手紙の関係について陣野英則氏の研究がある。「日記文学と物語—自らの言葉を処分する仮名文書・試論」『國文學』（五一—八、二〇〇六・七）、「『源氏物語』の言葉と手紙」『文学』（七—五、二〇〇六・九）を参照。

8　前掲書（注3）、第十五章第一節の六

9　ただし頭中将の観点から光源氏の様子が語られ、頭中将の内部の思考も紹介される部分が一箇所ある。それはたぶん頭中将が光源氏の傍にいて、その振る舞いを評価するという彼の重要な役割を示している箇所である。

　わが姉妹《いもうと》の姫君は、その定めにかなひたまへりと思へば、君のうちねぶり言葉まぜたまはぬを、さうざうしく心やましと思ふ。（六八頁）

「思ふ」という形は「思へり」・「思ひたり」とは反対に直接に人物の思考を表すのに使う表現であるという鈴木泰氏の指摘がある。「源氏物語の語りと視点」（『国文学解釈と鑑賞』第七六巻七号二〇一一年七月）。

10　ここでバンヴェニストの物語（histoire あるいは récit）とディスクール（discours）とを区別した論が参考になる（*Problèmes de linguistique générale I, Gallimard, Paris, 1966*）。物語の言説は発話の場と断絶されているのに対して、ディスクールは発話の場の標記を含む言説なのである。フランス語と同じように古典日本語も語り手を表示する言説と表示しない言説がはっきりと区別できる言語である。そして物語によく使われる裸の形は時制的には現在も過去も表し、後者の場合は語り手との関係を表示しないという点がフランス語の単純過去とほぼ同じである。ただし古典日本語には話主の回想であることを強調する「キ」、伝聞や気づき・説明などを表す「ケリ」というムードを帯びた時制の助動詞があり、「キ」は一人称的語り、「ケリ」は伝聞に基づく三人称的語りに使われるという特徴がある。

（寺田澄江　訳）

『源氏物語』というテクスト

――夕顔巻の和歌を中心に――

藤井　貞和

一　雨夜の品定めから夕顔の物語へ

物語歌は物語作者から提供されて、（一）登場人物同士がそれらを使って会話や手紙文や独詠をするとともに、（二）物語の場面や時間を積極的につくり出す。難解な一首である、中将のおもと（「六条わたりの女」の侍女）が詠む、

朝霧の晴れ間も―待たぬ、けしきにて、「花に心をとめぬ」とぞ―見る　1

について言えば、（一）彼女が光源氏と侍女らしい態度で応対する、みごとな挨拶歌であるとともに、（二）朝霧の立ちこめる場面や時間のなかでの、人物たちの関係をつくり出す。（一）と（二）とは双方向的に規定される。（二）は、前の場面や時間を受けて創造するほかに、無から新たにつくり出されることもある。さらに言えば、（三）詩歌としての鑑賞に値する出来映えやよしあしはたいせつで、文学的価値を有するだろう。

中将のおもとには少しあとで登場してもらうこととしよう。物語の場面、時間を遡らせると、よく知られる「帚木」巻の「雨夜の品定め」が視野にはいる。「雨夜の品定め」の始まる直前、「帚木」巻の最初の箇所で、頭中将が源氏に「おのがじし恨めしき折々、待ち顔ならむ夕暮れなどの」手紙を読みたいと、まるで夕顔という名を当て込んだようなことを言ったり、「心あてに」女の名を言い当てようとしたりしている。女の名を推測してあれこれ言う場面で、地の文に「心あてにそれかかれか」など問うとあって、早くも「夕顔」巻の「心あて」歌の伏線と受け取れる。

頭中将が「中の品」の女を推奨し始めると、それに源氏はいたく興味をそそられる。光源氏を聞き手として、頭中将が「中の品」の女について、見所があるなどと語っているうちに、左馬の頭《かみ》たちがやってくる。左馬の頭はあとのほうではっきりするように、「いまは、ただ品にもよらじ」と、中の品にこだわらない意見の持ち主である。そうすると、中の品の女にこだわっている会話部分が頭中将の話と言うことになる。

確認すると、頭中将が「中の品になん、人の心々、おのがじしの立てたるおもむきも見えて……」と、語り出し、源氏が「いづれを三つの品に置きてか分くべき。もとの品高く生まれながら身は沈み……」と質問する。高い位から転落した人と、成り上がりとを、どう区別できるのか。もう夕顔の物語へつながりそうな始まりだが、そこへ二人の男、左馬の頭と藤式部丞とがやってくる。頭中将が待ち取って、この品々についての区別を定め争う。周囲で女房たちが聞き耳を立てていよう。雨夜の品定めが始まる。

待ち取って、まず自説を展開するのは頭中将だろう。しかしながら旧大系でも、旧全集でも、それを左馬の頭の発言とする。それはおかしい、「取り取りにことわりて中の品にぞ置くべき」「中の品のけしうはあらぬ選り出でつべきころほひ也」と、中の品を推奨するのは頭中将ではないかと、大系について批判したのは私の修士論文（一九六六）だった。審査してくれたのが秋山虔先生。旧全集（秋山ら校注、一九七〇～）ではまだ左馬の頭の発言としているが、私は担当した新大系（柳井滋《しげし》氏らと、一九九三〜）で、勇気を出して頭中将の発言だとし、新編全集（一九九四）が追いかけて、そこを頭中将説だと新説を採用するに至る。

ところで私は、続く「もとの品、時世のおぼえうちあひ、やむごとなきあたりの……」をも、修論において頭中将の発言だと認定した。新大系では「引き続き頭中将の言か。それとも左馬頭の言か。複数の発言からなる議論とも受け取れる」という書き方をした。新編全集では依然としてここを左馬の頭の発言だとするから、秋山先生は採用してくれなかった。けれども、「さて、世にありと人に知られず、さびしくあばれたらむ葎の門に、思ひのほかにらうたげならん人の」（ここにもあとにも「思ひのほか」が出てくる）、「閉ぢられたらんこそ限りなくめづらしくはおぼえめ。いかではた、かかりけむと、思ふよりたがへることなんあやしく心とまるわざなる」という発言を含む会話は、頭中将のそれと見るとき、常夏の女（ひいては夕顔）の伏線になっているのではないかと気づく。

複数の発言かとしたのは、「末摘花」巻に「かの人々の言ひし葎の門」とあるからで、左馬の頭の発言だと確実に言えるのは「おほかたの世につけて見るには咎なきも」云々以下というところだ。複数の発言が入れ替わる会話文ではないかといまでは思っている。

雨夜の品定めでの、頭中将の語る「常夏の女の物語」の後日談が夕顔の物語であることは言うまでもない。それらの、

（「帚木」巻、常夏の女）

山がつの垣ほ荒るとも、をりをりにあはれはーかけよ。なでしこの露

といううた（女の作）と、

心あてに、「それかー」とぞー見る。白露の光添へたる、夕顔の花
（「夕顔」巻、女）

というのとは、同一の作者であるとの判断が光源氏に生じることとなろう。かれのなかで二つの「うた」には響き合いがあると、両者間の聯合が私などには感じられてならない。どちらも女から詠みかけるという立場を取っている。ちらと言ったように、雨夜の品定めの始まる直前での、頭中将が、

心あてにそれかかれか〈推量に某女か某女か〉

と問うという言い回しと、「うた」のなかの言い回しとは似ており、意味合いを見定める上での要点となろう。

二　光源氏の油断――顔を見られる

夕顔の家から、女性たちがそとを見ている。近所に光源氏一行がやって来て、こういう場合にだれでも物見高くなる。光源氏から見ると、簾越しに「をかしきひたひつきの透影、あまた見えてのぞく」〈しゃれた額かっこうの、〈簾を〉透かした人影が、たくさん見えて覗く〉というのは、こちらを女性たちが観察している。

続く「立ちさまよふらむ下つ方思ひやるに、あながちに丈高き心地ぞする」は、行ったり来たりすることが「さまよふ」で、立ちあがって右に行ったり左へ行ったりする。見物するのに、よく見える位置を求めて横に移動することは、われわれにもよくある。「あながちに丈高き心地ぞする」とはどういうことだろう。「下つ方」は足もとをそれとなく言う〈露骨に言わない〉ので、つま先立ちになるから無理をして背が高い。あまりの物見高さに、源氏は「いか

なる者の集へるならむ」〈どのような人たちが寄り集まっているのだろう〉と、普通と違う様子だとお思いになる。

ここでどうしても必要なので、ちょっと叙述の時間に注意しておくと、冒頭からここまで、ほぼ直説的な現在である。物語の時間はいま刻々と進行する叙述であって、あたかも映画やTVドラマの画面、劇画のコマを見るときのように進行している。物語の大枠が冒頭に「六条わたりの御忍びありきのころ」と設定される。それとは違う。歴史的現在はあくまで全体が過去であるなかでの「現在」だから、それも当たらない。

大弐の乳母《めのと》が病気のあげくに、いま尼になり病床に臥せっているところ、「いたくわづらひて尼になりにける」とは、まさに現在のことに属する。完了の「に」（＝ぬ）と、時間の経過をあらわす「ける」（＝けり）[2]とからなる。過去から続いていまにあり、眼前に進行中であることを表現する。ここは注意点だろう。フランス語は近代の時点で、半過去をはじめとして、たぶん十種かそれ以上の、時制やアスペクトを活用形のうちに保っていまに至る。古典日本語でも、七種か八種の時制やアスペクトを、機能語（つまり「ぬ」や「けり」などの助動辞〈助動詞〉）として附加することにより、細かく表現する。現代日本語ではその区別が大きく損傷している。だから古典文学をじっくりと読みたいなら、喪われた古典文法を復元するところから始めなければならない。「けり」は古語として、主要な機能は「時間の経過」（未完了過去ないし「半過去」に近い）を中心とする。詠嘆の機能はなく、過去の指標であり得ない。時間の流れから回想や気づきなどの意味合いが派生的に出るときがあるという程度だ。

夕顔たち（女君、侍女たち）は光源氏を光源氏だと認識できたか。これは「うた」の内容にかかわることなので、確認しておく。いま刻々進む時間である。「御車もいたくやつしたまへり、前駆《さき》も追はせ給はず、「たれとか知らむ」とうちとけ給ひて」（お車もえらくたいそう（身分を）隠していらっしゃる、前駆も人払わせ（を）なさらない、〈（私を）だれと（光源氏だと）知ろうか（―知るひとはいなかろう）〉と、気をお許しになって）とは、光源氏が有名人で、宮中にその人ありとだれもが知っている。けれども写真もＴＶもない時代であり、うわさに聞くだけで、見たことはない。五条という陋巷に、一貴公子を見かけるとしても、まさか光源氏の顔を知っているひとはいまい。つい気を許して、光源氏はどうしたかというと、「すこしさしのぞきたまへれば」〈すこし（顔を）差し出していらっしゃると〉と、つまりそとからしっかり顔を見られてしまう。「さしのぞく」とあるから、夕顔の家を見るために、車の物見窓から顔をすこし出している。すっかり顔をさし出さなくとも、そとから見られるぐらいには窓に顔を近づけている。

「すこしさしのぞきたまへれば」と、これぐらいははっきり書かれているのだから、読み誤りようがない。[3] さしのぞく動作は『源氏物語』に用例がいくつもあり、たとえば「花散里」巻に「門近なる所なれば、すこしさし出でて見入れ給へば」とある。

三　「心あてに」歌

光源氏はその女性を常夏の女だと認識できたか、どうか。物語が成り立つためには、「もしかして、あの頭中将が話題にした女性ではないか」という、光源氏側にかき立てられる思いが必要だろう。とすると、光源氏が、あの女ではないかと気づくのが、「心あてに」歌を贈られての際である。その「うた」を読んで、「もしかして」と思う。

その夕顔の枝は、黄色い生絹《すずし》の単衣袴を長く着流した女童が、こじゃれた遣り戸口から手まねきして、「これに載せて差し上げるように」と言って、たきしめてある白い扇を取らせる。

日がとっぷり暮れてからであろう、源氏の君は灯りをもって来させ、夕顔の枝が乗せてあるのをご覧になると、女のいつも使っている移り香のする扇で、かっこよくさらさらと書いてある。

a （女＝夕顔）

心あてに、「それか―」とぞ―見る。白露の光添へたる、夕顔の花

この「うた」が「そこはかとなく書きまぎらはしたるも、あてはかにゆゑづきたれば、いと思ひのほかにをかしうおぼえ給ふ」（無造作にとりつくろって書いてあるのも、品がよくて由緒ありげだから、えらく思い掛けなくて、興味をそそられる思いがなさる）。新編全集は「書き手が誰か分かりにくいように、無造作に書いてある」とする。「書きまぎらはす」はいくつか用例があって、内容を分かりにくくするというのが一般のようだが、書き手をわかりにくくするという場合もたしかにあるかもしれない。どこか証拠を残さないように書くという感じに、用例からは受け取れる。つまり、その場限りにして。それでは女から「うた」を贈らなければよいではないか……そこは敷地内にはいりこんで花を取ったひとに対して、一言あるべきところだろうと、私の初期の論文では論じた。[4]

女としてはその場限り、挨拶歌なのだから。ところが、この「うた」が、源氏の「もしかして」という疑念をかき立てる。品がよいこと、由緒ありげなこと、たしかに興味をそそられる理由である。しかしここはそれだけだろうか。「思ひのほか」（案外だ）とはキーワードかもしれない。すぐ後に、惟光に、「この西なる家は何人の住むぞ。問ひ聞きたりや」（お宅の西隣の家はどんな人が住むか。訊ねて聞いているか）と問い、〈……この扇について、尋ねなければならない理由ありでと見られるので、もっとこの近辺の様子を分かっていそうな人を召して訊け〉（現代語訳）とあるから、「うた」の主がかの頭中将のもとから失踪した女かもしれないとの疑いを抱いている。まさに意外な展開を物語は見せようとする。光源氏はこの「うた」とその状況とから、頭中将の女ではないかと嗅ぎつける。「心あてに」歌にもう少し近づこう。

心あてに、「それか―」とぞ―見る。白露の光添へたる、夕顔の花

これには諸説があるものの、問題点を（ア）以下、並べると、（ア）「……「それか―」とぞ―見る」の「それ」は何か、（イ）「白露の光」を「添へ」るのか「白露」が「光」を添えるのか、（ウ）〈「夕顔の花」は〉か〈「夕顔の花」を〉か、（エ）〈詩的言語としての特質〉はどうか、（オ）叙述の時間はどんなか、ぐらいだろうか。

あとのほうの（オ）「叙述の時間」から見ると、直説的な現在である。「たる」（＝「たり」）は現在の存続をあらわしている。物語全体の基本が直説的な現在であることをさきに確認した通り、それと作歌のなかの時間とは連続する（このことは無論、「うた」一般へ押し広げられない）。

次に（エ）〈詩的言語としての特質〉はどれぐらいあるだろうか。序詞、懸け詞、縁語のたぐいは比喩的表現をつくり出す技法で、ここに認められない。序詞があれば同時に懸け詞があり、また縁語（複数）は懸け詞（複数）とつねに連動するから、複雑になりすぎる虞れがある。ここに出て来ない理由と考えてよかろう。それでは比喩的関係がないのかと言うと、この「うた」じたいはまさにそこに焦点化される。

物語のなかでだいじなのは、懸け詞と別に、物（花など）による暗示のたぐいがあろう。「寓喩」とでも名づけておきたい。夕顔（夕方に見る顔）、なでしこ（撫で―し―子、いつくしむべき子供）など、物語に多いのはそんな用法である。決定的な暗示内容であるから、象徴的関係でありえない。

（イ）「白露の光」を「添へ」るのか、「白露」が「光」を添えるのか、これについてはあとに、この「うた」を受けて男が「露の光やいかに」と言うところがあるから、この「心あてに」歌でも「白露の光」という句と見ることにする。光に映えて一段と美しい夕顔（夕方のお顔）を讃える。ここに光源氏の名を暗示（寓喩）する。なぜ夕方のお顔を

光に映えさせるのか。女は車の物見窓からさしのぞいた男の顔を見て、「あれが（著名な）光源氏だ」と見ぬく。こんな陋巷で気を許した源氏の君と、陋巷なのにしっかり男の素性を見ぬく女とがここにいる。

「心あてに、「それか―」とぞ―見る」の「それ」（＝ア）は、さきに暗示したように人名がはいる箇所と見て、光源氏を代入すればよい。はっきり言わないところがまぎらわして書いたという感じになる。（ウ）〈「夕顔の花」は〉でなく〈「夕顔の花」を〉であることについて、口調からも内容からも、そして他の用例からみても別解はない。倒置であって、夕べの光に見たお顔を「それ」（光源氏）と見るよ、という一首の意味に不安定感はない。

推量して、それ（＝光源氏）であるかと見るよ。白露の光を加えて（一段と美しい）夕顔の花（を）

女から贈ることに何か疑問があろうか。「帚木」巻でも女から贈っていたし、男から「うた」を贈るのがさきというルールなんかないし（男性研究者の思い込みである）、敷地内にまではいって花を折り取られた立場として、一言あることに何の疑問もない。[6]

四　筆致を書き換える――「寄りてこそ」歌

「心あてに」歌を寄越した扇の女を、もしや頭中将の失踪したひとではないかと直感する光源氏は、惟光に調査を命じる。「はらからなど、宮仕へ人にて来通ふ」と聞いて、その宮仕え人ではないかと想像する。さきにあった、雨夜の品定めでの頭中将〈従来の読みでは左馬の頭〉の言の、宮仕えに中の品の女性が出て思いかけぬさいわいを取り出す例も多いというところを、源氏の君は思い出しているかもしれない。しかし、あの頭中将の女ではないかという見通しを捨ててはいない。

光源氏は返歌を畳紙に、「いたうあらぬさまに書き換へ」（ぜんぜん別の筆致に書き換え）て女に寄越す。これはどういうことだろうか。このことの重大性も、従来、見逃されている。「私は光源氏ではないよ」というアピールをそこに込めたはずだ。無論、女は光源氏のお習字の字を知らない（はずだ）。でも光源氏なら、当時一流の字を書くとだろう。顔を見て光源氏だと思ったのに、字のあまりの折れ釘流にがっかり。やはり光源氏じゃなかったのだ、と。光源氏の思わくとしてそうだし、物語の進行上、女もいったんは半信半疑になるはず。だいじなこととして、随身を介してやりとりし、交際がはじまって以後も、その同じ随身を連れて行ったり来たりしている。「光源氏じゃないんだ、おれは」というアピールをし続ける光源氏の演出だろう。

b（光源氏）

寄りてこそ―「それかー」とも―見め。たそかれにほのぼの見つる、花の夕顔

この「うた」について、a歌のペアであることを思えば、「〈花の夕顔〉を近寄って見よ」という、倒置的な言い方であることなど、もはや難解でなかろう。難解さは、あるとしたら、（カ）「つる」（＝つ）の機能は何か、（キ）女からの挨拶歌を好色な歌へと曲解してみせる技法、といったことだろうか。「つ」は「ぬ」同様に時制に関係がない。「つ」は今朝からついいましがたまでの時間で起きたことや、未来推量のなかで使われる。つまり、さっき見られたばかりの顔である。ここの「つる」（＝カ）は、源氏にしては不用意から顔を出して女に見られてしまうことを逆手に、言い返す。

（キ）挨拶歌を好色歌だと「曲解」してみせて、好色な返歌をするというのはありふれた技法だと考えられる。

近寄ってこそ、それ（＝光源氏）かどうかを確認しなさいよ。たそがれ時で（あなたが）ぼんやりと見たばかりの、花（みたいな、美しい）夕顔（夕べの顔）を

遠くからぼんやりとしか見えなかったはずだから、近寄ってご覧あれ、と。男の好色さを跳ね返す、女からの返歌がさらに期待されるところだろう。この「うた」を随身に与えて届けさせる。

受け取った女がわは、

まだ見ぬ御さまなりけれど、いとしるく思ひあてられ給へる御側目を、見過ぐさでさしおどろかしけるを、いらへたまはでほど経ければ、なまはしたなきに、かくわざとめかしければ、あまへて、「いかに聞こえむ」など言ひしろふべかめれど、「めざまし」と思ひて、随身はまゐりぬ。

（まだ見ぬご様子でありいまに至る（＝けり）のに対して、（光源氏だと）じつにはっきり言い当てられていらっしゃる斜めのお顔を、見過ごすことなく言葉をかけてきたことである（＝けり）のに、ご返辞なさらぬままに時間が経ったこと（＝けり）だから、何やら中途半端な感じで（いるときに）、かようにことさらめいて（源氏の返辞が）あったこと（＝けり）だから、照れくさくて、「どのように（返辞を）申し上げようか」など、（互いに）言い合うに相違ない様子に見えるけれど、おもしろくないと思って随身は舞いもどってしまう。）

と、つまり源氏をこれまで見かけたことがなかったにもかかわらず、女はみごとに源氏だと言い当てて、見過ごさずに「うた」を差し上げたのに、なかなか源氏の返歌がなかったところへ、ようやくその返歌が届いて、女がたはさらに返辞を差し上げようと、みんなで「がやがや」やっている、というところ。敬語はすべて光源氏への敬意。四つの

「けり」は、女たちが返歌について合議しているのを見切って随身がもどってくるときが現在で、それに至る時間の経過（いままで光源氏を見たことがないということ、「心あて」のうたを贈ってからの時間、返歌がなくていまに至る「ほど」、源氏の返歌がようやくあるという経過）を示している。

五　秋にもなりぬ――中将のおもととの「朝顔」贈答

秋になってしまう（＝ぬ）。「六条わたり」の女のもとに通うある日の翌朝の、侍女の中将のおもととの交わす「うた」で、シンポジウムではハルオ・シラネ氏の担当だった。これらは難解歌どもと言ってよいだろう。

c（光源氏）
　咲く花に、うつるてふ名は―つつめども、折らで過ぎうき、けさの朝顔

問題二つは、（ク）「咲く花」はだれを寓喩するか、（ケ）「うつるてふ名」とは何か、である。（ク）まず、新編全集に「咲く花」を中将のおもと（女主人＝「六条わたり」の女の侍女）とし（旧全集も）、新大系は同じく中将のおもととした。ところが女主人と取るのが旧大系（山岸）である。私の読みの出発点は山岸源氏であり、ちなみに（わが愛読する）北山谿太『源氏物語辞典』（一九五七）も女主人と取る。古い谷崎訳はそうなっていたし、松尾全釈もそうだ。玉上琢弥は「咲く花に気が移る、と評判されては困るけれども」（角川文庫）とあるので、どうやら中将と取るらしい。いつごろより「咲く花」が、六条の女（＝女主人）から中将のおもとへと変更になったのか。

この問題は、あとの、

d（中将のおもと）
朝霧の晴れ間も—待たぬ、けしきにて、「花に心をとめぬ」とぞ—見る

とも連動する。冒頭にふれた、難解な一首だ。「朝霧の」歌の問題点をも出してしまおう。（コ）「朝霧の晴れ間も—待たぬ、けしきにて」とはどういうことか、（サ）「花に心をとめぬ」の「ぬ」は完了か否定か、（シ）うたに続く「おほやけごとにぞ聞こえなす」とはどういうことか。

「朝霧の」歌の後半部分の問題から見よう。

（サ）完了と否定とが両立することはあり得ない。助動辞という機能語がぜんぜん別の機能、つまり完了でもあり否定でもあるという機能を持たされていたら、言語の基礎が崩壊する。もし助動辞や助辞が懸け詞式に、完了かつ否定に使われることになったら、言語の根幹が成立しえなくなる。したがって、「〜心をとめぬ」は完了（〜てしまう）か、否定（〜ない）かのどちらかであり、古代の言語使用者にとってはわかりきったことで、後世のわれわれが迷うようになったに過ぎない。

これには案外、簡単な「解決法」がある。「と」は文末を受けるから、うえに係助辞があれば「ぬ」は否定（「ず」の連体形）、係助辞がなければ終止形の「ぬ」（完了）である。無論、文体効果として係助辞なき連体形止めはありうるにしても、ここは誤解されやすい語法が必要なところであり得ない。ここは上部に係助辞を見ないから、完了の「ぬ」でまったく疑いない。

花に心をとどめてしまうと見るよ

である。花の上に心を置いて離れなくなってしまう。それでよいはずなのに、みぎに見た注釈や辞書、現代語訳のたぐいを見ると、谷崎、北山、山岸、松尾、玉上、新編全集、旧全集と、すべて否定で理解している。新大系だけが「〜てしまう」を堅持する。

一首の前半の（コ）「朝霧の晴れ間も―待たぬ、けしきにて」は何だろうか。煩をいとわず書き出せば（頭注、訳文など）、

朝霧の晴れ間もお待ちにならないでお帰りになる御様子なのは、（谷崎）
この朝霧のはるる間も待たず出で給ふけしきにては、（北山）
朝霧のはれ間も待たないでお帰りなさる源氏の御様子では、（山岸）
朝霧の晴れ間も待たないでお帰りになる御様子で、（松尾）
朝霧の晴れるのも待たずお帰りのご様子は、（玉上）
朝霧の晴れてくる間もお待ちにならずお発ちになるご様子で、（新編全集）

と見えて、大同小異である。これらだと、後半の「花に心をとどめてしまうと見るよ」と、うまくつながらない憾みがありそうである。つながらないので、ぜんぶがぜんぶ、「花に心をとめぬ」を否定に解して統一させてきた。「ぬ」を「朝霧の晴れ間も―待たぬ、けしきにて」とのつながりから、否定に取りなして現代人にとっての理解に仕立てている。

男は霧がまだ深くて眠たげに帰りたくないのを、そそのかされて帰る。本心はいさ知らず、「霧のいと深きあした、いたくそそのかされ給ひて、ねぶたげなるけしきにうち嘆きつつ出で給ふ」と本文にある通りだ。「うた」のなかで、

もし、「朝霧の晴れるのも待たずに帰るの？」と言われているとしたら、わざわざそんなふうに言われる筋合いはない。そうでなく、女君の心持ちを忖度して、あるいは男君の気持ちを受けとって、すなおに「朝霧の晴れ間も待たない様子のまま」、帰りたくないのに帰ると詠むと見るのでよかろう。寓喩ではあるけれども、なによりもまず前提に自然描写としての朝霧の消え去らぬさまが印象づけられる。

朝霧の晴れ間も待たない、（まだ眠たいご）様子のまま、（貴方様は）花（＝女主人）に心を置きっぱなしで……、

とお見受けするよ

「花」は何の寓喩か。「うた」につづいて（シ）「おほやけごとにぞ聞こえなす」（あえて女主人関係のこととして申し上げる）とあるから、「花」が男君なら、心をとどめてしまうのは女主人ということになる。

花（のような貴方様）に（女主人は）心をとどめてしまう（心がとまったまま）と見ますよ

あるいは逆に、「花」が女主人で、

花（＝女主人）に（貴方様は）心をとどめておしまいになるとお見受けするよ

といったところか。新大系では前者のように考えてみた。後者のようにとるほうが、c歌との関係からすなおかもしれず、侍女の立場としてはそういった感じだろう。このたびはそのように取ってみる。

cの「咲く花に」歌もまた、d歌との関係から、「花」を女主人、あるいは源氏の君その人にとるのがよいと思われる。ここではd歌と同じように「花」を女主人と受け取ることにしよう。「咲く花に、うつる」とは、寓喩に違い

ないにしても、おもて向き、自然現象としての花の盛りの移ろいを詠むという前提がある。

（山岸）

咲く花に色があせる即ち「うつる」という言葉は、慎しむものであるけれども、美しさに私の心が移って、おらなくては通り過ぎる事のつらい朝顔の花である。……

新大系では「咲く花」を中将のおもととしたが、旧大系にもどり、考え直したくなったので、その一部をみぎに引いてみた。

六　夕露に紐解くとき

e（光源氏）

夕露に紐とく花は—玉鉾の、たよりに見えし、えにこそ—ありけれ

f（女=夕顔）

「光あり」と見し夕顔の、うは露は—たそかれ時のそら目なりけり

光源氏と夕顔の家の女との関係は進展して、顔を（袖で）隠しながら通う。覆面でなく、袖で隠す。女は巻頭で、この男を光源氏かと思った。ところがそのあと、男は顔を見せない。この男は光源氏らしからぬ筆跡の字を寄越し、連れて歩く随身は最初のときのままだ。源氏歌に「寄りてこそ—それ（=光源氏）か—とも—見め」とあったように、

寄り合う関係となって、言われたように光源氏か否かをたしかめたい。ついに「このわたり近きなにがしの院」で、八月十五夜も明けて、男は身元を明かす。顔を見せるという仕方で、「うた」を添えて自分が光源氏であることを示す。それがeの歌だ。

夕露に紐とく花は―玉鉾の、たよりに見えし、えにこそ―ありけれ

（ス）「夕露に紐とく花」とは？（セ）「玉鉾の、たよりに見えし」とは？（ソ）「えに」はどんな懸け詞か？さいごから見ると、（ソ）「えに」は「縁（に）、枝に、江に、疫に」などの、どんな組み合わせで懸け詞になるか。ここではさきに手招きした女童が、枝を扇に載せてさしあげよ、と言っていたから、一房の枝（＝え）と「縁〈えに〉」とを懸けている。（セ）「玉鉾」は道を言うから、道すがら夕顔の枝を折り取った、あのご縁でいまこんな関係になったのですね（＝「けれ」〈時間の経過〉）、というのが男の歌の後半である。

前半の（ス）「夕露に紐解く花」はいま「夕べの露を待って開く花のかんばせ」、いよいよ見せる自分の顔を言う。「花」は一貫してあの夕方の光に見た男の顔である。光源氏だと名乗るのはそうすると、「うた」に引きつづく「露の光やいかに」というところに込められよう。

続く、女のf歌がまたまた問題である。女が流し目で見て、

「光あり」と見し夕顔の、うは露は―たそかれ時のそら目なりけり

と詠む。「たそかれ時のそら目なりけり」（夕暮れの時間の見損ないだったことですね〈＝「けれ」〉とは、返歌らしく言い返す否定的な句である。光（＝美しさ）の否定だろうか。私はこれまでそのように取ってきた（新大系）。しかしどう

にも腑に落ちない。何を見間違いとか、見損ないとか言っているのだろうか。

わざと戯れて反対に云つたのである。（谷崎）

〔玉小櫛〕……あくまで光ありと見ながら、ことさらに逆《サカ》ひて、かくそのうらをいふこと、此たぐひ今の世にもよくあること也。

〔評釈〕この説いとよろし。……（北山）

実は美しいが、却って反対に、多少は源氏に戯れる気持ちで言う。……（山岸大系）

さほどとは思えないと、わざと本心とは逆のことを言って戯れる媚態。（新編全集）

はたして戯れだろうか、媚態だろうか。つよくはっきりと言い返している語調であって、光源氏かと思ったのを間違いとし、光源氏ではなかったのですねあなたは、とはねつけた、と見るのでなければ、一連の贈答歌として徹底しない。「反対に言う」とはそういうことだろう。戯れに違いないとしても、女の関心は一貫して光源氏であるか否かの疑念にあるのだから、美しさをここは否定するのでなく、光源氏であることを否定するのでこそ徹底する。

七　「まし」をめぐる光源氏作歌と軒端荻の秀歌

軒端荻との関係はごく普通に、若い男女の情交関係に始まり、恨み言とともにそれが終わるというストーリーをなす。

g （源氏）

ほのかにも―軒端の荻を、結ばずは―露のかことを、何にかけまし

軒端荻との最初の逢瀬ではなぜか詩歌の贈答がなかったから、これが初めての交わすそれである。この二人に情交関係が生じたことについて、何ら近親上のタブー性はない。また軒端荻が蔵人の少将を通わせて以後、源氏との関係は途切れる。この贈答はしっかりと規制に守られて成立しており、物語ぜんたいのなかに置いてみてよい歌群を形成している。

（源氏）

たしかならずとも、軒端なる荻と、（あのように契りを）結ぶことがないなら、
何に関係づけて言い出そう、露ほどの恨み言を

「露のかこと」とは「ちょっぴり恨み言を言いたい」ということのはずだが、どんな恨み言なのだろうか。諸注のなかには病気の源氏を見舞わないことについて怨みを言っていると取るのがあるけれども、そんな恨み言はあるはずもない。源氏の自業自得である。やはりここは蔵人の少将を通わせていることについて、いかに虫のよい源氏の言い分だとしても、女に恨み言を言うべきところだ。源氏としては女が別の男を通わせていることを咎めて身を引く。恋の恨み言を言う場面に終わる。

「まし」という機能語（助動辞）の出てくる『源氏物語』歌は三十七首ある。じつにさまざまな出て来方を見せる。問題提起をしておこう。「まし」の「ま」は「む」（意志、推量、未来）に通じると見るのでよいとみても、「し」は何

だろうか。活用は過去の助動辞と言われる「き」に近くて、

（まし）　ま―せ　○　ま―し　ま―し　ま―しか　○
（「き」のサ行活用〈終止形「き」を除く〉）　せ　○　○　し　しか　○

と並べると、「まし」の「し」は形容詞や形容詞型の助動辞をつくる「し」と関係がうすい。仮定がIf I were～（英語）のように過去形になるのにむしろ類推されてよい「まし」である。g歌（光源氏歌）の「かけまし」は仮定であり、これが本来の用法で、まだ「反実仮想」と言われる複雑な心理に至っていない。推量系の助動辞ということでよいとしても、「む」にしろ、「べし」にしろ、一人称の扱いでは「意志」となり、二・三人称では「推量」となる、という特徴がある（英語のwillもそうかもしれない）。そうすると、「まし」についても、「何をかけまし」と光源氏がみずからについて言う場合、意志のこもる言い方と見ることができる。

h（女＝軒端荻）

ほのめかす、風につけても―下荻の、なかばは―霜に、むすぼほれつつ
ほのかに（関係をほのめかして）吹いてくる、風（の便り）につけても、
荻の下葉（のような私の、）半分（は嬉しく）、半分は霜にとじられつづけて……

下荻について、『岩波古語辞典』に「下招《を》ぎ（心待チ）の意を掛けていうことがある」とする。女の字を見ると「あしげ」で、まぎらわし、ざればみ書いてあるので、品がない。冒頭の「心あてに」「寄りてこそ」贈答歌のパロディになっていよう。中の品の女にはよいのがあるはずだという思いは、ここにおいて裏切られる。空蝉のような女性を

なかなか得がたいと思い知らされるということでもある。
でも「ほのめかす」歌は秀歌だと評価したい。

〔注〕

1 引用のしかたとして短歌に句読点を施し、係助辞などのあとには「―」を附ける。「と」によって受けられる箇所を「かっこ」で括る。

2 『日本語と時間』(岩波新書、二〇一〇)は副題「〈時の文法〉をたどる」。時制や完了その他についておもに検討を加える。

3 古注に、夕顔の女たちは光源氏を頭中将と見間違えたかとする「説」があり、現代になお踏襲する研究者もいる。侍女たちはともかくもとして、女君が、二年も男女の関係にあり、あいだに子まであるあいての顔をわからないことがあろうか。車のやつし方を見るだけでも、自分の付き合った男かどうか、見抜けないのだろうか。

4 「雨夜のしな定めからの「螢」巻の〝物語論〟へ」一九七四、『源氏物語論』二ノ一、二〇〇〇)。

5 「アレゴリー」というのは、シラネ氏との打ち合わせでも話題になったように、西欧的絵画のモチーフを思い併せるべき語で、ここにかならずしもふさわしくない。しかし他に言い方がないので、日本物語からの術語として「寓喩=アレゴリー」を立ち上げておく。

6 参照↓注3。

7 アグノエル氏の「桐壺」巻について(かっこ)を駆使する苦心のフランス語訳は、期せずして山岸源氏の頭注と方法的に近い。「桐壺」巻のみ刊行されて(一九五九)、あとを次代に委ねるという姿勢であろう。ちなみに『沖縄文化大辞典』全6巻(沖縄タイムス社)に「アグノエル」が立項されている。

『源氏物語』の中のある仏教的場面について

ジャン゠ノエル・ロベール

日本文学に詳しくない私のような者が『源氏物語』について何かを語るについては、一言説明というよりは弁明が必要なように思う。空海が『三教指帰』の冒頭で述べているように、「人感ずるときは則ち筆を含む」のだが、この意味での私の感情はと言えば、古典文学の権威である山岸徳平氏校注の岩波文庫本『源氏物語』に目を走らせて、仏教にかかわるものがこれほど多く、しかもひそやかにテクストにちりばめられていることを目の当たりにして、この作品の解釈に仏教は不可欠な要素であると考えざるを得ないということに思い至ったときの驚きだった。

従って、これまでに分析されたことがないものを例に取り、仏典を視野に入れることによってより行き届いた理解を可能にするものがこの物語の重要なエピソードのうちには存在しているということをここで示すのも意味があると思う。

ここでは巻五「若紫」を取り上げる。この巻を選んだのは、仏教・仏典に関わるものが前半部には豊かで、仏教を研究する者にとってなじみ深い表現が非常に多いからである。まず関連部分を要約することから始めよう。この部分は都の近辺であるということ以外はどこに所在するかさだかではない北山を場面として繰り広げられる。瘧病《わらはやみ》（マラリアに似た病）を患っている源氏は、勧められて評判の「行ひ人」に治療ための加持祈祷を受けに行く。この「聖《ひじり》」は高齢のため「山深く入るところ」にある住まいの「室《むろ》」を出ることも滅多になく、源氏の方から出向かなければならなかったためで、源氏は「睦まじき三人、四人」を伴って山に赴く。時は三月の末で、都の桜は散ってしまったが山の桜は満開で、霞が漂う景色を、とかく自由が制限されている「ところせき御身にて、めづらしう」思われたのであった。「寺」も「いとあはれ」なもので、一行が感嘆しつつ行くと、聖は「峯高く」「深き岩の中にぞ」住まわれていた。遠出のごく簡略な身なりであったが、隠者は訪問者が名高い君であることを見てとり、今はこの世のことは念頭になく、「験方《げんがた》（加持祈祷）」も忘れ果てた自分のところになぜ参られたとは言うが、結局祈祷を行うことになる。

高所の庵からは僧坊があちらこちらに見渡され、儀式の準備が整うのを待つ間外に出ていた源氏は、目の下に見下ろされる廊を廻り渡し、趣味よく樹木を配し、手入れの行き届いた屋敷に住む者は誰だろうかと好奇の心を持つ。供の者は、二年前からここに隠棲している僧都の住まいだと答える。庭に出ている女の童が源氏の目を惹き、源氏は覗きに降りて行く。彼の若紫との出会いはこのようにして始まる。

この巻の筋の要約はここまでにして、仏教の世界をはっきりと示唆する部分を挙げておくにとどめよう。まず、冒頭の場面を彩っているやや幻想的な雰囲気が注目される。霞、峯の高所、岩の狭間の庵、そして眺望が生み出す特異な効果。人の世の外にあるこの場から視線を下に走らすと、親族に囲まれ一人の僧が住む寺が見下ろされるのである。この風景は三層の世界から成っている。源氏が属し、そこからやってきた世俗世界を代表する都、そして彼がまっすぐに到達する霊気に満ちた隠遁の庵、そして、中間の、とは言え宗教的であるとともに「おや、あそこに女達が」とか、「さて、その娘は」といった源氏の問いなどを通じて作者が皮肉まじりに強調している、女人の影が彼を誘う層、この三つの層である。そして、彼が上層から降り立って身を置いたこの中間層において、マリヴォダージュ《恋の遊戯》が、仏教的背景を引き立て役として繰り広げられることになる。

僧都の館に泊まっていた源氏が、暗闇の中でまごついている女房に対して、隣の部屋から揶揄するように経典をもじって警句を投げかける場面なども、この雰囲気をよく表している。その源氏の軽口、「御仏の導きを受ける方は、暗闇に入るとも間違えないと思っていましたが（仏の御しるべは暗きに入りてもさらに違うまじかなるものを）」は紫式部のライバル的存在、和泉式部の有名な和歌を我々に思い出させる。

暗きより暗き道にぞ入りぬべきはるかに照らせ山の端の月

（暗闇から、更に暗闇の道へと入って行かねばならないのです。遠くから見守って下さい、山の頂の月よ）

しばし横道に入ることを許して頂ければ、日本文学研究者の方々は一般にあまり仏教に重きをおかれないのだが（これが過去形になっていることを望みたい）、山岸徳平氏は日本古典文学大系の注において「仏の名を聞かずして暗闇から暗闇へと入り込んで行く（従冥入於冥永不聞仏名）[1]」という『法華経』の有名な一節の出典を間違えておられる。これは氏が言われる巻第二、「方便品」ではなくて、第七「化城喩品」である。[2] それはともかくとして、特に仏典に精通していると言われている訳ではない二人の同時代の女流が奇しくも二人して『法華経』の句を引いているという事実に、ベルナール・フランクが創作した形容詞を使って言えば、当時の「蓮花《ロチュジエンヌ》」文化の浸透の深さを思わないではいられない。

しかしこの「きわめて自由な」引用に先立つ箇所に、かなり明瞭に法華経との関連を示し、しかも重要度がはるかに高い一節がある。今は遁世している前国司の明石入道が、出家の身ながら娘に望みをかけ、「もしわれにおくれてその志遂げず、この思い置きつる宿世違はば」、つまり自分が死んでしまい、望みを果たすこともできなくなった場合には、海に身を投げよと、口癖のように言っていたとか、という話が出る。それを聞いて皆笑い出し、当時の人々の頭にすぐ浮かぶイメージをその逸話に重ねて「海竜王の后になるべき秘蔵の娘なんでしょうな（いつき娘なり）」と言う者がいる。これを面白いと思った源氏は、しばらくして「何をそんなに、海の底まで思い詰めているのだろうな。見るのもうっとおしいことだろうに、海の底の海草もうっとおしいことだろうに（何心ありて海の底まで深く思い入るらん。そこ［そこ／底］のみるめ［見る目／海藻《みるめ》］ものむつかしう）」と言う。

ここでも山岸氏はこの会話に仏教的意味合いとそのパロディーとがあることを感じ取って、『海竜王経』[3]を挙げていられる。[4]確かに、雨乞いの儀式の際に奈良でしばしば読まれたこの経典には「海竜王」という言葉が題名ばかりでなく本文にも何度か出て来るし、「竜后」または『源氏物語』で使われている「竜王の后」という表現もこの経文の中に出て来る。一方、私の主張には極めて不利な事実だが、『法華経』の中にはどちらの表現もそのままの形では見出せない。それにもかかわらず、この部分を読んでいると、登場人物達にこのイメージを語らせている作者の念頭にあったのは『法華経』だったのではないかと思えてならない。

『法華経』第十二、「堤婆達多品」では、文殊師利菩薩が、竜王の娘「竜王女」を賛嘆し、この竜女は成仏できると結論する。しかし会衆の中でも優れた智積菩薩と舎利仏尊者の二人は、これに疑いを抱き、特に成仏が瞬時に実現するはずはないと主張する。すると海の底から本人が現れ、即身成仏を表す。

経文の中に注意を引く箇所がまずある。仏陀に竜王の娘について述べる箇所で文殊師利菩薩は並み優れたこの娘の仏道修行を語り、「深く禅定に入りて諸法を了達す」と述べている。この句の前半、「深く禅定に入りて」は、源氏が冗談に言う「深く思い入るらん」を奇しくも思わせる表現で、「禅定」、つまり「瞑想・集中」を、より日常的な、しかしやはり思索過程を表現する「思う」と置き換えれば、源氏の言葉そのものになる。私が今引用した『法華経』の漢文部分は、一度聞いただけでも分かるようなもので、当時の女房達の間では、自分たちの仲間の女人が釈迦の最も優れた弟子を負かしてしまうエピソードとして人気があったものであろうから、特別の知識がない者でも知っている一節であったと思われる。

この法華経のエピソードを若紫に結びつけるもう一つの事柄があると私は思う。竜女は子供で、八歳になったばかり、「年始八歳」と語られるが、『海竜王経』の「竜后」たちは個別的に捉えられておらず、数十億を数え、子供を思い浮かべることはできないし、海竜王の娘も出て来るのだが、子供とは語られていない。一方、「若紫」巻の女主人公の年を『源氏』の作者は「十ばかりにやあらむ」と述べている。源氏の取り巻きが后と言ったのは、竜としての「将来」である訳だが、年齢層から言えば、この『法華経』の有名な登場人物、竜女の方が若紫に結びつきやすい。もしこのように重ね合わせることが可能であれば、『源氏物語』の主要な二人の女性、紫上と明石君が初めて物語に現れた時に、『法華経』という絆で結びつけられて登場しているということなのである。

『法華経』と関係すると思われるもうひとつの箇所について考えてみよう。これよりしばらく後に、源氏と僧都と聖の三人が歌を詠み交わす場面である。遁世の度合いをそれぞれ異にする二人の僧の前に姿を現した源氏のすばらしさは、都市文化から送られた流星のように隠遁の地としての山を照らす光と感じられ、彼の訪れは主の現前《エピファニー》のように、二人の僧の宗教的イメージをかき立てることになる。桜の花にちなんだ源氏の和歌の後に、僧都は桜の花を受けつつ、別の花を取り上げて次のように詠う。

優曇華《うどんげ》の花待ち得たる心地して深山桜に目こそうつらね

（待ち望んでいた優曇華の花に巡り逢えたような気持ちがして、深山桜の花に目も移らないのです）

漢文で優曇華または優曇婆羅と表記されるこの花は東アジアでは神秘的な存在で、中国における天台宗の創始者智顗《ちぎ》は、三千年に一度花開き、世界の帝王の到来を告げるものと説明している。実際は、山岸氏が補注（四三二頁、一八六）で説明されているように、実在するイチジクのような樹木で（Ficus glomerata）、中国名の「無花果」が示す通り、実はなるが花は見えないものである。智顗は、出典として、中でも『金光明経』と『法華経』とを挙げている。『法華経』の書き方は「優曇華」ではなくむしろ「優曇花」だが、僧都が「優曇華の花」と重複を気にせず「華」と「花」の両方を組み合わせて使っているので、表記の違いはあまり問題ではない。『法華経』では、ウドンバラを極めて優れた者を語るときに「優曇花」の名で引用している。例えば巻第二の「方便品」において、「法を聞くことができる者は希有である。例えばすべての人を喜ばせる野性のイチジク《ウドンゲ》の花のように、天においても人の世においても時折にしか現れないのである」とあり、そしてまたそのすぐ後に、「このような人は野性のイチジクの花にもまして甚だ希有なのだ」とも述べている。この僧都の和歌は、希有であることを花に譬えているので、『法華経』に着想を得たものと考えられる。つまり、源氏に『法華経』の「声聞」としての資格を付与しているのである。

聖が詠む三つ目の歌が『法華経』にちなんでいると断定するにはためらいがないとは言えない。しかし、最初の二つの歌が理解の助けとなってくれるだろう。まず断片《ディスジェクタ・マンブラ》を包摂する結構があることをここで思い出しておきたい。この場面には、「法華三昧おこなふ堂の懺法の声、山おろしにつきて聞こえくる」と語られているように法華三昧の行において読まれる『法華経』読経の声が響いているのである。[5] この行が源氏のためのものであるということは確かではないし、僧都の仏行の一環に過ぎないのかもしれないが、いずれにせよ、それは、源氏が病から解放されるとともにまた別の「熱」にかかることになる夜の底で響いていた音楽なのであった。作者が我々読者に与えるこの細部描写は、このエピソード全体の構図をはっきりと浮き上がらせ、我々読者を『法華経』に包み込むのである。そして、「阿弥陀仏ものしたまふ堂に、することはべるころになむ」と源氏に告げていた僧都は、三首の和歌の贈答に加わるために戻って来たのであった。

『法華経』読経の声を背景として、この贈答の最後の和歌が詠まれていることを確認した上で、この歌がこれまで指摘されていないこの経典の特定のエピソードに想を得ているということを示したいと思う。僧都の和歌に次いで、聖が源氏に以下の和歌を贈る。

奥山の松のとぼそをまれにあけてまだ見ぬ花の顔を見るかな
(奥山の松の戸を、この待ちかねていた稀な機会に開けて、見たこともないすばらしいお顔を拝見することです)

たどたどしい訳だが、それぞれの言葉を外さないように訳してみた。源氏の歌にある桜の花、次いで詠われる僧都のウドンバラを追うかたちで、聖が誇張法《イーペルボル》を更に押し進めていると解釈することもできよう。「はな」という言葉を二つの意味に取って主人公の顔を光り輝く花に譬えるのは既に尋常ではないということもできるかもしれない。しかし、それでは直前の和歌と比べた場合、ある種の肩すかしのようなものが感じられてしまう。聖が僧都の比喩をそのままの意味に取ったと理解することもできるかもしれないが、それは満足出来る解釈とは言えない。とすると、この第三の詠者、聖が呼び起こすイメージは何なのだろうか。

この歌のキー・ワードは、あえて言えば「とぼそ」だと思う。しかもそれは松の戸で、動詞「待つ」との意味の重なりがあることは指摘するまでもなく明らかだ。聖が源氏を待っていたということは考えづらいが、源氏の来訪は、既に述べたように、この孤独な生活を送る僧達にとっては、主の現前、しかもウドンバラの花との比較によって明らかなように、待ち望んでいた末の示顕のように映ったのであった。読者は和歌を一読して比較的単純な行為をイメージする。つまり、遁世の聖が庵の戸を開け、そこを通る貴公子を目にするというもので、そこに驚きと感動が表現される。しかし、その場合、戸は正しい方向に開けられているのだろうか。つまり、単純素直な読みが示唆している方向、内から外に向かって、庵から世界に向かって開かれているのだろうか。当時の庵についての建築的知識もなく、また戸を描いているものが源氏絵に見つからないので、引き戸ではなかったかと考えるべきかもしれないが、より新しい建て方、例えば芭蕉の庵などに影響されて想像したりもする。いずれにせよ、最初の疑問、隠者は戸を開けるのだが、どの方向へかという疑問は相変わらず残る。最初の内から外へという印象とは逆の方向、つまり、戸を外から開けて中を覗くということは考えられないだろうか。

『法華経』には、とりわけ有名な聖なるものの顕現を語る場面があり、中国でも日本でも無数の図像の原点になっている。地中から出現し虚空に浮かぶ宝塔の中にいる多宝如来（サンスクリットではプラブータ・ラトナ）の姿である。巻第十一、「見宝塔品」で描かれているその場面を思い起こしてみよう。[6] 虚空に浮かぶ宝塔から釈迦と『法華経』とを褒め讃える声が聞こえる。そして驚きあきれる会衆に、過去の、そしてはるか彼方の世に属する仏が、悟りに至る修行中に大誓願を立てたという説明がある。誓願とは、悟りを得、成道し、入滅した後、東方十方世界において法華経が説かれる場があれば、この正典としての経典の教えを聞くため、我が塔は地中から湧出して、全ての者の前でその証人となり、「善哉《よきかな》！」と言ってその正しさを確認する、ということであった。その少し後に、「誰か法華経を説く者があれば、如来の塔は必ずその前に出現し、その「全身」（完全無欠の体のことで、「全」は損なわれていない、すべてを備えているという両方の意味を表す）を内部に宿し、「善哉、善哉」と、説教を讃えるのだ」と述べられている。すると、会衆を代表する者が仏陀に、「世尊に御願い致します。その仏陀のお身体を私達は是非拝見したいのです」と言う。そして、この世の再構築に他ならない巨大な演出が仏陀によってなされた後、仏陀自身が空中に昇り、「右の指を以て七宝の塔の戸を開いた。すると、鎖された大きな城門を開くような大音響がして、会衆は宝塔の中の獅子の座に全身不散で禅定に入ったが如く座っている多宝如来を見出す。」次いで、多宝如来は釈迦に宝塔に入って自分の隣に座るように勧め、その後会衆全てが空中に舞い上がる。この場面はしばしば絵画化されている。これについてはベルナール・フランクの論文を挙げれば十分だろう[7]。

このエピソードに導かれて読み直してみると、聖の歌は別の広がりを見せ、賛嘆の誇張法としても新たな次元に入って行く。隠者が自分の庵の戸を開けたのは事実として、その仕草は、かつて釈迦が宝塔に納まった多宝如来の輝く身体を見出したときの仕草を、隠者としての次元で繰返すものであった。彼は庵の戸を開けた訳だが、それは反転して宝塔の戸になるのである。顔のすばらしさ、すなわち花は、宝塔が出現する理由そのものであった「法華／法《のり》の花」を思わせ、そして多宝如来の全身を思い浮かべさす顔と重なるのである。『法華経』においては、希有の花、ウドンバラは、『法華経』をその価値にふさわしく受け入れることができる者を比喩すべく使われているが、ここでは、仏陀の比喩として使われているのである。三番目の和歌にある「まれに」という表現が、先に引用した『法華経』の一節の中で、ウドンバラの形容辞（連体修飾）として二度も出て来るということも指摘しておきたい。つまり、この和歌は第二詠を受け継ぎ、それを超えているのである。さらに、この巻の冒頭で隠者が霞に閉じられた高い峯の岩の狭間の庵に住んでいると語られており、空中に浮かぶ宝塔のイメージに呼応するものとなっていることも付け加えておきたい。

しかし、結局はありきたりの表現の後ろに、これほど特定的で深遠な意味の投影があると解釈することが許されるのかと言われるかもしれない。これらの和歌が持つ仏教的要素を不当に拡大解釈して、勝手な「深読み」をしているのではないかと。こうした批判には、まず、テクストそのものをもって答えたい。既に述べたように、和歌の贈答は法華三昧の響きを背景に行われており、郭氏の御著作にある通り、智顗自身の言葉で、「この仏行は大乗仏教の信奉者が普賢菩薩、釈迦とプラブータ・ラトナの二仏、十方世界の仏を見ることを可能にするものなのだ」と言われている。[8] 宝塔の出現は、読経の声と結びついたものであり、詠歌の時にはもう終っていたと考えられるとしても物語の登場人物達が遠くに聞いていたものなのである。従って、尊い隠者が詩的装飾音を編み出すにあたってこの状況を組み込んだという解釈はありうると思うのである。

しかしまた、他のこともある。隠者の和歌を最初に読んだときから、私は天空の宝塔の扉が開く場面がここで想定されていたとごく自然に思い、管見に入るかぎりにおいてこの点についての注釈がないことに驚いたのだった。私がこれまでに読んだ釈教歌では、隠者の和歌に出て来る「とぼそ」という語は、宝塔の場面と結びつけられている。まずそれは、私がここ数年特に強い関心を持って調べていた慈円（一一五五～一二二五）の『詠百首和歌』の場合である。「とぼそ」という語は、この百四四首を数える「規格外れの」百首歌の中で二回出て来る。

まず、巻第十一の経文を引用し、「彼等は宝樹の下に詣でて」を起点として、慈円は次の和歌を詠んでいる。

木のもとやたからのとぼそあけがたに数かぎりなき光をぞみる

（『拾玉集』、新編国歌大観、六九一頁、歌番号二四七〇）

光は多宝塔の開扉を見に来た仏達から発散されるものである。

二つ目の和歌は更に興味深い。それは「多宝如来の塔よ、元に戻れ」という経文に基づく以下の和歌である。

おほ空にひらきしやどの戸ぼそをばあけし聖や又もさし（鎖し）けむ[9]　（歌番号二五一五）

この巻第二二、嘱累品《ぞくるいほん》（引き継ぎの章）は、恐らく『法華経』の実質的最終巻であろう。仏陀の教えが終わり、国土は元の状態に戻り、塔は地下に帰る。この和歌は『法華経』の教えの消滅を危ぶむ慈円の密かな恐れを伝えている。「とぼそ」、「ひらき・あけ」の他に、仏陀を意味する「聖」という言葉が使われているが、これはまさに隠者を指し示す言葉として紫式部が使った表現であった。聖者《しょうじゃ》（サンスクリットではârya）の和語、聖《ひじり》は、二つの読みが可能であるから、『源氏』の作者が、住処の庵を開ける隠者の姿を宝塔を開ける仏陀の姿に重ね合わせたということは十分にありうると思うのである。

「若紫」の巻のこのエピソードを通じて、このように考慮するに足る数の『法華経』への言及があると思われるのだが、それは深い信仰がなせるものというよりは、イロニーを帯び、距離を置いたものであり、これをもって紫式部をルイーズ・ミシェルに変身させることはできない。[10]彼女は光源氏の訪れを、時間を遡行させて示顕へと変えて楽しんでいるようだが、それは上流の貴公子が信仰者の前に姿を現すということであり、天台教学から言えば、現象の出現、顕権《けんごん》であって、顕実ではない。というのも、「花」という語は釈教歌では通常、『法華経』という意味にも「菩提（悟りを開いた心）」という意味にもなり、また、仏陀という意味にも究極の真理という意味にもなる。しかし、ここには信仰心を笑う態度はない。源氏自身も非常に短い間ではあるが自分の罪深さを自覚し、より高いものを憧れる心の動きを見せて、「我が罪のほど恐ろしう」と、自らの罪深さを考え、「まして後の世のいみじかるべき」と、来世の闇に思いを馳せ、「かうやうなる住まいもせまほしう」と僧都に言うのである。しかしまた、すぐさま常日頃心を占める関心ごとに戻って行くのもまた、同じ源氏であった。

このように紫式部は、軽やかに、しかし決して不真面目にではなく仏教用語を扱って行く。この物語の中で源氏が侍女をからかうために使った軽口の中に出て来る「闇」と同じ語が、同時代人の和泉式部が詠んだ心打つ和歌にも出て来るということを既に述べた。これについては、同時代のもう一人の優れた女流、赤染衛門を引くことも無駄ではないだろう。彼女は私家集を残してでいる[11]。釈教歌というジャンルの発生については山田昭全氏の論文に譲り[12]、ここでは『法華経』二八巻の各巻について和歌を一首づつ詠むということが十〜十一世紀にかけて成立したということ、二八首全部を集めた法文歌の最も古い例は公任と赤染の私家集だということを知っておけば足りるだろう。公任については省略して赤染のものを見ておこう。第十二、提婆達多品（天からの授かりもの）について詠んだ彼女の和歌は幼い竜女が彼女にとってはこの巻の中心的主題であったことを示している。

わたつみの宮をいでたる程もなくさはり（障り）のほか（外）になりにけるかな

ここで言う障りとは、勿論、『法華経』の同じ部分で、もったいぶった舎利仏尊者《カーリプトラ》が述べる女人の身の転生を妨げる五つの障りを指している。公任はこの巻については歌を二つ詠んでいて、内一つのみが竜王の娘をテーマにしている。公任が二首も詠んでいるのは、この巻のみで、この巻では何が最も重要なのかということについて彼が決めかねているることが分かる。その他の巻については、山田氏が指摘しているように、二人の歌人は同じ法文について詠んでいる。巻十一の歌の中に、「とぼそ」という言葉が出て来ることを、私がいかに期待したか想像して頂けると思うが、『赤染衛門集』の一連の法文歌のどこにも「とぼそ」という言葉は残念ながら出て来ない。

しかし、『赤染衛門集』におけるこの言葉の不在を補ってあまりあるもう一人の女流歌人の作品がある。仏教に関わる和歌を集めて歌集を編んだ最初の試みとして知られる、一〇一二年に成立した選子内親王（九六四—一〇三五）の『発心和歌集』である。彼女は紫式部の同時代人で、歌集も『源氏物語』の著作期とほぼ重なっている。斎院でもあった選子内親王は『法華経』二八巻とその開・結両経をあわせて三十首の歌を詠んでおり[13]、歌集の第三五首目に、経巻の題「見宝塔品」と、その引用句「釈迦牟尼仏が右の指を以て七宝の塔の戸を開けると、大音声がする」とを題とした以下の和歌がある。

玉の戸をひらきし時にあはずして明けぬよにしもまどふべしやは
（玉の戸を開いたときにあわず夜明けのないこの夜をさまよわねばならないことがあろうか）

この和歌の解釈はせず、ただ先ほど見た夜というモチーフが詠み込まれているという点を指摘するにとどめよう。ここでは、「とぼそ」ではなく、よりシンプルな「戸」という言葉が使われているが、紫式部の時代の釈教歌に「戸を開く」というテーマが既に存在しており、『源氏物語』に出て来る和歌についての私の解釈が、同時代、そしてその後の時代の用法に合ったものだということを示すには十分だと思う。選子の「玉の戸」と、紫式部の質素な「松の戸」とが織りなす対比にも注目したい。

仏典を典拠とする可能性を注意深く調べて行くことによって、『源氏物語』という意味の重層する作品の中にある一見して何と言うことのない部分をよりよく理解しうるのだということをお示しできたと思うが、いかがだろうか。

〔注〕

1　『法華経』の拙訳、*Sutra du Lotus*（Fayard, 1997）の注参照（一六九頁）。

2　『源氏物語』、第一巻、日本古典文学大系、一九二頁、注9（訳注：小学館旧・新編古典文学全集、新潮日本古典集成、岩波新大系共に、化城喩品を引いている）。

3 大正新修大蔵経（第十五巻、五九八番）

4 訳注　小学館新編古典文学全集は出典として、『日本書紀』等に見られる竜宮伝説と『法華経』の「提婆達多品」を挙げ、ここでは竜宮伝説を取るべきだろうとしている（『源氏物語』、第一巻、付録四四五頁）。新潮古典集成は「海竜王」が仏典では異類を指すとのみ注、新大系は『海竜王経』と『古事記』を挙げる。

5 この長く複雑な行については、郭麗英氏（Kuo Liying）が著わされた代表的研究書に譲ることにしよう（*Confession et contrition dans le bouddhisme chinois de V^{e} au Xe siècle*, EFEO, Paris 1994, p. 87 et suiv.）。

6 論点を明らかにするため、テクストを若干変えてある。

7 *Amour, colère, couleur*, Collège de France, Paris, 2000, p. 204 et suiv.

8 *Confession et contrition*, p. 89-90. 表記を簡略化した引用部分には傍線を付した。*Sutra du Lotus* の注73を参照。

9 この歌には「ひらきし」と「ひびきし」の二つの本文がある。「響きし」の方は「鎖された城門を開いたときのような大音響がして」という『法華経』の一節に対応すると言える。レクチオ・ディフィシリオール、つまり、より難解な方を選ぶべきという古典解読の原則に従えば「ひびく」を選ぶべきかもしれないが、よいとされる校注は全て、「ひらく」を選んでいる。

10 訳注　ルイーズ・ミシェル（Louise Michel）はパリコミューンで活躍した無政府主義の女性「活動家」。自分が信じた大義のために一生を捧げた闘士であった。

11 『赤染衛門集』（『私家集全釈叢書　赤染衛門集全釈』、風間書房、一九八六年）。『法華経』に関する二八首は三七七～四〇九頁を参照。

12 山田昭全、「仏教を主題とする和歌の起源とその発展について」（『仏教文学講座』第四巻、勉誠社、一九九五年、三七～七五頁）

13 英語の翻訳は以下の通り。Edward Kamens, «The Buddhist Poetry on the Great Kamo Priestress: Daisaiin Senshi and *Hossin Wakashū*», Ann Arbor, Center for Japanese Studies, The University of Michigan, 1990（注釈が非常に多い）。

（寺田澄江 訳）

III

拓かれる語りの地平

——中世・近世、そして近代へ

『源氏物語』をめぐる語り手と作者の系譜

高橋　亨

一　物語作者としての〈紫式部〉の匿名性

平安朝の物語や散文的な作品には、そのテクストに作者名を記さない。同時代の享受者は、貴族社会の狭い範囲の人々であったから、その作者を知っていたはずだが、写本における無署名や匿名性が原則なのであった。『源氏物語』の古写本に作者名の記述は無く、原本も同じとみられる。また、現在『紫式部日記』や『紫式部集』と通称しているテクストも、当初からの書名とは思われず、そこにも署名は無い。

そもそも、藤原為時の女《むすめ》という歴史社会的な実在人物を、『源氏物語』『紫式部日記』『紫式部集』に共通する作者〈紫式部〉と呼ぶのは、『源氏物語』作者ゆえである可能性が大きい。『尊卑分脈』は、為時「女子」の注に、「歌人」「上東門院女房」「紫式部是也」「源氏物語作者」「右衛門佐藤原宣孝室」「御堂関白道長妾云々」と記している。

ここでは、『源氏物語』『紫式部日記』『紫式部集』という三つのテクストそれぞれの系譜における、〈語り手〉と〈紫式部〉との相互関連を問いたい。それはまた、文化コンテクストにより、その前後の「物語」「日記」「歌集」といった諸ジャンルの作品や表現史と関わることになる。

『栄花物語』には、「紫式部」という用例もあるが、「藤式部」が中宮彰子の女房としての当初の呼称だと思われる。『栄花物語』は道長の繁栄を中心とした歴史物語であり、その正編の著者は、やはり匿名だが赤染衛門とみられる。和泉式部などと共に、紫式部の同僚女房として『紫式部日記』にもその名が記されている。しかしながら、『栄花物語』には『源氏物語』の影響が明確にあるにもかかわらず、『源氏物語』作者への言及はない。

まして、漢詩文中心の男性視点からは、『源氏物語』とその作者に今日のような高い評価が与えられてはいない。赤染衛門の曾孫にあたる大江匡房が著した『続本朝往生伝』は、「一条天皇」時代の優れた人材として、諸分野の人名を列挙している。そのうち、「文士」としては「匡衡、以言、斉名、宣義、積善、為憲、為時、孝道、相如、道済」、「和歌」には「道信、実方、長能、輔親、式部、衛門、曽祢好忠」とある。女性で挙げられたのは、これまでの通説のとおり、「式部」が和泉式部で、「衛門」が赤染衛門であろう。

「為時」は紫式部の父である。平安朝においては一条朝「文士」の代表と評価されていた為時が、今では『源氏物語』作者の父として知られる逆転が、千年を経た〈文学〉観の変換を象徴している。「物語」や「草子」の作者である紫式部や清少納言の名は、そこに無い。『枕草子』は「つれづれ慰むもの」、つまりは娯楽として「物語」を碁や双六とともに挙げている。平安朝において「物語」は「文学」作品ではありえず、「文学」とは、儒教的な規範意識による漢詩文やその作者を意味し、和歌はそれに準じていた。

平安朝中期においては、漢詩文集、勅撰集等の和歌集などには、詩や歌の作者名を記すことを原則としている。物語や草子の作品に作者名が記されていないのは、ジャンルとしての「物語」の社会的な位相や作者の権威の低さゆえであった。

にもかかわらず、『源氏物語』の作者としての〈紫式部〉は、その当初から高い評価と影響力を示していたとみられる。それを示すのが、『紫式部日記』における、藤原公任、一条天皇、藤原道長という、当代を代表する男たちが『源氏物語』に積極的に関わったという自己言及である。『紫式部日記』において、〈紫式部〉は自分が『源氏物語』作者だと明言しているわけではないが、まぎれもない物語作者の日記なのである。[1]

二　『源氏物語』の〈語り手〉と作者

『源氏物語』以前の物語作品の冒頭が、「昔」あるいは「今は昔」で始まっていることは、口承による昔話や古伝承の表現様式をふまえたものである。新たな創作として書かれた作品であろうとも、昔から語り伝えられた伝承だというたてまえゆえに、物語作者はテクストの表層から隠れ、〈語り手〉として現象するしかない。西洋近代のロマン主義以降の小説にみられるような「作者」の神格化や権威、独自性《オリジナリティー》を尊重する発想とは異質である。

　桐壺巻は「いづれの御時にか」と始まり、「光る君といふ名は、高麗人《こまうど》のめできこえてつけたてまつりけるとぞ言ひ伝へたるとなむ」と結ばれている。『岷江入楚』は、作者が「我書たる物といはれじと、人の事のやうに、三重に書なせり」とし、①「人の言ひ伝へたる（他者による伝承）とぞ」、②「人が記しておいた（他者が筆録しておいた）を」、③「見およびたる（披見して書写した）やうに書たる」という。[2]

　〈語り手〉の聞き手への謎かけから始まり、伝聞形式で結ばれた、書かれた語りの表現構造についての指摘である。『源氏物語』のこうした〈語り〉の方法は、作者が作中人物たちに憑依するように〈同化〉と〈異化〉とを繰り返して表現する、心的遠近法によるトポロジー構造を示している。『源氏物語』の語り手たちは、「物のけ」のような作者の分身であり、作中人物たちに近侍して見聞した女房たちの噂の伝承回路を基本としている。そうした〈語り〉の心的遠近法は、物語世界を俯瞰する外の描写から、作中人物の内へと焦点化し、会話文や心内語へと連続的に移行し、それらを相対化して離れる。[3]

『源氏物語』は、光源氏や薫また匂宮などの男主人公と、これと関わった女君たちが、その「身」の限界を克服してどのように生きることが可能かという、「心」を探求し続けた物語である。「身の憂さ」「憂き身」とともに「憂き世」「世の憂さ」とあるように、「身」と「心」を取り巻くのが「世」であった。それはまた、前世からの因果応報の宿命に支配されているという仏教的な「宿世」観にも通じている。

藤原為時女は、夫の藤原宣孝が没した一〇〇一年ごろから『源氏物語』の執筆を始めたと推定されている。その頃の、「数ならぬ心に身をばまかせねど身にしたがふは心なりけり」、「心だにいかなる身にかかなふらむ思ひ知れども思ひ知られず」という歌が、『紫式部集』（陽明文庫本）にある。年長の夫宣孝との結婚生活は二年あまりで、娘の賢子が残され、「身」と「心」との異和感に思い悩む〈紫式部〉は、その思いを『源氏物語』の作中人物たちに投影したと思われる。

また、『紫式部日記』は一〇〇八年に中宮彰子が敦成親王を出産した記録から始まる。とはいえ、主家である道長一族の栄光の記録と裏腹に、作者自身の憂愁の心を表出した不思議な日記である。親王の五十日の祝宴の夜に、藤原公任が「あなかしこ、此わたりにわかむらさきやさぶらふ」と言いより、〈紫式部〉は「源氏に似るべき人もみえ給はぬに、かの上は、まいていかでものしたまはんと、聞きゐたり」と記している。公任は自分を『源氏物語』の主人公の光源氏に、〈紫式部〉を紫上に見立てて戯れたのである。

これに対して〈紫式部〉は、光源氏に似た男も現実にはいないのに、まして紫上がいるはずもないと、黙って聞いていたという。当代一流の文化人であった公任としては、『源氏物語』作者へのサービス精神をこめた、宴席の場における戯れであろう。それをあえて無視して、物語を現実と同化することを、〈紫式部〉がきびしく拒んだという構図である。

そもそも、〈紫式部〉が女房として彰子のもとに出仕したのは、道長がその文才を評価し、彰子の教育係、また作家活動への期待をこめてであったとみられる。そうした女房の先駆としては清少納言がいて、中関白道隆の娘の定子に仕えて『枕草子』を書いた。道長は一条天皇の後宮において、この定子に対抗して彰子をもりたてるために、和泉式部や赤染衛門などをも集めている。『源氏物語』作者であることが女房に採用した理由であろうが、『紫式部日記』には、彰子にひそかに白居易の「新楽府」を進講したり、歌を詠んだ活動が記され、彰子の皇子出産記録としての『紫式部日記』を書くことも、職務に含まれていたはずである。

〈紫式部〉は一〇〇六年または前年に中宮彰子のもとに出仕したが、「身」と「心」の異和感が解消しなかったことは、「初めて内裏《うち》わたりを見るに、もののあはれなれば」という詞書をもつ、「身の憂さは心のうちにしたひ来ていま九重《ここのへ》ぞ思ひ乱るる」という歌が示している。〈紫式部〉は現実の華やかな宮中を初めて見ても、我が身の「憂さ」を忘れることができずに思い乱れている。文献記録や伝聞によって幻想し、それまでの『源氏物語』に描いた宮廷や貴族世界と現実との落差ゆえであろう。

『源氏物語』が道長と彰子の周辺で高く評価されていたことは、皇子を出産した彰子の、内裏還御の記念品である豪華清書本の作成からわかる。〈紫式部〉はチーフディレクターとして「色々の紙」を選び、「物がたりの本ども」を添えて複数の能筆の人々に分担書写してもらう依頼の手紙を書き、それらの清書を「綴ぢあつめしたた」めて製本していたと記す。この清書本の範囲の推定は諸説あるが、光源氏が准太上天皇となる藤裏葉巻までの、いわゆる第一部かと思われる。若菜上巻以降の、柏木と女三宮との密通などによる主題的な暗転の部分は、内裏還御の記念にふさわしくない。

『源氏物語』第一部（桐壺～藤裏葉巻）は、文人受領であった為時の娘が願望した虚構の歴史物語であったと考えられる。桐壺巻が醍醐天皇の時代と重ねて書き始められた時代准拠の方法は、曾祖父藤原兼輔が娘を入内させ皇子も生まれた、一族にとって栄光の過去だったからであろう。兼輔の「人の親の心は闇にあらねども子を思う道にまどひぬるかな」という歌は、『源氏物語』に二十数回引かれた最多の引き歌である。

第一部における〈語り手〉は、光源氏を焦点化し、その立場に即して語ることを原則としている。帚木六帖のような「ものいひさがなき」物語や玉鬘十帖の〈語り手〉は、より自由に光源氏を相対化して語っている。そこには、雨夜の品定めにおける四つの体験談や、空蝉また夕顔の物語など、〈紫式部〉がかつて若き日の物語仲間と私的に書き交わした、短編的な習作も組み込まれているとみてよい。あるいは、物語仲間の作品も、その匿名性により組み込まれたであろう。

それらの独立した物語群を数珠つなぎ、あるいは入れ子型に包摂しながら、〈紫式部〉は〈語り手〉に変身しつつ、光源氏の光（栄華）と闇（罪）とが両義的に結合した長編物語を生成していく。藤壺と光源氏との密通、それによって生まれた皇子（冷泉帝）を即位させる物語を核として、桐壺更衣―藤壺―紫上―女三宮という〈紫のゆかり〉の物語を、主題的な連鎖と変換によって生成していったのである。

『紫式部日記』には、この豪華清書本作りに関連して、〈紫式部〉が「局《つぼね》」に「物がたりの本ども」を隠しておいたのを、中宮の御前にいる間に道長が探し出し、妍子に与えてしまったともいう。「よろしう書きかへた」という清書のために書写者に添えた原稿は戻らずに失われているし、手元の草稿本まで世に出て「心もとなき名」（不名誉な評判）を得ることを心配している。〈作者〉の権利はまったく認められておらず、にもかかわらず〈作者〉としての不名誉な世評を気にしているのであった。

道長が妍子に与えたこの「物がたりの本ども」には、あるいは、当時執筆中の第二部が含まれていた可能性もある。こうして、それまでは〈紫式部〉の物語仲間というべき親しい友人や、彰子また道長の周辺で私的に享受されていたはずの『源氏物語』は、半ば公的な後宮の調度品として、〈紫式部〉の手を離れて流布を始めた。

三　貴族社会の現実と虚構の幻想

『源氏物語』第二部（若菜上〜幻巻）は、中宮彰子の女房として現実の後宮や貴族社会を見聞した〈紫式部〉の体験をふまえて、その憂愁を物語に反映し主題化している。『紫式部日記』や『紫式部集』における、外界の栄華と心の内の憂愁との矛盾が対応する部分である。第二部では、作中の女君たちそれぞれの心の表現が、自立して多声的に響き合うようになり、光源氏はもはやそれらを統括できない。

『紫式部日記』では、先輩の上臈女房たちが〈紫式部〉に対して、「物がたり」や「歌」を好み傲慢で、人付き合いが悪く同僚を馬鹿にする女かと思っていたが、会ってみたら不思議なほどおっとりしていて別人かと思ったという。それが、演技の効果であったと〈紫式部〉自身が記している屈折した文脈にある。中宮彰子の女房として、同僚の前では「一」という漢字さえ読めないふりをして文才を隠し、共感を得たというのであったが、反感といやがらせも内と外とにあった。

豪華清書本の作成の直後に、〈紫式部〉は里下がりして憂いに沈み、「はかなき物語などにつけてうち語らふ人、同じ心なるは、あはれに書き交はし、少しけ遠き、たよりどもを尋ねても言ひける」かつての物語仲間との離反を嘆き、「さも残ることなく思ひ知る身の憂さかな」と悲嘆に沈む表現がある。夫宣孝の没後から彰子への出仕の時期、その間の「つれづれ」の思いを慰めるために「はかなき物語など」につけて語り合い書き交わしていた、その「物語」をめぐる友人関係の崩壊である。

その「身の憂さ」が、〈紫式部〉に新たな『源氏物語』作家としての自覚と問いをもたらし、紫上や落葉宮など女主人公たちの孤独な心を自覚した表現に通底して、第二部から第三部へと書き進める物語作家としての「心」を生成したといえよう。

『源氏物語』第三部は、匂宮・紅梅・竹河という試行の三巻を経て、橋姫から夢浮橋巻まで、都の貴公子たちとの恋愛関係をどう生きることが可能かという「宇治／憂し」にまつわる女の物語となる。〈紫式部〉の母が記憶のない頃に没し、父のもとで共に育てられた姉も若くして没したという『紫式部集』からの伝記的な推定は、宇治八宮と大君・中君という姉妹の家族関係と類似する。また、浮舟は八宮に認知されなかった召人の娘である。その自殺未遂と横川の僧都による救助と出家の物語は、仏教による救済を求めつつも、その可能性についての判断を保留して終わっている。

「浮舟」は「憂き舟」であった。藤壺も光源氏との密通を「いと心憂き身」と嘆いていたが、生まれた子を皇太子とし、光源氏の恋情を拒むために出家して強い「心」で守りぬいた。大君は薫との結婚を拒んだ「心」のまま死に、浮舟は薫と匂宮との三角関係により自殺未遂して出家する。薫は浮舟の心をまったく理解できないまま、再会を願って惑う。物語世界内の人物関係はディスコミュニケーションに帰結し、〈語り手〉による物語世界の統合そのものが解体して『源氏物語』は終焉する。

〈紫式部〉のことばと思想の核として、このような「身」と「心」をめぐる表現史の展開があった。それは、「思ふやうにもあらぬ身」を嘆いて「あるかなきかの心地するかげろふの日記」を書いた道綱母を承け、『更級日記』や、『とはず語り』の系譜へと通底していく。また、『栄花物語』から『今鏡』などの歴史物語、『無名草子』などの批評文芸などを生み出す源に、『源氏物語』とその作者〈紫式部〉が強く作用している。[4]

そもそも、平安朝のかな日記は「三人称的な形式」を叙述の主体表現として成立した。『土佐日記』は「男もすなる日記といふものを女もしてみむ」と書き始められ、『蜻蛉日記』は「かくありし時過ぎて、世の中にいとものはかなく、とにもかくにもつかで、世に経る人」、『更級日記』は「あづま路のはてよりも、なほ奥つかたに生ひ出たる人」と、それぞれの冒頭文でいう。『和泉式部日記』もまた全編を通じて自分を「女」と称する。漢文日記の影響もあるが、表現主体としての作者を相対化して作中人物化する「物語的」な発想である。

これに対して『とはず語り』は、その冒頭近くで「我も人並みなみにさし出でたり」と「我」で始まる。「我」を前提とすることは十三～十四世紀の動乱の時代の女性による日記紀行文に共通しており、『建礼門院右京大夫集』『竹むきが記』は悲劇的運命を描き、『うたたね』『十六夜日記』は紀行を含み、自らの意志で行動することでも『とはず語り』とも共通する。

また、摂関政治期には「宮の女房（中宮・皇后の女房）」が、院政期に入ると「内の女房（典侍・掌侍）」が作品を書いたという大略の展望をふまえ、『源氏物語』『枕草子』『紫式部日記』『更級日記』には「ことばの伝達者」という役割を公的な職掌とする「内侍」の姿が描き込まれ、「宮の女房」であっても内侍との共通性があるとする説もある。[5]「宮の女房」から「内の女房」へという日記作者の変換、「三人称」から「我」へという〈語り手〉の変換は、摂関期から院政期への政治社会的な女房の書く意識の変換と関わるであろう。単純にいえば、「我」という〈語り手〉は

〈作者〉の直接的な自己表現に近い。

『紫式部日記』は叙述の主体を明示しないことを原則とするが、その歌には「水鳥を水の上とやよそに見ん我も浮きたる世を過ぐしつつ」と、「我」がある。また、地の文にも「我」や「我が心の内」という表現がある。とはいえ、消息（手紙）文体といわれる部分には、清少納言への厳しい批評に続いて、自分を「一ふしの思ひ出でらるべきことなくて過ぐし侍りぬる人」と三人称で言うし、「罪ふかき人」とも言う。ちなみに消息文体の結びも、「かく世の人ごとの上を思ひ思ひ、果てにとぢめ侍れば、身を思ひすてぬ心の、さも深う侍るべきかな。なせんとにか侍らん」と、「身」と「心」の葛藤で捉えている。

〈紫式部〉は彰子や道長の栄華の世界と我が「身」の憂愁とを『紫式部日記』において対比的に表現し、消息文体における他者批評は「よきもあしきも、世にあること、身の上の憂へにても、残らず聞こえさせおかまほしくはべる」と、『源氏物語』蛍巻の物語論と共通する自覚により表出している。『無名草子』が『枕草子』とともに『紫式部日記』を批評の時空として継承し、仮名日記が歴史物語に通底する散文的な批評意識である。

『とはず語り』は『源氏物語』を意識し、前編では自らを「紫上」あるいは「女三宮」に擬している。巻二の「女楽」では「明石君」に擬されたことを不服として、この行事を台無しにした。そして宮廷を追放されても後深草院にすがったりせず、西行にあこがれて漂白の旅に出る「自立心や意志の強さ、行動力」は、「女源氏」としての家柄意識によるものであり、「光源氏」その人に自身をなぞらえたともいえる。[6]

四 〈紫式部〉堕地獄説と作者のモラル

『源氏物語』の作中人物たちは、だれひとり極楽往生できたと記されてはいない。生霊そして死霊の「物のけ」として発現した六条御息所はじめ、作中人物たちの心は〈中有〉をさまよい続けている。そこには、『紫式部日記』の消息文といわれる部分の、〈紫式部〉自身が出家遁世しても往生できないだろうという、厳しい自己省察の思考が投影しているのだといえよう。

その『紫式部日記』消息文の自己省察は、自身の「心」により薫との結婚拒否をした宇治大君の物語から、浮舟の物語へと転換していく契機かとも思われる。浮舟は自殺未遂を「物のけ」に憑かれたことと、自分の意志とが重層化された〈語り〉で表現され、自身の「心」(意志)により出家した女である。浮舟はしかし、男との関係性の「世」から自立したにもかかわらず、「宿世」から自由にはなれず、往生も解脱もできないまま現世を生き続ける。[7]

『源氏物語』の女君たちは、「身の憂さ」「憂き身」など肉体や境遇がかかえた在在の不安を歌に詠み、「身」と「心」の相克を示している。密通に関わる例が多いが、宇治十帖では大きく変化し、「数ならぬ身」と「心」の意志を示す脇役の女房たちもいる。「身＋心」としての「人」は、生まれた時からの蓄積をもち、「身」は社会的な存在として、他者としての「人」との関係性の中にある。「男」に対する「女」の「身」と「心」の問題も重要であり、「女の身」が仏教思想により「罪ふかき身」「あしき身」などと表現されるのは、ジェンダー論へと通じている。

それはまた〈紫式部〉自身の心の軌跡の表現であったとみられる。他方で、現実社会の藤原為時女は、彰子の上級女房としての地位を確立し、娘の賢子を天皇の乳母にまで育て上げた成功者であった。こうした主体の分裂ともいうべき振幅も、『とはず語り』の後深草院二条などと関わり、興味ぶかい問題であるが、ここでは〈紫式部〉堕地獄説を軸に考えることとしたい。

『紫式部日記』には、彰子の御前の「源氏の物がたり」を道長が見て、冗談のついでに梅の下に敷いた紙に「すき物と名にしたてれば見る人の折らですぐるはあらじとぞおもふ」と詠みかけたという。恋物語の作者だから「好き者」だろうと、梅の酸味と掛詞にした発想で、『源氏物語』の内容と〈作者〉とを混同した戯れの発言である。〈紫式部〉が道長の「妾」であったという『尊卑分脈』の記述とも関わる。

そして『今鏡』では、〈紫式部〉に仕えた「あやめ」という、もと女房の媼を〈語り手〉として表現されている。仏教的な「狂言綺語」観により、〈紫式部〉が地獄に堕ちたという説に対する弁護を記し、妙音菩薩や観音菩薩の化身かという逆転の発想を示す。そもそも「狂言綺語」観という白居易に由来する文芸観は、文芸は取るに足らない「狂言綺語」だが仏道へと導く因となるという、文芸正当化の論理であった。『和漢朗詠集』にも引用されているように、平安朝においてすでに一般化していた。

『今鏡』の〈紫式部〉をめぐる議論は屈折している。「源氏の物語」に根拠も無い「なよび艶なる」ことを書いたため、〈紫式部〉が地獄に堕ちたというのは気の毒で「弔ひ」たいと、ある人が言った。これに対し、道理を知った人が、大和でも唐でも「文作りて人の心」を満足させ「冥き心を導く」のは常のことだから、「妄語」などと言うべきでないとする。「そらごと」は罪を得るが、これは「あらまし」(理想)と言うべきで、「綺語」や「雑穢語」とは言うとも、「さまで深き罪」ではない。情をかけ艶になることによって「輪廻の業」とはなるとも、「奈落に沈む」ほどではないというのである。

唐の白楽天は七十の巻物を作り、言葉を飾り喩えを用いて人の心を勧めたが、「文殊の化身」というようだ。仏も譬喩経などと無い事を作り出し説かれたが、「虚妄ならず」という。〈紫式部〉が「女の御身」であれほどの物語を作られたのは、「ただ人」ではなく「妙音・観音」など申す「やむごとなき聖たち」が女に化身し、法を説て人を道引きなさるのでしょうなどと語る。さらに、供に連れた童の反論があり、その弁護として、世の「はかなきこと」を見せて「あしき道」を出だし、仏の道に勧める面もないわけではないと結ぶのである（打聞、第十「作り物語のゆくえ」）。『今鏡』の〈語り手〉たちによる『源氏物語』と〈紫式部〉への弁護は、堕地獄説を前提としているが、「源氏供養」との前後関係がよくわからない。『源氏物語』の評価における仏教的なモラルという視座から、〈作者〉を顕在化させた過程をさらに問う必要がある。

『宝物集』は『今鏡』に依拠したという可能性が強いが、[8]「不妄語」の条で「虚言」を戒める例として、「近くは、紫式部が虚言をもって源氏物語をつくりたる罪によりて、地獄におちて苦患しのびがたきよし、人の夢にみえたりけり」とし、「歌よみどもの寄り合ひて、一日経かきて、供養しけるは、おぼえ給ふらんものを」（巻五）という。歌人たちにより、地獄に堕ちた〈紫式部〉のために源氏供養が「近く」行われたというのである。

『今鏡』よりも古い可能性があるのは、安居院澄憲が一一六六年以後に記した『源氏一品経表白』である。源氏供養の表白文で、まず、「文学」（外典）と「典籍」（内典）とは違うが、それぞれに「出世・世門の正理」にかなうとする。ついで「百王の理乱・四海の安危」を詳かにする史書と、「煙霞春興・風月秋望」を恣にする「文士の詠物」（詩＝漢詩）とが比較され、この外として、本朝の「風俗」である和歌、そして、古今に作られた「落窪・石屋・寝覚・忍泣・狭衣・扇流・住吉・水ノ浜松・末葉ノ露・天ノ葉衣・格夜姫・光源氏等」の物語に言いおよぶ。ここには、内典（仏書）＞外典（儒）＞史書＞詩＞和歌＞物語という、言語表現の価値の階層制が明確であり、漢字＞かなの差別も示されている。[9]

これらの物語は、散逸して不明なものもあるが「作り物語」とみられ、「古人の美悪を伝ふるに非ず、先代の旧事を注するに非ず。事に依り人に依り、皆虚誕を以て宗と為し、時を立て代を立て、併せて虚無の物事を課《こころみ》る」とされ、「唯だ男女交会の道を語るのみ」といわれる。こうした物語の否定的な位相にあって、『源氏物語』は「言は内外の典籍に渉り、宗は男女の芳談を巧みて、古来物語の中、これを以て秀逸と為す」と高く評価されている。しかし、その悪徳の魅力ゆえ、作者と読者とは「輪廻の罪根を結び、悉に奈落の剣林（地獄）に堕つ」のだとし、「紫式部の亡霊、昔、人の夢に託して罪根の重きを告ぐ」と記す。

「禅定比丘尼」を施主とし、〈作者〉の「幽魂」と読者の救済のために『法華経』を書写し、巻々の端に『源氏物語』の巻名をあてたという。「愛語を翻《かえ》して種智と為す」ためであり、その根拠が白楽天の「狂言綺語の謬《あやまち》を以て、讃仏乗の因と為し、転法輪の縁と為す」という、狂言綺語観なのである。

この『源氏一品経表白』の施主である「禅定比丘尼」が誰かは不明だし、『宝物集』の源氏供養と同じかどうか、『今鏡』との関係も不明だが、次に示す美福門院加賀による源氏供養と同じ可能性もある。漢文による表白文は正式な儀式で、その後の饗宴で和歌を詠んだ可能性があるからである。

『藤原隆信朝臣集』に「母の紫式部が料に一品経せられしに陀羅尼品を取りて」と詞書し、「夢のうちも守る誓のしるしあらば長き眠りをさませとぞ思ふ」という歌がある。隆信の母が美福門院加賀で、後に俊成に嫁して定家をも生み、一一九三年に七十歳前後で没した。俊成が大病を期に出家したのが一一七六年で、その時に美福門院加賀も出家したとすれば、この源氏供養は一一八〇年前後のこととなる。

また藤原定家撰の『新勅撰和歌集』には、「紫式部のためとて、結縁供養し侍りける所に、薬草喩品を送り侍るとて　権大納言宗家」という詞書をもつ、「法《のり》の雨に我もや濡れむむつまじきわか紫の草のゆかりに」（巻十、釈教）という歌がある。定家の姉妹と宗家が結婚しており、美福門院加賀の源氏供養と同一とみられ、きわめて近親の歌人関係の背景が見えてくる。『今鏡』の著者とみられる寂超もまた隆信の父であった。

『六百番歌合』（一一九三年）における俊成の判詞に、「紫式部歌よみのほどよりも、物書く筆は殊勝なり。その上花の宴の巻は、ことに艶なるものなり。源氏見ざる歌詠みは遺恨の事なり」とあるのは、『源氏物語』を歌人の必読の書として正典化した発言として象徴的である。とはいえ、その俊成もまた、歌人としてよりは、『源氏物語』の文章の作家としての〈紫式部〉を高く評価しているのであった。こうした状況には、狂言綺語観による源氏供養を媒介としつつ、『今鏡』の語り手のような『源氏物語』肯定の伝統が作用していた。それは、ほんらいは〈女〉文化の伝統として、『無名草子』の『源氏物語』をはじめとする作り物語を中心とした王朝女性文化論へと通底している。

「妄語」としての「そらごと」の罪による〈紫式部〉堕地獄説は、その後も中世から近世へと継承され、謡曲の「源氏供養」などへと展開している。その罪を救済できるのは、釈教歌などの歌を通してであった。『藤原隆信朝臣集』や『新勅撰和歌集』における法華経の各品をふまえた歌とは異なった巻名歌による源氏供養の例として、『今物語』の例もあげておきたい。『源氏物語』の作者〈紫式部〉は、後世の愛読者たちの幻想に、六条御息所の「物のけ」のように発現し続けていく。

ある人の夢に、その正体もなきもの、影のやうなるが見えけるを、「あれは何人ぞ」と尋ねければ、「紫式部なり。そらごとをのみ多くし集めて、人の心をまどはすゆゑに、地獄におちて、苦を受くる事、いとたへがたし。源氏の物語の名を具して、なもあみだ仏といふ歌を、巻ごとに人々に詠ませて、我が苦しみをとぶらひ給へ」と言ひければ、「いかやうに詠むべきにか」と尋ねけるに「きりつぼに迷はん闇も晴るばかりなもあみだ仏と常にいは

　なん」とぞ言ひける。

仏教的な倫理観により、〈作者〉と〈読者〉とが共に地獄に堕ちるとの強迫観念からの救済は、源氏供養という儀式を生み、その正当化には歌の力が作用していた。源氏供養では人麿影供などの形式にならって、紫式部の肖像画も用いられていたかと思われる。

歌人としてよりも物語作者としての表現を評価した俊成の『六百番歌合』の判詞も注目される。とはいえ、それも歌学による『源氏物語』の正典化の一種である。仏教的な言語イデオロギーによる罪の主体としての〈作者〉の責任が問われ、和歌的な評価を補助線として、『源氏物語』の作者〈紫式部〉は「妙音・観音」の生まれ変わりとして、匿名ではなくなった。

ほぼ一二〇〇年前後の古代から中世への転換点において、〈紫式部〉はこうした「作者」の倫理をめぐる両義性のもとに認知され、和歌的な権威に連なることによって、「物語」それ自体も古典として正典化され始めたのである。それが王朝〈女〉文化の中心であったことを、「世継」の伝統をふまえて典型的に示すのが、『今鏡』を承けつつ、語り手も聞き手もその物語内容もほぼすべて女による場の物語としての『無名草子』であった。しかしながら、『源氏物語』作者紫式部や『枕草子』の清少納言といった例外を除けば、他の物語作者には依然として言及されず、『無名草子』の作者もまた匿名である。

『無名草子』では、『源氏物語』と『法華経』との関係を議論し、「凡夫」のしわざとは思えないとはいうものの、序の物語における仏教と、後の物語内容における王朝の美意識とが反転した、奇妙な調和をもたらしている。王朝女性文化における最高の達成として『源氏物語』をとらえることは、仏教的な価値評価を導入部の前提としてふまえながらも、物語史を主とした回想の中で、みごとに無化されているのである。[10]

五　歴史の規範としての『源氏物語』

『更級日記』は『源氏物語』の最初期における熱烈な読者の日記であり、作者への言及が「紫の物語」という象徴的な表現ながらみられる。父菅原孝標の国司赴任に同行した作者は、上総で「世の中に物がたりといふ物」を見たいと思いつつ、姉や継母たちから「その物語、かの物語、ひかる源氏のあるやう」など所々語るのを聞く。思いはつのるが、すべてを暗記して語ってくれるはずもなく、等身の薬師仏に祈るばかりだった。一〇一七年の十歳から十三歳までのことである。姉や継母が光源氏の物語を知っていたのは、世間の噂により本文を所持していたわけではないが、『源氏物語』の評価と流布は、かなり早く受領層の女性にまで達していた。

帰京後の孝標女は「物語もとめて、見せよ見せよ」と母をせめ、三条宮に仕える親族の衛門命婦から、御前（脩子内親王）のをおろした「わざとめでたきさうしども」を硯の箱の蓋に入れてもらう。他のも見たいが「たれかは物語もとめ、見する人のあらむ」と、『源氏物語』の本の入手は困難であった。

その後、母が「物語など」求めて見せてくれ、「紫のゆかり」を見て続きが見たく、「この源氏の物語、一の巻よりして、みな見せ給へ」と心の内に祈る。「紫のゆかり」は、若紫巻をはじめとする紫上や藤壺関係の諸巻であろうが、こうした部分的なまとまりのもとに『源氏物語』が享受されていたことがわかる。

そしてついに、田舎から上京した「をば」のもとで、「源氏の五十よ巻、櫃に入りながら、ざい中将、とをぎみ、せり河、しらら、あさうづなどいふ物語ども、ひと袋とりいれて」入手した。昼も夜も夢中になって読みふけり、

「法華経五巻を、とくならへ」という僧の夢も無視して、「光源氏の夕顔、宇治の大将の浮舟の女君のやうにこそあらめ」と思っていたことを(一〇二一年、十四歳)、後に反省している。この「をば」は不明だが、受領の妻として地方に行っていたらしく、『源氏物語』の「五十よ巻」というほぼ現存本と同じものを所持し、さらに他の多くの物語をも所持していたのは、〈紫式部〉とも近い物語作家圏にいた人物かと思われる。

若き日の孝標女は、神仏に祈る物詣や読経には関心がなく、「物語にある光源氏などのやうにおはせむ人を、年に一度にても」通わせて、「浮舟の女君のやうに、山里に隠しすゑられて、花、紅葉、月、雪をながめて」心細げに手紙を時々待ち見たいと、『源氏物語』の作中世界の女君に同化して「あらましごと」(理想)に思っていたという(一〇二六年、十九歳)。夕顔や浮舟に同化した『源氏物語』享受は、受領の娘ゆえであろう。

祐子内親王家に女房として出仕し始めたのは三十二歳、その翌年には橘俊通と結婚したらしい。そうした現実生活の経験を経て、物語のことも忘れて「物まめやか」な心になり、物語の「あらましごと」は現実の「この世」になく、「光源氏ばかりの人は、この世におはしけりやは、薫大将の宇治に隠しすへ給べきもなき世なり、あな物ぐるをし」と反省するようにもなったという(一〇三九年)。

そうした後にも、初瀬詣の途中で宇治の渡し船を見て、「紫の物語に、宇治の宮のむすめどもの事あるを、いかなる所なれば、そこにしも住ませたるならむ、とゆかしく思し所ぞかし。げにおかしき所かなと思つつ、からうじて渡て、殿の御領所の宇治殿を入りて見るにも、浮舟の女君の、かかる所にやありけむなど、まづ思いでらる」という(一〇四六年、三十九歳)。この「紫の物語」に「住ませたる」というところに、『源氏物語』作者としての「紫」、つまり〈紫式部〉という作者意識を読むことができる。

こうして、『更級日記』から『源氏物語』成立直後の流布状況や物語本文の貴重性がわかり、作中人物へと同化した読みが、物語と仏教との相克において、人生の回想として記されている。とはいえ、それはあくまでも、物語世界をあたかも現実として生きた女性読者の想像力の延長にある。

また、『今鏡』は、昔紫式部に仕えた「あやめ」という女房で、『大鏡』の語り手大宅世継の孫娘にあたり、百五十歳を超えている老女を〈語り手〉としていた。その老女の昔語りを、長谷寺に詣でた女たちが聞き、〈作者〉は傍らでそれを記録したという表現形式である。語り手も聞き手も、情報提供者（五節命婦）も女性であるところが、『無名草子』の先駆となっている。鏡ものの「世継」とよばれる歴史物語の伝統において、かつて〈紫式部〉に仕えた女房を〈語り手〉とすることは、『源氏物語』をあたかも歴史書のように王朝文化の規範とすることへと通底している。

こうした発想の始原として、一条天皇が『源氏物語』を人に読ませて聞き、「この人は、日本紀をこそよみたまふべけれ。まことに才《ざえ》あるべし」と言い、それを聞いた左衛門内侍が、「日本紀の御つぼね」と渾名をつけたという『紫式部日記』の記述が想起される。一条天皇は『源氏物語』が歴史書の世界をふまえた作品だとして、『日本書紀』を講読する能力があると讃えたとみられる。蛍巻の物語論の、「日本紀などはただかたそば」で物語にこそ「道々しく詳しき」ことが書かれているという光源氏の発言と通じる。

『今鏡』の〈語り手〉あやめが仕えたという〈紫式部〉について、聞き手は、「名高くおはする人」で「源氏といふめでたき物語つくりいだして、世にたぐひなき人」だから、あやめから昔の風を伝える「言の葉」を聞きたいという。しかし、それは「物語どもにみな侍らむ」と、『源氏物語』を読めばいいと言う。そして、「その後の事こそゆかしけれ」と、『今鏡』は『大鏡』の終わった後一条帝から語り始めている。また、その歴史叙述の表現の規範として、『源氏物語』がしばしば引用されている。

近衛天皇の誕生は「世になく清らなる玉の男宮生まれさせ」と、『源氏物語』桐壺巻の光源氏になぞらえられている。また、藤原重道は、笙と琵琶が得意で法成寺殿（忠通）と親しかったとし、「なつかしくさと薫る香」があり「匂兵部卿、薫大将など」のようだという。藤原公実の恋の風流については、「唐臼の音して、当来導師などやをがみけむとさへ思やられ侍」と、夕顔の小家で朝を迎えた光源氏の情景が引かれている。

二条大宮令子内親王（白河院皇女、堀河天皇姉）の風流な生活の記述には、『源氏物語』を読んで批評しあったことがみえる。西の対が静まり、人々がみな寝入りたるかと思うと、奥の方から箏の琴の音がかすかに聞こえ、「内に源氏読みて、「賢木こそいみじけれ」「葵はしかあり」などきこえけり」というのは、『無名草子』の物語場の設定に近い。

『今鏡』の中で光源氏の再来かと讃美されているのが源有仁で、「光源氏などもかかる人をこそ申さまほしくおぼへ給しか」という。幼くから「御能も御みめ」はもちろん、「弾き物、吹き物」や詩歌にも優れていた。この有仁については『今鏡』巻八の「花のあるじ」「伏し柴」「月の隠るる山のは」という三章があてられ、最も重要視された人物である。「この世にはめづらか」で、ことに「物語などに作り出だしたらむやう」だとし、「優しく好きずきしき事」が多く、美しい恋文を受け取っては「歌詠み、色好む君達」などに見せて批評しあい、「かたみに女の事など言ひあはせつつ、雨夜の静かなるにも、語らひ給ふ折もあるべし」と、これは雨夜の品定めの見立てである。

その北の方が鳥羽院と密通していたというのは、光源氏とはむしろ逆で、「色好み」と言われつつも光源氏のような権力との関連やダイナミックな政治性はない。仁和寺の「花園」という地に「山里」の山荘を造って通い、四十余りで出家してすぐに没した。その若く美しいままの死も、光源氏と同じように「雲隠れ」と表現されているのだが、美貌と風流の才芸に長けた源氏を光源氏になぞらえたにすぎない。物語と現実との差異であるとともに、王朝の想像力の衰退を読むこともできよう。

また、為時が「苦学の寒夜」という詩により越前守になったことも、「昔の御つぼね（紫式部）の親におはせし越後守の、県召しに淡路になりて、いとからくおぼして、女房に付けて奏し給ける文に」と記されている。
『今鏡』は『大鏡』のあとを承け、一条天皇の一〇二五年から高倉天皇の一一七〇年までの王朝の歴史を語り、建春門院の栄花で結んでいる。『無名草子』はこれを承け、今は廃墟となった最勝光院を、王朝女性文化への幻想の入り口としたのであった。

〈注〉

1 高橋亨「物語作者の日記としての紫式部日記」（南波浩編『紫式部の方法』笠間書院、二〇〇二）。同『源氏物語の詩学―かな物語の生成と心的遠近法』（名古屋大学出版会、二〇〇七）。本稿では巨視点な展望を目的とするため、先行文献などの研究史の過程を示さない。これらの書物に記した注の研究文献を参照されたい。
2 高橋亨『源氏物語の対位法』（東京大学出版会、一九八二）。
3 注1の『源氏物語の詩学―かな物語の生成と心的遠近法』。
4 高橋亨「〈紫式部〉論への視座　身と心の文芸」（『〈紫式部〉と王朝文芸の表現史』森話社、二〇一二）。二〇一〇年三月のパリ、イナルコにおける研究集会の成果をふまえた論である。
5 石坂妙子『平安期日記の史的世界』（新典社、二〇一〇）。
6 久富木原玲「『とはず語り』の達成―女源氏を生きる―」（『源氏物語の変貌』おうふう、二〇〇八）。
7 注4、また注1も参照。
8 黒田彰「今鏡の説話」（歴史物語講座第四巻『今鏡』風間書房、一九九七）。
9 後藤丹治「源氏一品経と源氏表白」（『中世国文学研究』一九四二）、寺本直彦『源氏物語受容史論考』（風間書房、一九七〇）など。注2も参照。

10　高橋亨「王朝〈女〉文化と『無名草子』」（古代文学研究、第二次10号、二〇〇一年一〇月）。注3書に改稿して所収。

＊引用本文は、『源氏物語』『紫式部日記』『紫式部集』など新日本古典文学大系（岩波書店）本によることを原則とするが、表記など私に改変した。また、『栄花物語』『更級日記』『無名草子』は新編日本古典文学全集（小学館）、『今鏡』は海野康男『今鏡全釈』（福武書店）、『今物語』は学術文庫（講談社）による。

中世女流日記と『源氏物語』
――読者としての作者・作者としての読者――

クリスティーナ・ラフィン

『源氏物語』が後世の読者と作者に強い影響を及ぼしたことは言うまでもない。中世では『源氏物語』のヒロインや作者をモデルにして書かれている作品が数多く残されている。日記文学で表現されているように、女性作者の多くの自伝は浮舟や夕顔をイメージして自分の人生を物語化して語られたものである。

本論文は、特に英語で書かれている『源氏物語』享受に関する研究を紹介しながら女性によって創り上げられた日記文学と『源氏物語』の関係を考察し、読者としての日記作者について論じる。日記と物語の関係、特に『源氏物語』の影響史は既によく分析されているが、海外で活発に行われている日本古典文学の研究を紹介しつつ、読者論と女性史のアプローチを借りながら、新たな視点が提供できれば幸いである。

一　読者としての『源氏物語』作家

多大な影響を及ぼした『源氏物語』の作者でもやはり読者として考える必要があるだろう。『蜻蛉日記』の冒頭部で触れられている「古物語」のような昔の物語は紫式部も当然読んでいただろう。道綱母は日記の冒頭で次のように言う。

かたちとても人にもにず、こゝろだましひもあるにもあらで、かうもののえうにもあらであるもことはりと思ひつゝ、たゞふしをきあかしくらすまゝに世中におほかる物語のはしなどを見れば、世におほかるそらごとだにあり、人にもあらぬ身のうへまで書き日記してめづらしきさまにもありなん。[1]

つまり、日記を書く動機の一つは物語と自分の人生を比較した時に生じたズレであると書いているのだが、これは単なるポーズであったとしても、道綱母が物語を参考にし、日記を書く時にそれぞれの物語の人物、筋、トポスを念頭においていたことは明確である。

『蜻蛉日記』の文体が『源氏物語』のような作品を可能にしたとよく言われているが、『源氏』でも貴族の女性たちの読む行為が度々表現されている。一つの例として、蓬生巻では末摘花が「古歌・物語」を所持しているが、このような過去の物語は紫式部も読んでいたのであろう。末摘花と同様に「そもそも紫式部の厨子の中にも、『唐守《からもり》』、『藐《は》姑射《こや》の刀自《とじ》』、『かぐや姫』といった物語は、存在していたのではないか」と伊藤守幸氏は指摘する。[2] 伊藤氏が論じるように『紫式部日記』にもその証拠がある。「大きなる厨子一よろひに、ひまもなく積みて侍もの、一には古歌・物語の、えもいはず虫の巣になり」[3]と書かれているように、様々な物語が紫式部の参考になっていたのに違いない。作り物語や日記が読まれていた宮廷の中で『源氏物語』が書きあげられたのだから、実際の宮廷生活も物語と日記の世界も物語のテンプレートとなったと言えるだろう。

しかし、物語読者であった紫式部は日記作者、日記読者でもあった。同時代の女性歌人と日記作者の作をよく読み、その評価を日記に書きとめている。清少納言に対する辛口の評価は有名であるが、和泉式部に対しては批判しながらも才能を認めている。

和泉式部といふ人こそ、おもしろう書きかはしける。されど、和泉は、けしからぬかたこそあれ、うちとけて文はしり書きたるに、そのかたの才《ざへ》ある人、はかない言葉のにほひも見え侍めり。歌はいとをかしきこと。ものおぼえ、歌のことわり、まことの歌よみざまにこそ侍らざめれ、口にまかせたることどもに、かならずをかしき一ふしの、目にとまるよみそへ侍り。[4]

沢田正子氏が指摘するように、この評価は和泉式部の性格を問題にしつつ、歌人としての力をよく褒めている。[5]和泉式部、赤染衛門、清少納言の性格と執筆を論じる紫式部は宮廷で活躍する女性の生活史をよく観察し、物語に生かした。周辺の女房の性格と経験を取り入れるなかで、『蜻蛉日記』のように品高き者と結婚した女性の「自己の生活」[6]を描いた作品も素材として重要な役割を果たしたと言える。

このように、『源氏物語』は形になる前に既に他の日記作品、物語作品、歌と深く結ばれている。こうした認識を前提として『更級日記』、『とはずがたり』、『うたたね』、『乳母の文』から読み取られる『源氏物語』の解釈を探りながら、中世の女性の日記と『源氏物語』の関係を考えていきたい。これらの作品を書いたのは、みな宮仕えの女房、受領階級もしくは公家の娘たちであった。宮廷の女性たちにとって、『源氏物語』は教養として知り尽くす必要があるものであったが、日記作品を見ると、和歌の参考書として、あるいは学問の対象としてだけではなく、『源氏物語』世界に対する憧れや人生のモデルとする考え方などもあったことが垣間見られる。

二 『源氏』願望

『源氏物語』は日記作者に非常に強い影響を及ぼした。紫式部が物語の執筆を完成してから五十年程経ったころ、『更級日記』の作者である菅原孝標女は都で『源氏物語』をようやく手に入れ、長い間の望みを叶えたというので次のように書いている。

源氏の五十余巻《まき》、櫃《ひつ》に入りながら、ざい中将、とをぎみ、せり河、しら、、あさうづなどいふ物語ども、一袋とりいれて、えてかへる心地のうれしさぞいみじきや。はしる々、わづかに見つゝ、心もえず、心もとなく思源氏を、一の巻よりして、人もまじらず、木帳の内にうちふして、ひきいでつゝ見る心地、后のくらひもなににかはせむ。[7]

『源氏物語』の五十余帖を読みたいとひたすら祈り続けた孝標女は、『源氏物語』のなかのどのヒロインを気に入っていたのであろうか。全ての巻を読み終わったところでこのように語られている。

物語の事をのみ心にしめて、われはこのごろわろきぞかし、さかりにならば、かたちもかぎりなくよく、髪もいみじくながくなりなむ、光の源氏の夕顔、宇治の大将の浮舟の女ぎみのやうにこそあらめと思ける心、まづいとはかなく、あさまし。[8]

『源氏』願望と言える『源氏物語』の登場人物に対する憧れの表現が『更級日記』の中に度々現れる。上記のように、受領階級である孝標女が『源氏物語』の人物の中で注目するのは浮舟である。

からうじて思よることは、いみじくやむごとなく、かたちありさま、物語にある光源氏などのやうにおはせむ人を、年にひとたびにてもかよはしたてまつりて、浮舟の女君のやうに、山里にかくしすへられて、花、紅葉、月、雪をながめて、いと心ぼそげにて、めでたからむ御文などを、時々まち見などこそせめ、とばかり思つゞけ、あらまし事にもおぼえけり。[9]

そして、旅の途中で宇治のあたりを通ったときに次のように語っている。

つく々と見るに、紫の物語に、宇治の宮のむすめどもの事あるを、いかなる所なれば、そこにしも住ませたるならむ、とゆかしく思し所ぞかし。げにおかしき所哉と思つゝ、からうじて渡て、殿の御領所の宇治殿を入りて見るにも、浮舟の女ぎみの、かゝる所にやありけむなど、まづ思いでらる。[10]

このように、薫と匂の宮の二人の恋人に愛された浮舟のはかない人生への憧れを、孝標女は自分の日記に書いている。孝標女は一般に典型的な文学少女として扱われているが、忘れてはならないのは、彼女は物語作者でもあったと目されていることだ。『源氏物語』の知識を生かして、それをモデルとしながら、『夜の寝覚』や『浜松中納言物語』といった新たな物語を作った可能性は非常に高いのである。

出版準備が進められている新しい『更級日記』の英訳を共同で行ったソーニャ・アンツェン氏は、物語を愛する孝標女のナイーブな読者像は、年を取ってから若い自分を振り返っていかに成長してきたか、ということを見せるための意図的な書きぶりだと主張する。「文学、特にロマンティックな虚構に対する惑溺は彼女にとって次第に蔑まれるものとなった。そのため、幻想に没頭する無邪気な面を誇張したのである」とアンツェン氏は論じている。[11] つまり、よく問題にされる孝標女の物語に対する憧れは『更級日記』で描かれる孝標女とその成長というプロットにおいて考えるべきだと指摘されるのである。

物語作者、孝標女という視点は彼女の中に書くという行為をどのように位置づけるかという観点から重要だと考えるが、日記では物語の読みに関する表現が度々出てくる。現在では読むというのは生産的な行為とはあまり定義づけられていないが、エディス・サラ氏が強調するように当時の『源氏』読みは受動的なものではなく、和歌や物語の生産、物語の複写のような能動的な読みが含まれている。[12]

読むという役割を現実逃避と片付けてしまうと、ロマンティックな虚構が平安の女性読者の日常やおそらくは女主人や妻としての運命に語りかけてきた複層的なあり方を無視することになる。物語文学は女性としてのあるいはもっと広く人間としての欲望、特に意味のあるストーリーの主人公として登場し、またはそれをコントロール（エイジェンシー）する欲望に訴えるものであった。解釈としての読みの行為体（エイジェンシー）となるだけで、女性読者は自分の人生の主人公であることを理解することができた。[13]

実際の経験を物語の人物と比較していたのであれば、当然、日記にも『源氏』を参考にしたり、引用したりする場面が数多く登場することになる。

『更級日記』は、それを一つのストーリーとして纏めあげるために、自分とよく似た、後見のいない、田舎の娘である浮舟をあえて『源氏物語』の理想のヒロインとして選んだといわれる。高橋亨氏が指摘されるように、浮舟の物語は紫の上や明石の上と違って、地位と富には恵まれなかった鄙の女性の恋愛譚である。そして「その自殺未遂と横川の僧都による救助と出家の物語は、仏教による救済を求めつつも、その可能性についての判断を保留して終わっている」[14]。孝標女は、浮舟を引用しながら、貴族文学の中心であった京から遠く離れた自分の日記を通して、物語と仏教の救済的な役割の可能性を描きたかったのではないだろうか。

このように『更級日記』の作者は自分なりの『源氏』読みを日記を通して表現している。物語に対する願望と仏教の救済との対立を語るために『源氏』を参考にし、読者がよく知っている場面を例にして自分の人生を語るのである。

三　『源氏物語』の姫君と日記の語り

後に御子左家《みこひだりけ》の藤原為家の妻となった阿仏尼という十三世紀に生きた女性は当時『源氏』学の専門家として知られていた。彼女が書いたすべての作品において、『源氏物語』の強い影響がみられるが、(数え年で)十八歳の頃を描いた『うたたね』という日記では浮舟の物語が阿仏尼の自伝の悲劇的なフレームとして用いられている。自分より身分の高い男性との恋愛の話がどこまで実際の経験に基づいたものなのかは歴史的な資料がないため確かではないが、浮舟と手習の巻を参考にしながら日記を書いたのは、その表現から明らかである。

恋人がなかなか通って来ないので、阿仏はこの冷えきった恋愛関係から逃げるために、髪の毛を自分で切り、尼寺をめざして旅に出る。旅を準備するところから寺に着くまでの阿仏の行動と様子は、浮舟をイメージしながら説明されている。『源氏物語』の浮舟が入水を決めてから手紙を片付ける場面である。

むつかしき反古などやりて、おどろ〳〵しくひとたびにもしたゝめず、灯台の火に焼き、水に投げいれさせなど、やう〳〵失ふ。心知らぬ御達は、物へ渡り給べければ、つれ〳〵なる月日を経てはかなくし集め給つる手習などをやり給なめりと思ふ。[15]

阿仏も同様に、

春ののどかなるに、何となく積りにける手習の反古など破り返すつゐでに、かの御文どもを取り出でて見れば、梅が枝の色づきそめし始めより、冬草枯れ果つるまで、折々のあはれ忍びがたき節々を、うちとけて聞え交しけることの積りにける程も、今はと見るはあはれ浅からぬ中に、いつぞや、常よりも目とゞまりぬらんかしと覚ゆる程に[16]……

旅立ち以降は夢のような現実が続くかのようで、彷徨いながらようやく尼寺にたどり着く。もちろん失踪後の浮舟の旅路が『源氏物語』に描かれているわけではないが、浮舟が助けられたのちの状況によく似た調子で、阿仏の到着後は描かれている。気を失いつつ、尼たちに面倒を見てもらって、ようやく現実感をとり戻す。阿仏の日記は、浮舟という枠を借りることで、貴族の女性が出家し、尼寺に辿る話を語りとしてより自然にみせることに成功したと言えるだろう。ジョシュア・モストウ氏は「女性の人生の出来事が意味を持ち、意味付けられるのは『源氏物語』の登場人物の経験に類似しているか、似せようとしたときに限られる」と述べている。[17]『源氏物語』を引用したり、トポスを借りたりすることは自伝に深みをもたらすが、こうして伝記的な経験を虚構の物語に重ねあわせることで、馴染みの枠組みがその経験に信憑性を与え、かえってリアルに感じられるという効果がある。

高橋氏は浮舟の出家と仏教的な救済の可能性が物語の中では保留となっていることを指摘したが、その読者であった阿仏が彼女自身の日記のなかで、保留にされた問題を問い直しているといえるのではないだろうか。日記の前半、阿仏は尼寺に残るか、女房生活に戻るか悩み続けている。そうした心の揺れもまた浮舟の物語を意識して書かれている。『うたたね』では「心」という表現が繰り返し使われ、数えてみると一二四回用いられていることがわかる。[18]島内景二氏は次のように述べている。

このように、『うたたね』の最大のキーワードを「心」だと仮定して、全編を再読すれば、直ちに「心」「心地」「心細さ」「心づから」などの一連の類義語が蝟集ないし密集していることに気づかされる。大袈裟に言えば、何がしかの「心」に関わる言葉を含まない形式段落はほとんど発見できない。

「心」の類義語・反義後として、「命」と「身」がある。この三つの抽象的概念は、恋ゆえに苦悩の極限を体験した生身の少女の痛切な思いによって、具体的で生き生きとしたものへと変貌してゆく。[19]

このキーワードとなっている「身」と「心」についても、阿仏は物語によってかたどろうとするのである。出家の場面で、阿仏は次の歌を詠んでいる。

歎きつゝ身を早き瀬のそことだに知らず迷はん跡ぞ悲しき[20]

この歌は浮舟の二つの歌を引いている。先ず匂の宮と結ばれてからの歌、

嘆きわび身をば捨つとも亡き影にうき名流さむことをこそ思へ[21]

そして尼寺に籠っている間に「手習ひ」として詠む歌、

身を投げし涙の河のはやき瀬をしがらみかけて誰かとゞめし[22]

阿仏は旅に出るわけで、浮舟のように入水するわけではないが、ここに「身を投げてんと思ひけるにや[23]」と記すことで、浮舟に重ね合わせている。

ところで阿仏のような中世の女性にとって自分の経験を浮舟に例えて書いていくことにどのような魅力があったのだろうか。日本中世の性と恋愛をテーマに研究を行っているマーガレット・チャイルズ氏によると、恋愛によって危うい人生を歩む浮舟は、女性読者にとって魅惑的なイメージだったようだ。[24] 中心的読者であった女房たちは、貴族の中でもそれほど高い地位にいないので、浮舟のように貴公子に愛されて身分を超えていくような恋愛にあこがれていたからだと、チャイルズ氏は論じられている。浮舟は結局、出家を選んだが、その結末はともかくとして、それにいたるまでの貴公子との恋愛がもっぱら読者の理想となっていた。

次に『源氏』の理想像が現実には中世宮廷でどのように扱われていたのか『とはずかたり』を通して考えてみたい。

四　『源氏物語』の現実――『とはずがたり』における宮廷文化と人生の語り

中世においてすでに古典であった『源氏物語』は、語りのテンプレートとなって、読者の人生に当てはめることのできる「型」のようなものとなっていた。『とはずがたり』をみると、『源氏物語』で行われた行事を実際の宮廷行事の前例としている例が散見される。

若菜上・下の巻で繰り広げられる小弓と蹴鞠をまねた後、負けたほうの後深草院が『源氏物語』の六条院の女楽を模して自分の女房を並べている。

おもしろくとも言ふはかりなかりしを、猶名残惜しとて、弥妬みまであそばして、又この御所、御負け。伏見殿にてあるべしとて、六条院の女楽をまねばる。紫の上には東の御方、女三の宮の琴の代はりに、箏の琴を隆親《たかちか》の女の今参りに弾かせんに、隆親ことさら所望ありと聞くより、などやらん、むつかしくて、参りたくもなきに、「御鞠の折に、ことさら御言葉かゝりなどして、御覧じ知りたるに」とて、「明石の上にて、琵琶に参るべし」とてあり。[25]

（中略）

すでに、九献始まりなどして、こなたに女房、次第にいて、心々の楽器、前に置き、思ひ々の茵《しとね》など、若菜の巻にや、記し文のまゝに定め置かれて、時なりて、主の院は六条院に代はり、新院は大将に代はり、殿の中納言中将、洞院の三位中将にや、笛、篳篥《ひらりき》に階下へ召さるべきとて[26]……

ジョシュア・モストウ氏が論じるように、この場面で明らかなのは「二条の時代には『源氏物語』がフィクション世界だけでなく現実にも前例のための権威的な資料となっていた[27]」ことである。

『とはずがたり』に描かれる後深草と二条の関係は光源氏と紫の上のようであることはすでに指摘されている。孝標女のように、二条もまた物語の登場人物を引用しながら自分の人生を描写している。しかし、孝標女とは違って、二条の『源氏物語』引用はジェンダーを超えるものになる。二条は「女西行」と言われてきたが、その行為や表現の側面から見れば、久富木原玲氏が論じるように、「女源氏」と言う方が相応しいだろう[28]。ジョシュア・モストウ氏は次のように述べている。

二条が自分のアイデンティティーを男性と結び付けていくことは叙情的な役割を越え、語りによる自己創造の根本的な部分となる。自分のことを過去に追放された偉大な者と関連づけていくときに引き合いにだされるのは、みな男である――菅原道真、在原行平、在原業平、源氏[29]。

孝標女は宇治の姫君を通しておのれの人生の夢と可能性を描いたわけだが、二条は自分を主人公として光源氏の須磨、明石の巻の旅が秘めている自己変遷のテーマを最大限に利用したのである。

五　女性の『源氏』学

菅原孝標女、阿仏尼、後深草院二条が『源氏物語』を繰り返し読み、物語の構造、登場人物、表現、歌をよく把握していたことはそれぞれの作品によく現れている。最後に、物語の知識が実人生にどのように役に立ったのかについて、阿仏尼を例にして見たい。

阿仏尼の日記の『うたたね』は、成立年が不明だが、回想録として出来事の十年以上をへたのちに書いているように思われる。『源氏物語』を度々引くのはこなれた構造と表現を利用して自伝をより劇的にみせるためだけではなく、三十代前半に出会った藤原為家に自分の学問と歌の才能を披露するためでもあった。

これまで『源氏物語』の享受史の研究の多くは、学問としての『源氏』学を担ったのは男性であって、女性はただの物語読者にすぎなかったとしてきた。しかし、阿仏の人生とその活躍からは、定説を覆すような中世女性の『源氏』解釈が垣間見られる。阿仏は、『うたたね』の執筆時に、当時誰よりも影響力を持っていた歌人であった藤原為家のお声がかりで、娘の後嵯峨院大納言典侍《ごさがいんのだいなごんのすけ》のために『源氏物語』の写本を作るように依頼される。為家との恋が芽生えているころ、阿仏は歌人、『源氏』学の専門家としての力を『うたたね』を通して見せようとしたと考えることができる。

為家と結ばれた阿仏は御子左家の文庫を通して写本、歌論書、『源氏』研究の豊富な資料を自由にみることができるようになった。為家も若い妻を全力でバックアップし、彼女の歌人としての活動をサポートしていった。為家が阿仏を『源氏』学のエキスパートとして信頼していたことは飛鳥井雅有《あすかいまさあり》の日記『嵯峨の通ひ』に明らかである。文永六年（一二六九）に雅有は小倉山荘で為家から『源氏』の解釈を学んでいるが、九月の十七日の項には、阿仏が講師として呼ばれていることが記されている。

> 十七日昼程に渡る。源氏始めんとて、講師にとて、女主人を呼ばる。簾の内にて読まる。実に面白し。世の常の人の読むには似ず。慣らひあべかめり。若紫まで読まる。夜にかゝりて酒飲む。主人方より女二人を土器《かはらけ》取らす。（中略）男主人、情けある人の年齢老いぬれば、いとゞ酔ひさへ添ひて、涙落とす。暁になれば、あかれぬ。[30]

阿仏の講釈への雅有の反応についてはさまざまな説があるが、阿仏が特別に魅力的な読みを披露したと感じられたのは、阿仏の実家の伝統を引き継いだ読み方のせいでもあり、あるいは婚家の御子左家という家柄のせいもあったのであろう。あるいは彼女が女性であるという『源氏』学におけるジェンダーギャップによって目新しく感じられたのかもしれない。クリスチャン・ラットクリフ氏によると、阿仏は繰り返し雅有を指導しており、[31]阿仏の読みを『源氏』学の女性伝授の系統としてとらえる必要がある。[32]

伊井春樹氏は『源氏物語』の解釈をジェンダーで分けて、「女読み」と「男読み」[33]というように説明しているが、この「女読み」というのを単なる読みの快楽に身をゆだねる読者としてではなく、『源氏』学の女性の担い手の問題として考える必要があるのではないだろうか。ルイス・クック氏がいうように『源氏物語』の読みの伝授はviva voceという声を出して朗読してから説明を加えるという小さい規模の講義や勉強会で行われていた。[34]書かれたものとしての書物を重視する現在の学界ではそのような書かれざる声の活動を忘れがちだが、今後、特に女性の『源氏』読みを考えようとするときには、文字文化を超えた『源氏』研究が必要とされるだろう。

『源氏物語』はもちろん和歌のリソースとして女房生活には不可欠なものであった。中世、近世、そして近代の女訓書となった『乳母の文』は元々阿仏が娘のために書いた女房用のキャリア・ガイドだが、そこには『源氏物語』に関して次のように書かれている。

さるべき物語ども、源氏覚えさせ給はざらむは、無下なる事にて候。書き集めて参らせ候へば、殊更形見とも思し召し、よく々御覧じて、源氏をば、難儀目録などまで、細かに沙汰すべき物にて候へば、おぼめかしからぬ程に御覧じ明らめ候へば、難儀目録同じく小さ唐櫃に入れて参らせ候。[35]

阿仏は女房勤めの娘に『源氏物語』に書かれたことを身につけさせるために、作品の分かりづらいところも理解できるように解釈に関するガイド、巻のリストなどを用意したようである。

『源氏物語』が宮廷の女房生活にも、和歌の世界や学問の場でも重要な役割を果たしていたことが阿仏尼の活動からみえてくる。阿仏は自分の『源氏物語』の読みを武器に、奈良、京、鎌倉で弟子を集めて朗読会[36]、歌会[37]、書写活動[38]を行っていた。『紫明抄』の巻一の夕顔に関する部分には、素寂が阿仏尼の解釈に対して反論を述べ、直接彼女の家に行って対論したと書かれている。

或人きたりていふやう、阿仏御前は光源氏物語に親行《ちかゆき》かひか事をのみよむときくこそあさましけれとおほせらるゝ也といふにおとろきて、かの亭にまうてゝ、たつね申に、こと事しらす[39]……

阿仏が単なる読者としてのいわゆる「女読み」をしていたのだったら、当時源氏学では第一人者の一人と目されていた親行に対する彼女の発言を素寂がこれほど本気で相手にしていただろうか。平安、中世の女性の『源氏』読みとしては単なる憧れや模倣、現実との比較といった側面もあったが、阿仏の活動を考えると『源氏』学への寄与という問題についても考慮しなければならないだろう。

日記という自己語りによって成る作品を通して、『源氏物語』が中世にどのように読まれてきたのか考えてきたが、日記においては、『源氏物語』を読むことによって、女性執筆者の経験は物語と引き比べられ、『源氏』というレンズを通してそれが解釈されることで語り直された。日本古典文学以外でも女性とロマン文学の関係が中世ヨーロッパや現代アメリカを対象に研究されているが、古代・中世の日本での女性の自伝、物語の受容、和歌の生産の密接な関係から女性作者の人生とその語りを理解するための重要なヒントを得ることができるのではないだろうか。

〔注〕

1　今西祐一郎、校注「蜻蛉日記」（長谷川正春他、校注『土佐日記・蜻蛉日記・紫式部日記・更級日記』、新日本古典文学大系、第二四巻、岩波書店、一九八九年、三九頁）。

2　伊藤守幸「物語を読む女たち―『源氏物語』蓬生巻と『更級日記』」（『文経論叢（人文学科篇）』、第二九巻、第三号、一九九四年二月、一三八頁）。

3　伊藤博、校注「紫式部日記」（長谷川正春他、校注『土佐日記・蜻蛉日記・紫式部日記・更級日記』、新日本古典文学大系、第二四巻、岩波書店、一九八九年、三一一頁）。

4　伊藤博、校注「紫式部日記」、三〇九頁

5　沢田正子「源氏物語と和泉式部の間」（桑原博、編『日本古典文学の諸相』勉誠社、一九九七年、五三三頁）

6　木村正中「源氏物語が蜻蛉日記から得たもの」（『国文学解釈と鑑賞』第三三巻、第六号、一九六八年五月、五二頁）

7　吉岡曠、校注「更級日記」（長谷川正春他、校注『土佐日記・蜻蛉日記・紫式部日記・更級日記』、新日本古典文学大系、第二四巻、岩波書店、一九八九年、三八五頁）

8　吉岡曠、校注「更級日記」、三八六頁

9　吉岡曠、校注「更級日記」、三九八頁

10　吉岡曠、校注「更級日記」、四二〇頁

11　Sonja Artnzen and Moriyuki Itō, “Introduction” (Sonja Arntzen and Moriyuki Itō 訳、*The Sarashina Diary*, Columbia University Press、出版予定)

“Her love of literature, particularly romantic fiction, is held up to her own mind for her scorn. She exaggerates the naïveté of her fantasies.”

12　Edith Sarra, *Fictions of Femininity: Literary Inventions of Gender in Japanese Court Women’s Memoirs* (Stanford: Stanford University Press, 1999), 84.

13 Sarra, *Fictions of Femininity*, 86.

"To dismiss the role of reading as escapist is to ignore the complex way in which romantic fictions spoke to the realities of Heian female readers' daily lives and probably destinies as mistresses and wives. Tale literature is likely to have appealed to feminine-and more broadly human-desires, especially the desire to be and/or exert agency as the central figure in a meaningful "story," a sequence of events over which, if only through the agency of reading as interpretation, she might understand herself as a central figure within her own world."

14 高橋亨「〈紫式部〉の身と心の文芸」、Centre d'Études Japonaises—INALCO主催、Roman du Genji et écriture autobiographique féminine, École Normale Supérieure、パリ、二〇一〇年三月二七日、発表原稿三～四頁

15 室伏信助、校注「浮舟」（柳井滋他、校注『源氏物語』、新日本古典文学大系、第二三巻、一九九七年、二四九頁）

16 福田秀一、校注「うたたね」（福田秀一他、校注『中世日記紀行集』、新日本古典文学大系、第五一巻、一九九〇年、一六三頁）

なお、『うたたね』執筆への『源氏物語』の影響については、田渕句美子の『阿仏尼とその時代「うたたね」が語る中世』（臨川書店、二〇〇〇年）に詳しい。

17 Joshua S. Mostow, "On Becoming Ukifune: Autobiographical Heroines in Heian and Kamakura Literature," in Crossing the Bridge: *Comparative Essays on Medieval European and Heian Japanese Women Writers*, ed. Barbara Stevenson and Cynthia Ho (New York: Palgrave, 2000), 51.

"The events of a woman's life had meaning, and could be given meaning, to the extent that they resembled or could be made to resemble the experiences of characters in *The Tale of Genji*."

18 次田香澄、酒井憲二『うたゝね本文および索引』笠間書院、一九七六年

19 島内景二「『うたたね』—感動的な少女の日記—」（『国文学解釈と鑑賞』特集女流日記文学への誘い、第六二巻五号、一九九七年五月、八六頁）

20 福田秀一、校注「うたたね」、一六四頁

21 室伏信助、校注「浮舟」、二五五頁

22 室伏信助、校注「手習」、三四〇頁

23 福田秀一、校注「うたたね」、一六四頁

24 Margaret H. Childs, "The Value of Vulnerability: Sexual Coercion and the Nature of Love in Japanese Court Literature," *The Journal of Asian Studies*, vol. 58, no. 4 (November 1999).

25 三角洋一、校注「とはずがたり」（三角洋一、校注『とはずがたり・たまきはる』新日本古典文学大系、第五〇巻、岩波書店、一九九四年、九二～九三頁）

26 三角洋一「とはずがたり」、九四頁

27 Mostow, "On Becoming Ukifune," 53.
"By Lady Nijō's day, the *Genji* was used as an authoritative source for precedents not only in the world of fiction, but in reality as well."

28 久富木原玲「『とはずがたり』の達成—女源氏を生きる—」（『源氏物語の変貌—とはずがたり・たけくらべ・源氏新作能の世界—』おうふう、二〇〇八年）

29 Mostow, "On Becoming Ukifune," 54.
"Lady Nijō's identification with males exceeds the lyrical and becomes a fundamental part of her narrative creation of self. She does this by associating herself with the great political exiles of the past, all of whom were male: Sugawara no Michizane, Ariwara no Yukihira and Narihira, and, of course, Genji."

30 水川喜夫、校注「嵯峨の通ひ」（『飛鳥井雅有日記全釈』風間書房、一九八五年、六一～六二頁）

31 Christian Doran Ratcliff, "The Cultural Arts in Service: The Careers of Asukai Masaari and his Lineage"（博士論文エール大学、二〇〇七年五月、九七頁）

32 Christian Ratcliff, "The Oral Transmission of Literary Expertise by Women: Abutsu and the Art of Reading *Genji Monogatari*," Association for Asian Studies Annual Meeting, April 2005.

33 伊井春樹「教訓書としての源氏物語」ヨーロッパ日本研究協会、レッチェ、イタリア、二〇〇八年九月二一日
34 Lewis Cook, "Genre Trouble: Medieval Commentaries and Canonization of *The Tale of Genji*," *Envisioning* The Tale of Genji: *Media, Gender, and Cultural Production*, ed. Haruo Shirane (New York: Columbia University Press, 2008), 131.
35 簗瀬一雄、編『阿仏尼全集増補版』風間書房、一九八四年、一二〇頁
36 『二言抄』によると鎌倉で勉強会を開いていた（山本登朗校注「二言抄」[佐々木孝浩、他校注『歌論歌学集成』第一一巻、三弥井書店、二〇〇一年、八三頁]）。
37 伊井春樹「教訓書としての源氏物語」（前掲発表）
38 為家の歌論書に関して、『源承和歌口伝』に阿仏が「末弟あつめて、阿房みづから文字よみして、心のまゝなる事ども申ける」と書いてある（源承和歌口伝研究会『源承和歌口伝注解』風間書房、二〇〇四年、三〇三〜三〇四頁）。
39 玉上琢彌、編『紫明抄　河海抄』角川書店、一九六八年、三七頁

新しい読みの地平へ
——土佐光則が描いた源氏絵——

エステル・レジェリ＝ボエール

一　言葉によって語られた絵

一三世紀の中頃、将軍のために制作された一連の屏風の色紙形の源氏絵を巡って、一人の女房歌人と絵を描いた二人の女房との間に論争が起こった。歌人は絵に間違いがあると批判し、その間違いは色紙形制作の本文として使われたテクストに起因すると主張した。非難された二人は、彼女らの新しい色紙はそれ以前に既にあった「色紙形に写せり」と述べ、批判をはねつけようとした。この論争は、「源氏絵陳状」[1]という名で知られる文書によって我々に伝わっている。これは日本美術史上で唯一知られている図像をめぐる論争で[2]、その意味において特筆すべき資料だが、文学作品をテーマとした場合の二つの相異なる制作態度を理解する上でも非常に貴重な資料である。まず第一の態度は、テクストを正面に据え、いくつもの写本の過程で生じた誤写や改変を修正した後、正しい本文に基づいて絵画化することを絵師に要求するという態度である。つまり、絵に対してテクストが上位に立ち、正しいテクストという権威が、テクストから派生する絵の正統性を保証するという立場である。第二の態度は、これに反して絵を自立した表現様式だと考える立場で、絵師はヴィジュアルなモデルの権威に依拠している。[3]

　しかしながら、視覚的なものであれ書記されたものであれ、規範的役割を果たす典拠的なものへの「従属」という点において、この二つの態度は互いの立場の違いを超えて共通すると言えよう。いずれにせよ、絵師はニュートラルな仲介者的存在として、さらに言えば受け身の、自らの存在を可能な限り消し去るべき者として、自他ともに位置づけている。[4]換言すれば、創作過程において自らの想像力を働かせ感覚の赴くままに振る舞う可能性が排除された者、個というもののない作業者、悪く言えば規範の再現のみを任務とする者だということなのである。

　これに関連して専門家がよく引用するもう一つの文書があるが、それもまた絵師はいわゆる「運び人」あるいは無色透明の作業者でしかないという考え方を補強する役割を果たしている。その文書は室町時代に成立した『源氏物語絵詞』で、各巻について一から一五の物語本文を引用し、それぞれの引用の前に、断定的書き方（とある、也）、あるいは提案的な書き方（べし）で、図様《モチーフ》と場面を巡る状況を列挙している。専門家達は一致して、この文書は絵画制作に際しての手引き的役割を果したものであろうと述べている。秋山光和氏によれば「絵画化用の抜書き集、レパートリー・ブック」[5]で、別の言い方をすれば絵師達が直接使用していたもの、ということになろう。この文書を校訂された片桐洋一氏は「絵師や書家に〈源氏絵〉を作らせる注文主に対する図像指示である」[6]との説を提出されている。筆者の考えでは、絵師がこの文書を使ったのか、注文主用のものであったか、あるいは注文主と絵師を仲介するコーデイネーター用のものであったかという点はさほど重要ではない。最も興味深いのは、この書物が二〇世紀以降どのように理解されているかという点、即ち、規範的な書物として、言語表現によって機能するというその性格である。また、場面選択あるいは情景選択というアプローチが源氏絵の制作過程を基本的に支配していたであろうということがこの書物の構成からうかがえるし、また現代における解釈を左右し続けているということも一つの要点であった。

源氏絵が単独で研究テーマとして取り上げられるようになって以来（一九七〇年代以降）、この物語の絵画化の際に場面選択がどのような理由に基づいて行われたかということに議論は集中している。アプローチのあり方によって、文学性に比重を置くもの（対象となる場面における和歌の重要性など）、語りに重きを置くもの（巻、あるいは一つの筋全体に占めるエピソードの位置、あるいは、場面選択を組み合わせ構築される一連の視覚的語りの問題）、あるいは制作の歴史背景を考察するもの（作品の用途、役割、作品が注文され享受された時点での社会的・イデオロギー的状況と場面選択との関係）がある。

二〇世紀の研究における『源氏物語絵詞』の現代版は、「源氏絵帖別場面一覧」などの、絵の内容と物語本文を対照した一覧表に見いだすことができる。この分野で先駆者的役割を果たしたのは、『日本の美術』の源氏絵特集号（一九七六年）に発表された秋山光和氏のお仕事で、それに『日本屏風絵集成　第五巻　人物画―大和絵系人物』（講談社、一九七九年）、そして秋山虔・田口榮一監修の『豪華「源氏絵」の世界　源氏物語』（学習研究社、一九八八年）が続いた。その他の表も発表されたが、特定のもの、例えばチェスター・ビーティー・ライブラリー所蔵の作品を中心としたもの[7]、また榊原悟氏の「住吉派の作品を中心に関連諸作品」を取り上げた一覧表[8]などである。最近は佐野みどり監修・編『源氏絵集成』研究編（藝華書院、二〇一一年）にも七つほどの表が、特定の作品との関連において発表されている。

特に充実した資料として、源氏絵研究に大きな影響を与えた『豪華源氏絵』の表は、画面形式も最も多様なもので、縦軸方向には作品のタイトルが、横軸方向には各巻の絵画化された場面の簡潔な記述が物語の時系列に沿って並べられ、岩波書店刊『日本古典文学大系源氏物語』の該当ページが付されている。

非常に使いやすいこれらの表には大量の情報が集積されている。『豪華源氏絵』の場合、三五以上の作品からの一一〇〇の絵が一覧となっており、大凡三〇〇場面に分類されている。このように対照表として結実した大量の情報の整備は、多くの細心で手間のかかる作業のおかげで実現され、源氏絵研究の画期的な前進に貢献し、美術史研究にも文学研究にも欠くことのできないものとなっている。特に表の総覧的特性のおかげで、新しい場面を発見しそれらを本文に結びつけることがたやすくなり、作品を選定し場面の頻出度についての一定のアイデアを得るために、一次的統計評価を行うことができるようになった。

しかしながら、簡略化は表の本質であり、対象とする世界を単純化することは、読みの手がかりを簡単に得てすぐにそれを適用できるという利点はあるものの、それと同時に、世界の複雑さと豊かさを覆い隠してしまうという欠点もある。表というものは、ある作品を一つのカテゴリーまたはジャンルに分類する場合と同様に、制約的に機能する。分類が鑑賞者（または読者）と作品の間に介入するのと同様に、表は対象についての知覚に枠をはめ、読みまたは見ることによって得られる作品の理解に方向性を与えてしまうのである。表のもう一つの欠点は、皮肉なことにその利点から来ている。絵画場面は、それに該当する物語場面のレジュメという形で記述される一方、対応する物語場面がどこかも明記されている（例えば『豪華源氏絵』では『日本古典文学大系』の巻号とページ数）。このように、テクストについて表が二重の情報を与えるので、その豊かさに眩まされて絵を理解するには、この二つの指標だけで十分だという錯覚を与えかねないということである。

このようにテクストの参照が二通りに可能なアプローチは、絵が或るテクストを典拠とすべきであるという『陳状』の女房歌人が主張している方法に対応するだけではなく、物語本文のある特定の部分とその絵画化についての指示を番えるという『源氏物語絵詞』の方法にも対応している。一方縦軸方向は、同一または近似した場面を並べて比較したいという利用者には便利であり、絵相互のつながりを前提とする『陳状』の女房「絵師」達の態度に対応するのである。

二　一つの場面の変奏

『豪華源氏絵』の著者達は、これらの表の限界を意識していたようである。一つの場面（つまり一つの欄）について○・◎などの記号を使い、類同性の度合いに従っていくつかの構図をまとめている。[9] しかし、同じタイプとされている絵画を詳細に検討すれば、近似とされるものでも見る者の視点によっては違ったものになる。最も頻繁に絵画化されている場面の一つ、[10]「若紫」の北山で源氏が若紫を見いだす場面を例にとれば、『豪華源氏』の表では、ほとんどの場面に同じ丸の記号（○）がつけられ、同じ構図からなる一群としてまとめられている。しかし、細かに絵相互を比較して行ったらどうであろうか。

図様の数が量的に多いバージョンとしては、例えば土佐光吉の筆になる京都国立博物館蔵「源氏物語画帖」の一枚の絵がある（図1）。物語本文に登場する、幼い紫、いぬき、少納言乳母、尼君の女性たち四人、また尼君の脇息、雀、雀の伏籠という小道具もすべて画面に出そろっている。背景を構成しているのは北山とその他のこの巻の場面に関わるもので、絵は描かれている出来事との関係を超えて広がっている。すなわち、滝は高山の寺院などによく見られる舞台造りという建築様式とともに、出来事が展開される山を指し示している。そして、法華経読経の声とともに源氏の眠りを妨げる水音を連想させる図様でもある。満開の桜は山を舞台にした場面の背景であるとともに、季節、

図１　「源氏物語画帖」「若紫」京都国立博物館蔵

そして、若紫の美しさと結びついている。桶はこれよりも前に書かれていた「閼伽《あか》たてまつり、花折りなどするもあらはにみゆ」という部分、あるいはこの場面の「花たてまつるめり」に対応するのかもしれない。いずれにせよ、舞台造りとともにこの場所の宗教性を強調している図様である。小柴垣の向こう側には光源氏と惟光が配置されている。この絵の網羅的性格は、源氏物語本文ないしは他の種類の文書またはヴィジュアルな資料を注意深く調べた結果だと思われる。画像のレベルでは、この絵と光吉のその他の作品との共通性に注目すべきだろう。光吉は意味を担っているモチーフを画面いっぱいに描く密度の濃い構成を好む絵師で、彼に特徴的な網羅的スタイルと言っていい。

尾道の浄土寺蔵の「源氏物語絵扇面散屏風」にも同じ場面が描かれているが、それは京都国立博物館本とは対照的に基本的な図様に集中している（図２）。女の姿が三体、男の姿が一体、そして雀である。場所の宗教性は切り捨てられていて、舞台造りも桶もない。つまり絵師は、人物達とその相互関係に焦点を当て、視覚的語りを構成する出来事に豊かさを与える物としては他に、桜の木と滝を描き加えるにとどめている。この二つの図様は源氏絵と名所絵・月次絵の伝統との関係を想起させるが、ここでは詩的情趣を展開するに必要最低限の要素として画面を構成している。

図2　「源氏物語絵扇面散屏風」「若紫」浄土寺蔵

一九九〇年代初頭に発見された土佐光信筆、ハーヴァード大学美術館蔵「源氏物語画帖」（一五〇九～一〇年制作）[11]は、この場面について、異なった表現法によるまた別のイメージを提示している。彼の絵も省筆の美学が支配的だが、極めて繊細な表現による円熟した暗示技法がそれに加わっている。全部をすべて直截に描くよりは、部分的または換喩《メトニミー》的に描くという光信が好んだ表現技法が用いられ、紫の祖母の存在は脇息とその上に置かれた法華経の巻物で表されている（図3）。伏籠が描かれていないのは意識的な省略で、飛び立つ雀のイメージがそれを想起させるに十分だと考えたからだと解釈できよう。背景として彼が選んだのは舞台造りと閼伽棚である。この二つの図様は、法華経と組み合わされて、場面の宗教性を表現している。滝は省略されているが、それはあたかも舞台造りが山とこの場面の宗教性を代表するに足ると考えていたかのごとくで、法華経は滝の音に混じる読経の声を予告している。つまり彼は、重複を嫌い、厳密に選択した少数の図様に直截な表現と暗示的効果の双方を持たせている。光信は削ぎ落とした構成が同時に極めて豊かな意味の広がりを持つ絵画を創造したのである。

　以上を要約すると、この三つの絵には一定の共通性があると言うことができる。同じ出来事を扱っていること、いくつかのモチーフが共通であること、また女性の姿態表現が近似していること（同じ髪の描き方で、衣装の色も極めて近い）である。こうした類同性は、比較による成果をより多く与えてくれるが、[12] 表現の原理が異なることも観察される。

『陳状』の女房「絵師」達に話を戻せば、彼女等がモデルに取った作品に対して同じような態度で接したと考えることを否定する材料はない。文書には、モデルを「写せり（写した、あるいは真似た）」と書かれているのみで、造形上、つまり、様式、技法、構成、色等においてモデルに忠実であったかどうか、また図様をそのまま全部取り込んだかどうかということは語られていない。彼女らは、物語が書かれた時代と絵を制作する時代が隔たっているため、モデルとなる絵巻が必要だったし、既によく分からなくなっている物語の世界を描くための指針をモデルが与えてくれるのだと述べるにとどまっている。つまり、物語が書かれた時代に時間的に近接した時代の絵が新たな絵のセットを制作するのに役立ったということである。

図 3　「源氏物語画帖」「若紫」
ハーヴァード大学美術館蔵

　これに関して、以下の点を強調したい。

対照表の同じ欄に入っている一定数の絵画は、モデルとそれに基づく新しい絵という関係を持ち、全体的な画面構成、人物の姿勢、図様や色彩の選択にその痕跡がうかがえるということである。しかし、あるモデルに依ったということは、それを細部まで機械的に忠実に再現したということを必ずしも意味しないということを心に留めておきたい。この点に関連して、『源氏物語絵詞』の中に、著者が絵の大きさによって提案する図像をわざと変えているところがあるということを想起したい。[13] これらの例は、絵画化に際しての制作構想は、それほど規範的ではなかったかもしれないということを示唆している。

この創作原理は日本における文芸一般、特に和歌について言えることかもしれない。有名なエピソード巡るヴァリエーションは、新鮮さ、驚きを生み出し、反復に陥ることを避けさせる。[14] 図様を省いたり加えたりすることによって、絵が与える効果は新しいものになる。そしてこの観点から、絵の価値も判断されるべきなのである。

この段階においては、鑑賞者の存在を抜きにして検討を進めることはできない。鑑賞者がいなければ、作品は現実のものにならないのである。鑑賞者は再認という行為によって絵を見ることの喜びを得るが、この再認は、イメージが反復されることによって得られる親近性に基づくものである。ここからヤウス（H. R. Jauss）が述べている「期待の地平」というものが生じる。また逆に、別の形の喜びである「驚き」は、予想された絵との差異によって生み出されるものである。従って、鑑賞者に歓びを与え広く支持される創造行為であるためには、型通りのものに対する期待と独創性との間を揺れ動くことになる。

これら様々な理由から、源氏絵の変遷を捉えるときに用いられる場面選択の固定化や図様の定型化という概念は細心の注意をもって扱われなければならないのである。こうしたアプローチは、第一段階として源氏絵を大きく分類する際に役立つため、非常に便利なものだが、絵相互に存在するヴァリエーションの精緻な分析には十分ではないのである。

さて、ここで土佐光則の絵をいくつか分析してみたいと思う。この絵師は他に例のない独創的な作品を数多く描いたが、彼の独自性はこれまで述べてきた技法とは違ったものから生まれている。光則の画面構成の際立った特異性を理解するために、その分析に先立って、源氏絵の一般的な類型についてまず述べておきたい。

三　源氏絵の四大類型

第一のタイプ――ウニクム

ここで提起する源氏絵の分類は図像学的アプローチによるものである。

第一のタイプは、場面選択の先例もなく、似たような例もないというタイプ、つまり『源氏物語』のある特定のエピソードをただ一つ絵画化している、ウニクム（*unicum*）と呼ぶべきものである。例えば久保惣美術館の「源氏物語手鑑」にある「若菜一」がその一例で、東宮妃、明石中宮が男御子を生んだばかりの場面である。二人の祖母、明石の姫君の生みの母明石君と、育ての母紫の上が御子の世話をしている。これは現存作例では唯一の場面である（図4）。

このカテゴリーとしては、非常に稀で一桁を超えない作品群がその他にあり、これらは鑑賞者の期待の地平に属していない。例えば、ハーヴァード大学美術館蔵画帖の、源氏が琵琶を弾いていて沖を太宰大弐一行の船が通るという「須磨」の一場面の構図を挙げることができるが、この例は他には非常に少ない。[15]

図４　「源氏物語手鑑」「若菜二」和泉市久保惣記念美術館蔵

個別に見ただけでは、これらウニカを識別するのは難しい。このため、物語の全部を絵画化し時系列に沿って並べた複数の絵を持つ作品の中に見いだされることが一般であり、こうした枠の中で、より知名度の高い他の場面との関係において位置づけることができるのである。

第二のタイプ——典型的な絵

ウニカとは対照的に、おびただしく絵画化された典型というべき作品群があるが、これらのうちあるものは、平安時代から江戸時代まで絶えることなく絵画化され続け、またあるものは、中世・江戸時代から絵画化され続けている。「蓬生」で源氏が末摘花の陋屋を不意に訪れる場面は、最も長寿なテーマの例であろう。最古の絵は十二世紀に遡り、その後江戸時代まで描き続けられている。「若紫」において源氏が幼い紫を見いだす場面も、このカテゴリーに属する。

このタイプに属する絵画は、既に述べたように、同じ場面を描いていてもヴァリエーションが複数存在しうる題材である。長編作品であるため、絵画化しうる場面が潜在的に大量にあるこの物語にとっては、このタイプの絵は必要不可欠なカテゴリーであるということも付け加えておきたい。数の限られた典型的な絵は、絵師が題材として利用できるストックを構成し、また絵師にとっても鑑賞者にとっても、物語の中で迷子になってさまようことなく見覚えのある道をたどることができるための道しるべとなっているのである。

第三のタイプ――特定の構図パターン

以上述べた第一のカテゴリーの絵はテクストの読みに依拠している。第二のカテゴリーはテクストから相対的に独立しているが、あくまでも『源氏物語』という特定の物語を描いている絵である。これから述べる第三のカテゴリーは、より広い地平に向かって開かれているもので、より一般的な物語絵（「物語」を描いている絵）である。この群は、特定の構図パターンに属するものであるが、ここでは「垣間見」と「眺める人物」という二つの例を挙げておこう。まず、よく知られ、よく研究されている垣間見であるが、これは、男が、女に知られずに偶然女を見、恋に陥るという構想に基づくテクストを絵画化したもので、物語という語りの構想においては、垣間見は新たな局面を開拓し、また話を再起動させるエピソードであり、文学においてトポスと呼ばれるものに該当する。先に述べた「若紫」の絵画化がその一例であるが、二人の女が碁に興じているところを源氏が盗み見ている場面もその例にあたる。

ヴィジュアルな面から見ると、垣間見は二極構造となっている。見る者と見られる者がいて、後者は一般に一人または複数の女である。見る者は塀・柴垣などの陰にかくれ、男の存在に気がつかない女達は、何の遠慮もなく自分たちの生活を続けているという状況である。これは、異なった語りのコンテクストにおいて再使用できるという意味において「汎図式」と言いうるものである。[16] この構図に基づく絵は、特定の物語のコンテクストに結びつけるために必要な図様が付け加えられ、個別化される。例えば「若紫」の立って手を前に差し伸べている女とか、「空蝉」の碁盤などである。こうしたトポスは繰り返し使われ、鑑賞者の期待の地平に属している。この結果生じる以下の二つの点が重要であると思われる。先ず、この構図パターンを元に制作された絵がどの物語のどのエピソードと対応するのか全く知らなくても、視線を遮るものの陰に男が隠れ、彼の視界の中に女がいれば、その絵とは離れて、男は初めて女を見、恋におちるという大凡の意味を鑑賞者は把握することができる。次に、絵師の立場から、ある構図パターンを絵師が意識して利用しているか否かを説明することも可能になる。こうした構図パターンは、文学テクストを絵師がどのように受け取るかという際のフィルターの役割を果たし、絵師のテーマ選択の鍵を握ることもあれば、これらパターンのおかげで絵師があれこれと考えて新しい画面構成に苦労しなくても済むことにもなるのである。[17]

もう一つ、「眺める人物」というパターンがあるが、これは源氏絵においては十七世紀以降になってのみ頻繁に使用されるようになったため、今まであまり注目されていない。[18]このパターンは、人が建物の中に座っていて外に視線を向けているという構図である。どのエピソードが描かれているか知らなくても、この男または女が大切な人を失ってしまったことを嘆き、失われた人と比喩的関係で結ばれているものにちなむ歌を詠むということを、鑑賞者は理解するのである。例として山本春正筆の『絵入源氏物語』にある、亡くなってまだ日も経ない妻の葵上を思い出させる雲を源氏が眺めている場面を引くことができる（図5）。

一般に、構図パターン《パラダイム》に従った絵は、同類の絵同士が源氏絵の範囲を超えた意味のネットワークを構築し、物語作品の枠を超えて、他の作品群、例えば伊勢物語絵とつながって行き、「トポス的」性格を更に強めて行く。[19]「若紫」における若紫を見いだす場面のように、頻繁に絵画化されたものは上記の第二と第三のカテゴリーに属しているということも指摘しておきたい。これらは絵画伝統によって定着された典型的な図像である一方、それと同時に「垣間見」などというパターンに依拠したものなのである。しかしまた、後に述べるように、構図パターンに基づきつつウニクムである絵も存在する。

図５　「絵入源氏物語」「葵」

第四のタイプ――図像の簡略化

第三のタイプの絵の場合は、構図パターンをもとに図様を加えて独自化し、物語作品のエピソードに結びつけるということを見たが、四つ目の最後のカテゴリーは図像の簡略化という丁度逆のプロセスを辿る。これらの絵はよく知られた構図から出発し、この中から限られた数の図様を選択して画面を構成するというもので、コンテクストが失われると理解不能なものになってしまいかねないというものである。

このタイプに、伝統的な構図から人物を消した画面構成にするという留守文様がある。この表現方式は工芸品や布地の装飾によく用いられている。例えば、若紫を見いだす場面をあしらった小袖に、舞台造り、滝、満開の桜、鳥籠、雀、柴垣を使ったものがあり、人物以外の通常の図様はすべて出そろっている（図６）。また、簡略化が極限まで押し進められ、場面が籠と飛び立つ鳥に還元されてしまっていることもある。ここでの議論との関係で一層興味深いこうした例として、香合わせの道具に見いだされる絵などを挙げることができる。この第四のタイプでは構図パターンに図様を加えて独自化するのとはちょうど逆の動きで、絵師はパターンにある図様の中から特定化を可能にするものをいくつか抽出し、出発点となっていた絵を単純化するというプロセスをたどる訳である。その結果、このプロセスにおいては、画面構成の元基盤をなし、恐らくは物語の場面選択の理由であったはずのパターンから解放

図6　浅葱《あさぎ》縮緬《ちりめん》地《じ》御所解《ごしょどき》文様《もんよう》繍《ぬい》小袖《こそで》　成巽閣《せいそんかく》

されることになる。新しい絵は鑑賞者が予期していたテーマからずらされ、雀と伏籠という図様となり、垣間見に替わって絵の主題となるのである。

こうした図像の簡略化プロセスは、構図パターンとは一切関係なく、反復によって定着した典型的な図像そのもののレベルでも行われうるもので、「夕顔」において、源氏が夕顔の宿の前に車を停めた場面を、車、または扇の上に載せられた花によってのみ暗示するというのがその例にあたる。第一のカテゴリーの単独の絵の場合と同様、省略化が進んだこの種の絵はセットとしての構成の一環として見いだされることが通常で、『源氏物語』の巻が順次並んでいることが鑑賞の助けとなる。源氏香の図がその例である。しかしながら、こうして簡略化された図像は、香合せのような特定の環境の中で繰り返されることにより、新たな絵の典型となることもある。ここでの議論から考えると、これらの絵が興味深いのは、その造形もそれにより生じる意味も既存の絵を起点としているという点にあり、その魅力は何よりも視覚的装置として味わうべき性質のものだという事実にある。[20] 名古屋市松隠軒蔵の『源氏香之図』のセットがその一例で、このセットは普通の源氏絵とは違って、巻名を花の図様で文字通り表しているが、「空蟬」と「若紫」の場合は、巻名とは関係のない、碁盤と籠から逃げて行く鳥という図様が選ばれている。それはこの二つの典型的図像の絵画化の歴史が深く根付き、参照機能を果たしていたからだと説明することができる。[21]

以上、ほとんどの源氏絵が分類されうる四つのカテゴリーの大凡を述べたので、この分類に依拠して、土佐光則のいくつかの絵の検討に移りたい。

四　土佐光則

土佐光則（一五八三〜一六三八）は、当時の土佐派の大家、一六〇〇年頃に土佐派を再興し、初めて源氏絵を大量に制作した人物として知られている父または師匠の土佐光吉（一五三九〜一六一三）と、六〇年間の中断の後土佐派として絵所預《えどころあずかり》に復帰した、光則の息子、土佐光起（一六一七〜一六九一）の間に挟まれ、長い間陽の当たらない存在であった。

光則は非常に繊細な細密画と呼ばれる作品群によって知られていて、[22]彼の手になる源氏物語画帖にもこの特質を認めることができる。その中で特に知られているのはバーク・コレクションに所蔵される六〇枚の色紙絵（以下バーク本とする）とフリア美術館の三〇枚の色紙絵（以下フリア本とする）であり、双方とも白描で、これに彩色画の徳川美術館所蔵の六〇枚の色紙絵（以下徳川本とする）が加わる。[23]また、新しいセットが最近紹介された。[24]ここで取り上げる色紙絵は縦・横一三〜一五センチの小さなものだが、驚くような図様に満ちていて、細部に至るまで細密で高度な技を駆使したまさに驚嘆すべき作品群である。バーク本の「横笛」では御簾を通して廊の高欄が窺えるという例にも見られるように、透き通った素材を重ねることを好み、また墨の使い方が優れているということも、紙の白さを生かし薄墨のわずかな輝きによって非常にデリケートにふっくらと積もる雪の軽やかさを描き出しているところなどに認められる。細部の細密さは当時輸入されるようになった眼鏡（近眼鏡）の使用によるとも推測されている。土佐派は港町界に住んでいたため入手しやすいものであったらしい。[25]

しかしながら、光則の特異な様式は二〇世紀においては、二つの理由から彼の評価を下げるものとなってしまった。まず、創造は内発的なひらめきの自然な流露であるべきとし、芸術家の個性を重んじる風潮の時代には、精緻で細部を重視するという光則の作風については、「偏執な画境に達した」などと批判的に語られた。[26] そして、この「細部としての絵画の質」[27]が、あまりに目を奪うものだったために、彼の作品の図像が持つオリジナリティーを却って忘れさせてしまった。このため、やっと最近になって彼の独創性に関する論文がいくつか発表されるようになったのである。[28]

光則は、しかし、技法の巧みさのみに焦点を当てて研究されるにとどまるべき絵師ではなく、図像の世界を革新し、非常に個性的な絵画化を実現した人物である。フリア本、バーク本、徳川本の三つの画帖に貼られた一五〇枚の絵のうち、その半分以上がウニカである（同様の物がまったくない、またはほとんどない）。以下、この論文において、独自性が極めて高い四枚の絵を取り上げ、それらのオリジナリティーが何に起因するかを検討したい。私見によれば、独特な場面選択、つまりテクストとのそれ以前にはなかった関係の構築ということに焦点をあてた方法論からだけでは解釈できない現象を、これらの絵は表現している。従ってその特質は彼以前に存在していた構図パターンとの関係において考察して初めてその本質を捉えることができる問題であり、その意味において、光則は源氏絵の概念に変化をもたらしたのだと筆者は考えている。結論から言うと、光則の源氏絵は、指示的指向（テクストまたは既存の絵をモデルとする）に基づく取り組み方から脱却して、間図像性を重視する態度に移ったのである。

五　「若紫」

徳川本の「若紫一」の絵から見て行くことにしよう（図7）。この絵では、源氏は扇を手に持ち二つの屛風の間に座っていて、女が一人、襖の向こうに立っている。もう一人の女は几帳の陰にいるが、彼女の姿としては脇息に置かれた袖の端の部分と尼削ぎの髪が見えるのみである。その夜、源氏は若紫の祖母の家に泊まっていて、様々なものの音に眠れない夜を過ごしている。源氏は、尼君の兄弟の僧都に既に訴えたこと、つまり、幼い紫の世話をしたいという申し出を尼君にも伝えるべく、女房たちの注意を引こうとしている。この絵に対応するテクストは次のように始まる。

君は、ここちもいとなやましきに、雨すこしうちそそき、山風ひややかに吹きたるに、滝のよどみもまさりて、音高う聞こゆ。すこしねぶたげなる読経の絶え絶えすごく聞こゆるなど、すずろなる人も、所からものあはれなり。ましておぼしめぐらすこと

図7　「源氏物語画帖」「若紫一」徳川美術館蔵

多くて、まどろまれたまはず。初夜と言ひしかども、夜もいたう更けにけり。内にも人の寝ぬけはひしるくて、いと忍びたれど、数珠の脇息に引き鳴らさるる音ほの聞こえ、なつかしううちそよめく音なひ、あてはかなりと聞きたまひて、ほどもなく近ければ、外に立てわたしたる屛風の中をすこし引きあけて、扇を鳴らしたまへば、おぼえなきここちすべかめれど、聞き知らぬやうにやとて、ゐざり出づる人あなり。すこし退きて、「あやし、ひが耳にや」とたどるを聞きたまひて、「仏の御しるべは、暗きに入りても、さらに違ふまじかなるものを」とのたまふ御声の、いと若うあてなるに、うち出でむ声づかひも、はづかしけれど、「いかなる方の御しるべにかは。おぼつかなく」と聞こゆ。「げに、うちつけなりとおぼめきたまはむも道理なれど、

初草の若葉のうへを見つるより旅寝の袖も露ぞかわかぬ

と聞こえたまひてむや」とのたまふ。

（『源氏物語一』新潮日本古典集成、一九七～一九八頁）

テクストのこの場面は夜で、源氏は彼を取り巻く世界を音を通じて感知している。それは、彼が次々に聞く様々な音、そして、扇を「鳴らす」ことによって彼自身が新たに加える音に至るまで、細かに書き込まれて行くことによって表されている（自然界の音、人間の声、物が発する音）。画面の上部と下部はこれらのうちの三つの「音」を連想させる図様によって占められている。即ち、滝、数珠が触れている尼君の脇息、そして扇である。光則はその他の描写にも関心を注いでいる。彼は、源氏が座っている両側に屛風を描き、この開かれた屛風の構図によって、女達に話をしようとしている源氏を表している。立ち姿の女房は仲介する乳母の少納言で、この三者の間に交わされる会話が視覚的に表現されるという構成になっている。

しかしまた、この絵のすべてをテクストとの関係のみで説明することはできない。絵の上部は、滝だけではなく舞台造り、満開の桜の木、そして小柴垣が占めている。知識豊かで源氏絵に詳しい鑑賞者は、これら図様がその日の昼間の若紫の垣間見の場面を指し示すものであると理解するだろう。よく知られている場面の景だけを人物を省いて描くという、留守文様と同じ描き方である。行為する者、つまり物語における時間の経過を担っている人物達が不在なのは、若紫の祖母の住まいで源氏が過ごした夜というひと時だけを光則が表現したからだと解釈することもできる。しかし同時に、絵の上部には垣間見を連想させる図様があまりに多く、北山の風景を描いた背景の役割しか果たしていないとは考えがたく、間テクストの観点と同様に、絵を全体として間図像性の観点から分析するほうが遥かに興味深いと思われる。この見方が妥当だとするならば、絵の上部は、よく知られた若紫との出会いの場面の引用であり、しかも共存的関係においての引用であると言えるのである。と言うのは、引用されるテクストが別のテクストの中に「実際に存在する」のと同様に、引用される場面が別の画面の中に「実際に存在している」からである。[29] 源氏絵の中では絵画化が最多の若紫との出会いを扱い、また更に「垣間見」というパターンによって造形しているという、二重の意味で古典的なエピソードとウニクムを組み合わせているところに、この絵の力の源泉がある。絵画的引用を巡る様々な問題をここで議論することはできないが、絵画は自筆性を本質とし、テクストとは違うものであるため、「絵画の引用」を「テクストの引用」と同等に扱うことはできないということをまず確認したい。また更に、論文の冒頭で述べたように、典型的な絵とは言っても絵の変奏という問題もある。従ってここでは、ある特定の絵の「引用」ということではなく、典型的な絵が反復的に描かれることにより形成された類的絵画の「引用」であると考えている。

要約すれば、徳川本の「若紫」の絵は、伝統からの断絶をその特質としていると共に（画面下部のこれまでに取り上げられたことがない場面選択によって、伝統との繋がりを断っている）、それと同時に引用によって伝統との連続性が保たれて

図8　「絵入源氏物語」「若紫」

図9　「絵入源氏物語」「若紫」

いるのである。[30]

この絵が放射する意味の豊かさとその繊細さは、『絵入源氏物語』の挿絵として山本春正が描いた同じ場面の挿絵と比較すると更に浮き彫りになる（図8）。この本においては、絵は「初草の若葉のうへを見つるより旅寝の袖も露ぞかわかぬ」という和歌の後に置かれ、手に扇を持ち、屏風によって隔てられた女房と話をしている源氏を描いている。その後ろには年老いた尼君が脇息に寄りかかって手に数珠を持っている。この絵は従って、テクストに忠実に、筋展開の観点から重要な点をいくつか取り上げているのである。また、歌のすぐ後に置かれているという、本の中に絵が占める位置、及び源氏が前面に描かれているということから、源氏がまさにこの和歌を女房に伝えているという印象を見る者に与える。この絵は従って、室内で交わされる人物間の対話に集中され、テクストとの関係を作り上げているだけなのである。テクストを文字通り絵画化しているこの絵には、若紫との出会いを語るその前の場面を指し示すものは何一つない。その場面を、春正は『絵入源氏』のこの巻の今の絵とは別のところに挿絵として描いているのである（図9）[31]。

六　「蜻蛉」

前項で分析した絵は光則のヴィジュアルな伝統に対する鋭い感受性を示すとともに、型にはまった図像を革新する力を見せてくれた。作品の独創性は、まさにこの二つの指向に基づいていて、彼は鑑賞者の期待の地平に属するなじみ深い図様（références）を使って、鑑賞者を安心させると同時に、新しく新鮮なものを導入する。そして、それによって同じ場面選択の中での変奏にとどまっていたそれ以前の絵師達よりも先に進んだのである。

図10　「白描源氏物語画帖」「蜻蛉」フリア美術館蔵

もう一つの例、白描であるフリア本の「蜻蛉」を例に取ってみよう（図10）。前項の若紫図と同様に、画面を二つの部分にわけることができる。画面上部は部屋の中で、氷で涼んでいる女達を示している。光則が光吉の絵をモデルに取ったのは確実だと思われる。というのも、光吉は、この場面を絵画化した数少ない絵師なのである（久保惣美術館の『源氏物語手鑑』[32] または出光美術館蔵の彼の工房で作成された屏風[33]）。六条院で繰り広げられるこのエピソードを絵画化したとき、光吉は恐らく垣間見の構図パターンを考えていたと思われる。

薫は襖のこちら側にいて、反対側に座っている三人の女を観察している。この絵に対応するテクストの部分では（『源氏物語』、新潮日本古典集成、第八巻、一四四頁）、薫は少し前から関係を持つようになった小宰相の君に視線を向けている。彼女は手に持っている広げた扇でそれと分かるのだが、彼は几帳に囲まれて座っている女一の宮にも憧れの視線を向けている。光吉の絵では、垣間見のパターンは、一人の女房の手にある開かれた扇、氷のかけらを載せた蓋が仰向けに置かれている様、女一の宮を取り巻く几帳によって、個別化されている。薫が実際に女達を窺い、女達はそれを知らないということ、そして彼は初めて見た女一の宮を恋するようになるという二つ状況が、このパターンの使用を妥当なものにしている。

さて、光則の絵に移ることにしよう。一目で、この作品が、師の絵に着想を得、それに変化を加えたものであることが分かる。三角形に配置され、彼の視線に直接さらされている女一の宮とともに薫に対して正面の位置にあった女達は、ここでは大きく開いたVの形に配置されており、襖に背を向けている。光則は、光吉の場面のいくつかのモチーフを左右逆にとっている他、テクストに従って女房一人と子供一人を付け加え、女房三人と童女となるように「大人三人ばかり、童とゐたり」に構成している。人物の数とその配置が変化すると同時に様式も変化している。金泥の雲は光吉よりも少なくなり、襖を飾る牡丹と鳳凰は引き継がれているが、白描技法特有のより暗示的な描き方になっている。こうした変化は、この論文の第一部に挙げた画面構成の変奏方法に従ったものであり、テクストに対するより注意深い読みの結果でもあるが、この絵の真の独創性は他にある。

この絵をよく見ると、男性の人物の配置が変っていることに気づく。観察者の姿勢で描かれているのではなく、女達を密かに見ていた孫庇から立ち退いたばかりであるかのように、庭に面した廊の格子戸の陰に隠れている。廊の反対側からは、女房が一人、慌ててやってくる。この画面下部は垣間見の場面の次にある、襖を閉め忘れ誰か男が辺りに入り込むのを恐れた女房が戻ってくる場面に対応する。

（……）こなたの対の北面に住みける下臈女房の、この障子は、とみのことにて、あけながら下りにけるを思ひ出でて、人もこそ見つけて騒がるれ、と思ひければ、まどひ入る。この直衣姿を見つくるに、誰ならむ、と心騒ぎて、おのがさま見えむことも知らず、簀子よりただ来に来れば、ふと立ち去りて、誰とも見えじ、すきずきしきやうなり、と思ひて、隠れたまひぬ。

（『源氏物語』同第八巻、一四七頁）

この場面は人物達の慌ただしい動きで構成されていて、これらの動きを決定しているのは「視線」とその及ぼす結果であるが、通常の状況で起こる垣間見のあり方とは全く異なり、女は人目にさらされることを避けえず、男は隠れるしかない。この絵の内容を、参照資料をもとに物語のテクストに結びつけ、光吉が絵画化した場面の次の部分を絵にしたのだとのみ解釈して済ませることができるのだろうか。[34] その場合、光則は絵画化する時をわずかにずらしたということになろう。しかし、これは場面選択、つまりは絵画化の問題ではなく、「若紫」で認められたと同様の、二重の間図像関係だと解釈すべきではないだろうか。

光則の絵は、「第二次の文学」の場合と同様に第二次の絵だということができるように思われる。[35] この絵は直前の場面を絵画化した光吉の絵をはじめとする作品群とばかりでなく、鑑賞者がもっとよく知っている垣間見という構図パターンと間図像的関係を結んでいると考えるべきだと思われる。この考えが正しいとすれば、この絵はテクストの領域（テクストと絵との関係に焦点を当てている参照的アプローチ）とヴィジュアルの領域（間図像性）双方におけるずらしの帰結であるとみることができる。しかしながら、この絵をテクストと比較するよりもヴィジュアル的観点から見た方が、この絵の表現力と持ち味は浮き彫りになる。つまりこの絵の力は、パターンからの乖離を基盤としているのである。垣間見をその不在によって（いわば間接的に）暗示し、薫という人物のあり方、女との関係がうまく行かない男という特徴を巧みに描き出しているのである。以上を要約すると、構図の選択は薫という人物の二つの理解につながっている。光吉の絵は構図パターンを利用し、視線で女を支配し所有する、悠々たる「覗き達」の系列に彼を組み込み、光則は、それとの対比において、自分が観察するはずだった女達の視線から逃げようとする、追いつめられた男に変身させている。またこの逆転は、鑑賞者の側にパターンが定着しているため、一層はっきりと理解されるのである。

七　「早蕨」

光則は、垣間見の変奏というテーマを好んでいたようである。徳川本の「早蕨」において、薫は宇治の姉妹の一人中の君を姉の大君の死後訪れ、障子の穴を通して彼女を覗き見しようとする。モデルが存在しないこの場面を絵画化するにあたって、光則は垣間見のパターンを使い、表現力にあふれた構図を構想した（図11）。室内では、中の君が三人の女房に囲まれて、しとやかに顔を俯けている一方、板戸の向こう側からは、薫が手で柱に寄りかかって顔を近づけ、何かを覗こうとする態度で描かれている。しかも、この二人の登場人物は、画面上大体同じ高さに配置されている。さらに、建築の構図が開いたVを描いており、薫は覗きからくりの箱の中身を見いだしつつあるような印象を与える。鑑賞者の観点からは、男は女を見て恋に陥るのだと、物語絵の約束に従って思ったとしても無理はなかろう。ところが、テクストは以下のように続いている。

垣間見せし障子の穴も思ひ出でらるれば、寄りて見たまへど、このなかをばおろし籠めたれば、いとかひなし。

（同、第七巻、一三三頁）

御簾が下りていて中が暗すぎるので、薫には何も見えない。管見によればこの絵はウニクムで、成功しない垣間見を表しているが、女に関しては挫折に挫折を重ねる人物としての薫像に合わせるために、ここでは垣間見のテーマは逆用されている。光則はこれによって、二つの期待の挫折、つまり画中人物が味わう落胆と絵の外にいる鑑賞者が絵を見て味わう落胆とを演出している。見ることのできない像の前に置かれているのは、画面の中の人物、薫（彼にとっては見ることができないのは女）だけではない。パターンへの信頼という罠に捕らわれた鑑賞者も、期待していた垣間見を見ることができない。ここでは、絵を理解するためにテクストに戻ることを余儀なくされるのである。

図11　「源氏物語画帖」「早蕨」徳川美術館蔵

八　「椎本」

「早蕨」の場面は垣間見の意味するものを逆用していたが、「蜻蛉」では、定型化した垣間見の構図が放棄されていた。いずれの場合も絵の様式にそぐわないパロディーを意図した

図12　「源氏物語絵巻」「椎本」チェスター・ビーティー・ライブラリー蔵（描き起こし）

ためではなく、対比的効果によって薫という人物の特性を浮き彫りにするためであった。「椎本」のある場面の絵画化例は、光則の非定型的垣間見に対する関心をはっきりと表している。

宇治の姉妹を訪れた折に、薫は亡くなって間もない二人の父、八の宮の仏間に行き、そこで八の宮を偲んで、この巻名のもとになった次の歌を詠む。

立ち寄らむ蔭とたのみし椎が本むなしき床になりにけるかな

（同第六巻、三四五頁）

この場面は光則のものと、狩野派周辺の無名の絵師の手になるものと、二つの絵画化の例があるが、その比較を通じて光則絵画の特質が浮き彫りになる。

十七世紀末に成立した絵巻[36]の中の無名の絵師が描いた絵の方は（チェスター・ビーティー・ライブラリー蔵）、「眺める人物」のパターンを利用している（図12）。テキストでは、薫は「柱に寄りゐたまへる」とのみ書かれている。庭の椎の木を眺めている姿は、絵師の着想によるものだろう。本文においては庭の椎の木という描写が不在であるにもかかわらず、鑑賞者は「眺める人物」のパターンに基づいて、絵を和歌で詠われている椎の木、つまりは八の宮に結びつけ、自分にとって大事な人であった人物の死を嘆く薫の孤独感をこの構図が表現していると直ちに理解するだろう。結局のところは誰が亡くなったのかはさして重要ではなく、テクストの意図にふさわしいパターンが人物の感情を雄弁に語ることが重要なのである。絵画化されたこのエピソードは、鑑賞者がパターンを再認して、同様の場面と結びつけることができれば一層心を揺するものとなる。

光則筆の徳川本の方はこの場面の絵画化に際して、この場面のすぐ後にある部分、「柱に寄りゐたまへるをも、若き人々［女房たち］は、のぞきてめでたてまつる。」を参照して垣間見のパターンを選んでいる（図13）。

図13　「源氏物語画帖」「椎本」徳川美術館蔵

この絵でも薫は柱に寄りかかっているが、仏間の方を向き、襖の後ろにいる女房達に面している。思いに沈んでいる男は、彼の美しさに惹かれた女達が彼を観察していることに気がつかない。ここでは、男の孤独というよりも、女達の喜びが描かれているのではなかろうか。

この例は、テクストを造形するに際して、絵師の選択が問われるということを示している。絵巻の作者は喪失感を強調し、光則は恋心を強調している。従って、絵の内容の説明は、「参照すべき」テクストと比べるだけでは足りず、また、ある特定の図様が使われていることを理由として、テクストの忠実な絵画化であると結論することはできない。参照的関係（テクストとの関係でのイメージ）のみで判断するのでは十分ではないのである。光則はここでは垣間見のパターンを選び、覗き見する者とされる者の性を逆転することで、新たにまた、物語絵の約束を壊してみせたのである。

以上不十分ではあるが、土佐光則の絵画の独自性の分析を通じて、定型と独創性に関わる問題を、絵画からのテクストへの視点、間図像性からのアプローチを通じて考察して見た。これらの問題を追求して行く上で、光則は数々の切り口を提供してくれる非常に興味深い絵師であるということが幾分なりと明らかになったように思う。源氏絵変革の転換点をなすこの絵師についての研究を、筆者は更に続けて行きたいと考えている。

なお、図は左記から転載した。
図1『源氏物語画帖』（勉誠出版、一九九七）
図2『豪華「源氏絵」の世界』（学研、一九八八）
図3、10 *Le Dit du Genji illustré par la peinture traditionnelle japonaise*, Editions Diane de Selliers, 2007
図4『和泉市久保惣記念美術館　源氏物語手鑑研究』（和泉市久保惣記念美術館、一九九二）
図5、8、9『絵本　源氏物語』（貴重本刊行会、一九八八）
図6『日本の意匠』（紫紅社、一九八三）
図7、11、13『絵画でつづる源氏物語』（徳川美術館、二〇〇五）

〔注〕

1 稲賀敬二、「『源氏秘義抄』附載の仮名陳状―法成寺殿・花園左府筆廿巻本源氏物語絵巻について」（『国語と国文学』、昭和三九年九月、二二一～三二頁）、寺本直彦「源氏絵陳状考（上）（下）」（『源氏物語受容史論考』、風間書房、一九七〇年、七八九～八四四頁）、寺本直彦「書陵部蔵『源氏絵陳状考』附載源氏秘義抄追考」（『源氏物語受容史論考続編』、風間書房、一九八四年、七一五～七三三頁）。筆者は博士論文においてこの文書を仏訳した。

2 Miyeko Murase, *Iconography of The Tale of Genji. Genji Monogatari Ekotoba*, Weatherhill, New-York, Tokyo, 1983, 一三頁

3 秋山光和、「源氏絵」（『日本の美術』、一九七六年、三八～四〇頁）。佐野みどり、「源氏絵研究の現状」（佐野みどり監修・編著『源氏絵集成』研究編、藝華書院、二〇一一年、一三頁）。エステル・レジェリー＝ボエール「十三世紀半ばにおける文学作品の絵画観―源氏絵陳状をめぐって―」（『第二五回国際日本文学研究集会会議録「造形と日本文学」』、二〇〇二年、国文学研究資料館七七～八七頁）。

4 西欧における絵画についての言説に関して、ノーマン・ブライソン（Norman Bryson）も同じことを言っている。すなわち、画家は瞳孔と絵筆に還元され、可能な限り受け身であるべき「運び人」なのだということである（(*Vision and Painting. The Logic of the Gaze*, Yale New Haven, 1983, chap. 1, p. 6)。

5 「源氏絵」（『日本の美術』、一九七六年、一七頁）

6 片桐洋一「解題　大阪女子大学附属図書館本　源氏物語絵詞について」（『源氏絵詞―翻刻と解説』、片桐洋一・大阪女子大学物語研究会編著、大学堂書店、昭和五八年、一三〇頁）

7 国文学研究資料館・The Chester Beatty Library 共編『チェスター・ビーティー・ライブラリィ絵巻絵本解題目録　図録篇・解題篇』、勉誠出版、二〇〇二年

8 『サントリー美術論集』、第三号、一九八九年、一二五～一四五頁

9 田口榮一「源氏絵の系譜―主題と変奏」（秋山虔・田口榮一監修の『豪華「源氏絵」の世界　源氏物語』、学習研究社、一

九八八年、三〇一頁）

10 田口榮一「源氏絵屏風—中世・近世初期における源氏絵の系譜—」（『日本屏風絵集成　第五巻　人物画—大和絵系人物』、講談社、一二四頁）。

11 美術史の専門家達がこの作品を発見した経緯については千野香織、亀井若菜、池田忍「ハーヴァード大学美術館蔵「源氏物語画帖」をめぐる諸問題」（『国華』一二二二号、注一、二二頁）を参照。

12 比較による成果を期待しうるための条件、並びに、意味ある比較となるためには作品間に十分な共通点が必要であるということについては、Otto Pächt, *Questions de méthode en histoire de l'art* (chap. «Comparer, différencier», p. 95 sq., Macula, 1994、ドイツ語からの英訳、訳者はJean Lacoste) を参照。和訳は『美術への洞察—美術史研究の実践のために』（オットー・ペヒト著、前川誠郎・越宏一訳、岩波書店、一九八二年）。

13 これは片桐洋一がこの文書の解題において強調している点である。
「絵を大きく書ならば、右と一つにかくべし（椎本・一一三オ）
又、ゑを大に書ならば、川ばたにかりやなどあるべし（総角・一一七オ）
海人の参るていハ、ちいさきにハわろし（須磨・三四オ）
などは、絵の大きさによって図様が変るべきであることを指示しており、
舞ハ、万歳楽四人、陵王一人、らくそん一人、いづれ成共書べし（若菜下・九一オ）
も、四人で舞っている万歳楽を絵にするか、一人の陵王にするか、同じく一人の落蹲にするか、絵の大きさなどをも勘案して「いづれ成共」決めよと指示しているのである」（片桐洋一、前掲書、一二八〜一二九頁）。

14 この点については、ミシェル・ヴィエイヤール＝バロン（Michel Vieillard-Baron）に感謝したい。彼と議論することを通じて、絵画の創造と詩歌の創作の間に存在しうる類似性について自覚するようになった。この点に関して、このヴァリエーションという創作原理を日本における芸術創造の基本と考えることができる。

15 管見の範囲では他には二つしか例がない。フランスの個人蔵の作者不明の色紙と、それにかなり近い伝狩野光信（?〜一六〇八）筆の一連の屏風残闕の中にある。これは佐野みどり監修『源氏絵集成』に紹介されている（藝華書院、二〇一一年、

二四二頁）。

16　似通った状況において再使用可能な「汎的構成」の起源は、池田忍が示したように、十世紀の平安絵画、及び屏風歌に頻繁に現れる状況に求めることができる（池田忍「平安時代物語絵の一考察―「女絵」系物語絵の成立と展開―」、『学習院大学哲学会　哲学会誌』第九号、一九八五年二月）。

17　芸術作品の創作に占めるパターンの重要性についてはErnst Gombrich, *Art and Illusion. A Study in the Psychology of Pictorial Representation*, London, Phaidon, 1960（『芸術と幻影―絵画的表現の心理学的研究』、E. H. ゴンブリッチ著、瀬戸慶久訳、岩崎美術社、一九七九）、特に第五章「定式と経験」（《Formula and Experience》）を参照。

18　その例外として、清水婦久子「〈ながめる〉人物」（『源氏物語版本の研究』和泉書院、二〇〇三年、五〇二～五一〇頁）を挙げたい。この論文はその本のチャプターに負う所が大きい。

19　「眺める人物」というパターンは、源氏絵の中では、十七世紀に入ってから頻繁に表われるようになる。十六世紀にはその例が極めて限られているから、これらをウニカの中に入れるべきだと考える。『伊勢物語』を視野に入れても、十六世紀までは、管見の範囲では、東の対の段の挿絵だけで、版本の嵯峨本出現前は他の段にはこのパターンは見当たらない。同じ図式が異なるエピソードに反復的に利用されてはじめてトポスとなるため、文学の分野とは対照的にヴィジュアル分野においては十七世紀以前は「眺める人物」をトポスと見なすことはできない。これについては論文を準備中で、そこにおいてこの問題を追求したい。

20　和歌で多出する言葉が図様の選択を促すということもあるが、詩歌との直接的関係からのみではなく、既存の造形的イメージを起点として図様が選択されたことは確実だと思われる。詩歌における伝統が、絵画化可能な図様の選択に影響を及ぼしたということであろう。寺田澄江は素材の源泉としての詩歌という問題について指摘してくれた。ここで感謝したい。この問題については、言うまでもなく研究の深化が必要であろう。

21　この作品の図版は徳川美術館編『絵画でつづる源氏物語―描き継がれた源氏絵の系譜』（二〇〇五年）に掲載されている。

22　相見香雨「閑却せられたる土佐光則　日本のミニアチュリストとして、又白描画家として、又所謂初期風俗画の筆者として」（『日本美術協会報告　第五輯』一九二六年、二二一～二三六頁、特に二二九～二三三頁）。榊原悟「細画の美―土佐・住吉派の画

帖―」(榊原悟編『江戸名作画帖全集V　土佐・住吉派　光則・光起・具慶』、駸々堂出版、一九九三年、一五六～一六一頁)。小林忠「雑画」同五二頁。

23　バーク本の絵はすべて『豪華源氏絵』に収録されている。徳川本の絵はすべて榊原悟(前掲書)に収録されている。展覧会のカタログ、徳川美術館編『絵画でつづる源氏物語―描き継がれた源氏絵の系譜―』(二〇〇五年)にはそのほとんどが紹介されている。

24　土佐光則とその周辺の絵師によって制作された源氏絵色紙絵の全体的紹介は、河田昌之「伝土佐光則筆「白描源氏物語貼付屏風」(東京国立博物館蔵)について」(佐野みどり監修・編『源氏絵集成』研究編、藝華書院、二〇一一年、一五七～一五八頁)参照。

25　小林忠「『土佐光則絵手鑑』解説」(フジアート出版、榊原悟の前掲書に引用、一六〇頁)、村重寧「近世初期土佐派の〈細画〉―光吉、光則の新奇―」(『早稲田大学大学院文学研究紀要第三分冊』、五三号、二〇〇七年、八七頁)

26　吉田友之「近世土佐派―光則から光起へ―」(『古美術』、七十一号、一九八四年七月、五六頁)

27　ここで、筆者は「細部としての絵画の質」という言葉をダニエル・アラスの定義に従って使っている。つまり、それ自身において華々しいことに比例して表象としては不透明度を増し、技術を限りなく駆使することによってそれ自体が眩いばかりの効果を発揮するという絵画技法(Daniel Arasse, *Le détail. Pour une histoire rapprochée de la peinture*, Flammarion, 2009, p. 12［第一版は一九九二年］ダニエル・アラス『細部―絵画に即した歴史のために』)。

28　中川正美「徳川美術館蔵土佐光則筆『源氏物語画帖』を読む1」(『梅花女子大学文化表現学部紀要』、三号、二〇〇六年、一一三～一二六頁)

29　共存関係については、Gérard Genette, *Palimpsestes. La littérature au second degré*, Seuil, 1992, p. 8(第一版は一九八二年)を参照(日本語訳、『パランプセスト―第二次の文学』、水声社、一九九五年)。

30　間図像性を把握するために使っている「連続性」と「非連続性」という概念の組み合わせは、Sophie Rabeau, *L'intertextualité* (Flammarion, 2002, p. 232)に拠っている。ラボーはこの概念を間テクスト性の分析に使っている。

31　絵の系統を調べて行くと、光則がどの経路を通じて、典型的場面(若紫との出会い)から徳川美術館の絵へたどりついたかということが分かる。中間的な絵が実際存在していて、例えば久保惣美術館の光吉の画帖では、源氏は屏風と滝の間に横たわっている。この絵は源氏が滝の音を聞く場面に対応する。この絵では、光吉は舞台造りも描いている。バーク本では光則はこの構図をほとんど変えないで使っている。ナタリー・ピエゲ＝グロ（Nathalie Piégay-Gros）が指摘しているように、テクストの分野においては、間テクスト性の追跡が、時には確信、そしてそれに伴う歓びを与えてくれる一方、「原小説」といったユートピア的境界へ、つまりあと一歩進めば、間テクスト的アプローチに極めて近い発生論的研究に入り込むところまで行ってしまうのである（«Le palimpseste de l'Histoire», *Cahiers de narratologie*, n°13, 2006, p. 6-7. URL:http://narratologie.revues.org/344）。絵の分野においても間図像的アプローチは、対象とする絵の発生について検討することにもなり得、従って発生論的アプローチに基づいて検討することもありうるのである。

32　藤岡コレクションの扇は図像的に近接した点（二つの屏風の間に座っている女一の宮の姿、扇を持った女房の位置、後ろ向きに描かれた女の姿）がある。系統を調べ直した結果、光吉が藤岡コレクションの扇を直接的にせよ間接的にせよモデルに使ったという結論に達した。藤岡コレクションの扇では、薫は庭に面した廊にいるということも付け加えておこう。それぞれの絵が次々に変化をもたらし、プロトタイプから離れて行くという前提に立てば、一つの絵から別の絵へと次第に現れてくる変化を辿って系統図を作ることができるかもしれない。

33　この屏風全体の複製とその細部は京都文化博物館編『源氏物語千年紀展』（二〇〇八年）に収録されている。細部のより大きな複製は、田口榮一監修『すぐわかる　源氏物語の絵画』（東京美術、二〇〇九年、一四二～一四三頁）にある。

34　『豪華源氏絵』の対照表では、この二つの場面は二つの別々の欄に分類されている。つまり、表の作製者達にとっては、二つの相互に独立した画面ということになる。

35　ジュネット、前掲書を参照。

36　『源氏物語』五四帖の各巻につき詞書と絵を交互に配置している絵巻で、巻名のもとになった箇所が選ばれている。

（寺田澄江 訳）

『春雨物語』
——反・近世小説としての語り——

長島　弘明

一　近世小説と口語性

近世小説（江戸時代小説）の文体の移り変わりを概観すると、江戸時代の前期から中期、中期から後期へと時代を経るに従って、口語化が進んでいることがわかる。口語とは話ことばのことであるが、ここでいう口語化とは、従来の和文体・和漢混交文体には見られない俗語が多用されること、あるいは会話・談話の部分が文章に占める比率が大きくなったり、地の文を含めた全体の文章が会話調・談話調になっていることを指す。

江戸時代の最初の小説ジャンルである仮名草子は、内容的にも文体的にも種々雑多な作品を含み、中には口語性の強い文体を持つものもあるが、何といっても小説文体の口語化を一挙に推し進めたのが、十七世紀後半の西鶴に始まる浮世草子である。どの作品のどこを選んでもよいが、次は、『好色一代男』（一六八二年刊）巻一の三、九歳の世之介に言い寄られた女奉公人が困り果てる所である。

女是非なく御こゝろにかなふやうにもてなし、其後小箱をさがし、芥人形《けしにんぎやう》・おきあがり・雲雀笛《ひばりぶへ》を取そろえ、「これ〳〵大事の物ながら、さまになに惜しかるべし。御なぐさみにたてまつる」と是にてたらせども、うれしさうなるけしきもなく、「頓而《やがて》子をもつたらば、それになきやます物にもなるぞかし。此をきあがりがそなたにほれたかしてこけ懸る」といひざま、膝枕してなをおとなしきところあり。おんな赤面して、「よもやたゞ事とは人々も見まじ」、とくと心をしづめ、御脇ばらなどをはゞかりながらなでさすり、「すぎし年二月《きさらぎ》の二日に天柱《ちりけ》すえさせたまふおりふし、黒ぶたに塩をそゝぎまいらせけるが、其御時とは御尤愛《いとを》しさも今なり。是へ御入《おんいり》候へ」と帯仕《し》ながら懐《ほゝ》へ入てじつと抱しめ、それよりかけ出して、おもての隔子《かうし》をあらくたゝきて、「世の介様の御乳母《うば》どの」とよび出し、「御無心ながらちゝをすこしもらひましよ」とはじめをかたれば、「まだ今やなどかやうの事は」と腹かゝえて笑ひける。

発話部分、心内語の部分を「　」で囲んでみたが、口語化の進んでいる様子は、一目瞭然である。

江戸時代中期・後期の小説になると、黄表紙のように毎ページに絵がある小説に、登場人物のせりふが多く書き込まれていることなど、口語化が進んだ例として挙げることができるが、さらに、小説の本文のほとんどが発話者を明示した会話で構成され、登場人物の衣裳の説明や動作がわずかな量の小書き（割り書き）で示された、会話体小説ともいうべき洒落本や滑稽本の文体が登場する。いわば、せりふにト書きを加えた、芝居の脚本のような文体であるが、登場人物の動作や性格、時には心理までもこの文体で描写している。次は、式亭三馬『浮世風呂』前編（一八〇九年刊）巻之上「朝湯の光景《ありさま》」の一節である。四十歳過ぎの金兵衛という男が、六歳くらいの男の子を連れ、三歳くらいの女の子を負ぶって、銭湯に入ってきた場面である。

（金兵衛）「よい〳〵よ、アそりや〳〵来たぞ。おぶうはどこだ。兄《にい》さんヤ、ころびなさんなよ。能《よ》く下を見てあるきよ。アよい〳〵よ。アおぶうはこゝだ。そりや〳〵ばゝつちいだ〳〵。飛《とん》だりとんだり。ヲヽきたなや〳〵。コレ、兄さんはの、わん〳〵のばゝつちいを踏うとしたよ。坊はおとつさんにおんぶだから能《いゝ》の」。（せなかのいもと）「坊おんぶ」。（金兵衛）「ヲヽ、ヲヽ、坊はちやんにおんぶ、兄さんはあんよ。サア下《おんり》しな。コリヤ〳〵待《まつ》たり〳〵。ころぶよ〳〵。サア兄さんひとりで衣《べゝ》を脱《ぬぎ》な。坊の衣はちやんが脱《ぬが》せる。ソリヤ、手を抜《ぬい》たり」。（兄）「おいらはモウ衣を脱《ぬい》だよ。跡《あと》の〳〵千次郎《せんじろ》、おめへはおそい、おめへはおそいと」【トちいさい子のあごの下をこそぐる】。（金兵衛）「コリヤ〳〵じやうけるな〳〵」。

これも発話者を（ ）、発話部分を「 」で囲み、割書になっているト書に当たる部分は【 】で囲んでおいた。幼児語の多用やことばの繰り返しの多用で、二人の子供をなだめる、いかにも子煩悩らしい父親の口調が写実的に再現されると同時に、その動作や姿態までも活写されている。肩に背負った女の子を道々あやす仕草、先へ行く男の子が転ばないかと視線を向ける仕草、銭湯の入り口で犬の糞を見つけ、あわてて男の子に注意を喚起する仕草、背中の女の子を振り返り語りかける仕草、女の子をゆっくりと腰をかがめて背中から下ろす仕草、走り出そうとする男の子を制止する仕草。そして銭湯の脱衣場に入っては、男の子に一人で着物を脱ぐことを指示しながら、自分は女の子の着物を脱がせ、袖に引っかかる手をそっとはずしてやる仕草、妹のあごの下をくすぐる男の子をしかる仕草、等々である。さらに言えば、この作品では口調や仕草の再現ばかりではなく、音声の再現までもが目指されている。この後の部分では「おとつさん」の「さ」の右上には「。」（圏点）が打たれており、[sa]ではない、江戸なまりの[tsa]という音声が正確に写されている。録音のテープから文字を起こしたようなこの文章は、ある意味において、近世小説の口語性の極地というべきであろう。

以上のように、近世小説の文体の歴史は、全体として口語性が増してゆく過程として捉えられるが、そうした流れに逆行する、文語性の強い小説もあった。都賀庭鐘の『英草紙《はなぶさぞうし》』（一七四九年刊）に始まり、上田秋成の『雨月物語』（一七七六年刊）を経て、曲亭馬琴の『南総里見八犬伝』（一八一四～四二年刊）に至る読本《よみほん》という小説ジャンルである。次は、『英草紙』第一話「後醍醐の帝《みかど》三たび藤房《ふぢふさ》の諫を折《くじ》く話《こと》」の冒頭である。

万里小路《までのこうぢ》藤房卿は宣房卿の子なり。幼《いとけな》きより好んで書を読み、博学強記、和漢の才に富みて、早く黄門侍郎となる。建武の帝、命じて尚書を講ぜしめ給ふに、よく其の旨を解き得たりしかば、帝深く其の才を愛し、常に左右に侍せしめ給ふ。元弘の変に、帝武家にとらはれさせ給ふ折からも、藤房是に従ひ奉る。御開運の後、つひに上卿となる。

漢語が多い和漢混淆文、漢文訓読調がやや強い感じのする文章である。著者により、作品により、若干の特色の違いはあるが、原則的には、『雨月物語』も『南総里見八犬伝』の文体も、この『英草紙』が引いた基本線に沿った文体となっている。読本がこうした文体を選んだ理由は、そもそも読本が、浮世草子の口語的・俗語的な文体に飽きた知識人の作者が中国の白話小説を翻案することででき上がった新しい小説であることに求められる。近世小説の主流である文体への、意図的な反抗として選ばれた文体である。しかしその後に読本という小説ジャンルは、近世小説の中でも最も知的なものとして、むしろ近世小説の主流、あるいは近世小説中のトップの位置にすわることになる。

二　上田秋成の『春雨物語』

一七七六年、秋成が四十三歳の時に出版した『雨月物語』と、七十五歳の時に書いた『春雨物語』（これは刊行されなかった）は、現在の文学史では、ともに読本という小説ジャンルに入っているが、実は文体からしても、内容からしても『春雨物語』は読本には入りきらない小説である。『雨月物語』が典型的な読本（正確に言えば「前期読本」）であることは間違いない。それに対して『春雨物語』は、近世小説のどのジャンルにも属さない作品である。同じく題名に「物語」の語を含みながら、『雨月物語』は確かに「近世小説」ではあるが、『春雨物語』は当面「物語」としか呼んでおくしかない作品となっている。

『春雨物語』について、基本的な説明を記しておく。秋成が『春雨物語』を書いたのは、七十五歳の一八〇八年である。現在残る『春雨物語』の中で、完全原稿であるのは、十編の話を収め、文化五年（一八〇八）三月の奥書を持つ、いわゆる文化五年本である。これは秋成の自筆本ではないが、秋成自筆の稿本も、初稿の『春雨草紙』をはじめとして、天理冊子本・富岡本・天理巻子本等、いずれも不完全な形で数種類残っている。各稿本は、文章の相違はもちろん、筋の大幅な変化、さらには話の順序や、収められる話そのものが違っていることがある。極言すれば、各稿本はそれぞれ別の作品であるといってもよい。十話を収める文化五年本の順によって、『春雨物語』の各篇の内容を示す。

「血かたびら」　桓武帝没後に即位した平城《へいぜい》帝は、自らの側近と皇太弟（後の嵯峨天皇）の側近の勢力争いに懊悩している。打続く怪異を目の当りにして皇太弟に譲位するが、復位をもくろむ側近は反乱を企て、藤原仲成は斬首・薬子は自害、自らも剃髪した。

「天津《あまつ》をとめ」 仁明《にんみよう》帝の寵臣で、色好みの良峰宗貞《よしみねのむねさだ》を軽薄だとして憎む人もあり、宗貞は帝の死後朝廷から姿を消す。小町との歌の贈答がきっかけで、仁明皇太后に捜し出されて朝廷に戻り、後には僧正位にまで登った。

「海賊」 土佐から帰る紀貫之と船上で対面した海賊は、『古今集』につき貫之をなじり、三善清行《きよつら》『意見封事』について一方的に言いたいことを言って去って行く。貫之帰京後も、海賊は「菅相公論」（菅原道真論）を投げ込んで行くが、この海賊こそ、放蕩のために朝廷を追われた文屋秋津《ふんやのあきつ》であった。

「二世の縁《えにし》」 土中から掘り出された入定《にゆうじよう》の僧が、介抱により蘇生する。男には前世の高僧の面影は全くなく、入定の定助と呼ばれ、やがて村の寡婦と一緒になり、荷かつぎをして生計を立てる。村人の中にはこの有様を見て、信じていた仏教を迷蒙として捨てる者もあった。

「目ひとつの神」 和歌修業を志す東国の若者が、上京途中に老曽《おいそ》の森で野宿すると、一つ目の神や神主・山伏・僧・狐らの酒宴に出会う。若者も宴に呼出され、都で和歌の師につくことの無用を諭され、空を飛び東国へ向う修験に連れられて帰って行った。

「死首の咲顔《えがお》」 裕福な酒造家五曽次《ごそうじ》の息子の五蔵は、貧しい同族元助《もとすけ》の妹の宗《むね》と恋仲になる。五曽次は結婚を許さず、宗は病にかかり、やがて危篤になる。五蔵は元助と相談し、宗に嫁入り支度をさせて我家に迎えるが、五曽次はなお許さず、元助はその場で、死を覚悟していた宗の首を切り落とした。

「捨石丸《すていしまる》」 陸奥の長者に仕える大男の捨石丸は、主殺しの濡れ衣をきせられ、江戸へ逃げ相撲取りになる。豊前《ぶぜん》の国主に抱えられるが、病で足が立たなくなり、長者追善のため豊前の難所に墜道を通すことを決意する。捨石丸を追ってきた長者の子も、その志を知り協力する。墜道は完成し、捨石丸は死後に捨石明神と崇められた。

「宮木《みやぎ》が塚」　没落貴族の娘で騙されて神崎《かんざき》の遊女に売られた宮木は、長者の河守十太兵衛《かわもりじゆうだべえ》と相愛の仲になるが、横恋慕する宿駅の長である惣太夫《そうだゆう》は十太兵衛を毒殺し、宮木と枕を並べる。やがて真相を悟った宮木は、土佐に流される途中の法然上人に念仏を授けられ、海に入水して果てた。

「歌のほまれ」　『万葉集』の、「わかの浦に汐満くればかたを無み芦べをさしてたづ鳴わたる」という赤人の歌が、聖武《しょうむ》帝や黒人《くろひと》やよみ人しらずの歌に類似しているのは、昔の人が思うままを素直に歌ったからで、これこそがまことの歌の道である。

「樊噲《はんかい》」　伯耆《ほうき》の国に住む大力の大蔵《だいぞう》は、家の金を盗み、父と兄を殺してしまう。逃亡中に唐人が付けた「樊噲」のあだ名を名乗り、盗人の一味に加わって、悪事の限りを尽す。ある時、殺生石《せっしょうせき》で僧の金を奪うが、戻った僧は、出し残したのは我ながら心清からずと、金を再び樊噲に与えた。樊噲は心改まり出家して、後には陸奥の寺の大和尚となり遷化《せんげ》した。

要約からもわかるように素材はまちまちで、長さもまたまちまちである。正史をはじめとする歴史に取材したものは「血かたびら」「天津をとめ」「海賊」の三篇、伝説や当時の実話（これも広義の伝説と言ってよい）に取材したものが、「死首の咲顔」「捨石丸」「宮木が塚」の三篇、その他の「二世の縁」「目ひとつの神」「樊噲」などは、部分的には先行の文学作品を参照しながらも、全体としては秋成独自の構想になる。ごく短い「歌のほまれ」は、物語というより歌論の一部といった方が、むしろよいような話である。

多様な内容の各話は、また多様な物語の方法をそれぞれとっている。そのいくつかに具体的にふれてみたい。

三 「血かたびら」——史実の虚妄・虚構の歴史の真実

「血かたびら」の冒頭は、富岡本によって引用すれば、このように始まる。

天《あめ》のおし国高《くにたか》日子《ひこ》の天皇、開初より五十一代の大まつり事きこしめしたまへば、五畿七道水旱《すいかん》無く、民腹をうちて豊としうたひ、良禽《りやうきん》木をえらばず巣くひて、大同の佳運、記伝のはかせ字をえらびて奏聞す。登極あらせてほどもなく、太弟神野《かみの》親王を春の宮つくらして遷させ、是は先だいの御寵愛殊なりしによりて也けり。太弟聡明にて、君としてためしなく、和漢の典籍にわたらせたまひ、草隷《さうれい》もろこし人の推《おし》いたゞき、乞もてかへりしとぞ。此時、唐は憲宗の代にして、徳の隣に通ひ来たり、新羅の哀荘王、いにしへの跡とめて、数十艘の貢物たてまつる。天皇善柔のさがにましませれば、はやく春の宮に御くらゐゆづらまく、内々さたしたまふを、大臣参議、「さる事しばし」とて、推とゞめたてまつる。

この書き出しは、歴史書の文体に近いものになっている。例えば、正史である『日本後紀』の巻十四、平城天皇の条の書き出しは、次のようになっている。漢文を、書き下して掲げる。

日本根子《やまとねこ》天推国高彦天皇《あめおしくにたかひこのすめらみこと》　平城《へいぜい》天皇
天皇諱《いみな》ハ安殿《あて》、皇統彌照天皇《あまつひつぎいやてらすのすめらみこと》（桓武《かんむ》天皇のこと）ノ長子、母ハ藤原贈太皇太后（藤原乙牟漏《おとむろ》のこと）ト曰フ。
宝亀五年（七七四年）、平城宮ニ生ル。延暦四年（七八五年）十月、皇太子（早良《さわら》親王のこと）廃サレ、即チ諱ヲ立テ皇太子ト為ル。長ズルニ及ビ、精神ハ聡敏、玄鑑宏達、経書ヲ博綜シ、文藻ニ工《たく》ミナリ。

秋成の正史に対する疑いは周知のことである。火災による史書の湮滅、あるいは後の時代の権力者による都合のいい史実の取捨や改竄。史書の表に表れない、いわば史書の空隙を埋めるようにして、秋成はそれまでも『吾妻鏡《あずまかがみ》』の記事に想を得て、西行と頼朝の対面を描く『月の前』や、頼朝の前で舞を舞う静御前を描いた『剣《つるぎ》の舞』（ともに一七九九年成立）などの歴史物語を書いてきた。史書の空隙とは、捨てられた史実であり、また史書では触れられることのない、歴史上の人物の心理や感慨である。また時に、秋成は持論である史上の人物への評価（例えば頼朝への批判）を書き入れたりもしており、一見かなり自由な筆致の虚構であるようにも見える。しかし、秋成の描く西行や頼朝や静は、史書の記述に正面から背馳する（すなわち史実に抵触する）西行や頼朝や静ではなく、あくまでも史書の表側を正確になぞりながら裏面を読むという姿勢がそこにはある。自らの作り出す虚構に、史書の記述に従って一定の枠をはめようとする、このある種の倫理的な姿勢は、鎌倉幕府公認の歴史書があえて描かなかったことによる歴史の隠蔽——言い換えれば史実の虚妄性に対するに、歴史物語という虚構によってすくい上げられた歴史の真実を対置しようとする意図の表れである。虚構はデタラメな空想ではない、虚構が史実よりも真実であることがあるのだ、という自負である。

しかし、秋成の晩年、七十四歳の文化四年（一八〇七）を境にして、この意識は変わる。秋成はこの年の秋に、それまで書いた歴史論をはじめとする学問的な著述を古井戸に捨て去り、以後は学問を放棄するに至る。この著書廃棄とともに、秋成は史書では隠蔽されている「史実」を明らかにすることへのこだわりを捨てた。そして、その後に書いた歴史物語が、この『春雨物語』なのである。

「血かたびら」は、依然正史の『日本後紀』等に取材した物語であり、しかも右に掲げたように、文章そのものも正史の影響下にあることは、『月の前』や『剣の舞』と変わるところはない。しかし、それらと決定的に異なるのは、物語の中心人物である平城帝が、『日本後紀』では「長ズルニ及ビ、精神ハ聡敏、玄鑑宏達、経書ヲ博綜シ、文藻ニ工ミナリ」と記されているのを、「血かたびら」では「経書ヲ博綜シ」どころではなく、「朕はふみよむ事うとければ、たゞ〳〵直きまゝに」と言わせ、『日本後紀』の平城像とほとんど正反対の「善柔」（善良であるが、気が弱く決断力に欠ける）の性格としていることである。平成帝の「善柔」の性質は、この話の中では、退位した平城帝の意志とは無関係に、側近の藤原仲成や藤原薬子《くすりこ》が嵯峨天皇に対して謀叛を起こすもっとも重要な要因となっており、また英明で漢籍に明るい嵯峨帝と対比される性格でもある。すなわちこの「善柔」の一語は、国風と漢風とがせめぎ合う時代の中で、国風文化を端的に指し示す語として、さらには国学の「直き」古代人像（賀茂真淵『国意考』）につながる語として、きわめて重要な意味をもつ語である。平城帝という、物語の根幹に関わる人物設定を、史書の記述を無視してまで改変することは、秋成の従来の作品には見られなかった。秋成は『春雨物語』で変わったのである。

「血かたびら」の中間はすべて省略して、末尾の文章を見てみよう。謀反が失敗し、薬子が自刃して死んだことを記す箇所である。富岡本では、

薬子おのれか罪はくやまずして、怨気ほむらなし、ついに刃に伏て死ぬ。此血の帳かたびらに飛走りそゝぎて、ぬれ〳〵と乾かず。たけき若者は弓に射れどなびかず。剣にうてば刃欠こぼれて、たゞおそろしさのみまさりしとなん。上皇にはかたくしろしめさゞる事なれど、たゞ「あやまりつ」とて、御みづからおぼし立てみぐしおろし、御齢五十二と云まで、世にはおはせしとなん、史にしるしたりける。

となっている。几帳に飛び散った血が、いつまでも生々しく乾かないままであることを描写する。言うまでもなく、この一話の題名である「血かたびら」にかかわる描写である。死後も消えることのない薬子の怨念の象徴であるかのような血まみれの几帳をクローズアップし、あたかも時間を止めてその映像を永遠の現在に宙づりにしたままであるかのようなこの描写は、冒頭のような歴史叙述に傾いた文体とも、奇談の結末を簡潔に伝える説話の文体とも違っている。末尾の「御齢五十二と云まで、世にはおはせしとなん、史にしるしたりける」は、この後にもう一度推敲されたとおぼしい文化五年本では、「御よはひ五十弐まであらせしとなん、いひつたへる」と、史書の記述にあるということばが省略されるに至るが、「血かたびら」は史書に書かれた過去の史実から出発しながら、実と虚の区別も、過去と現在の区別も、いずれも無効な境界にたどりついている。史書の文体でも説話の文体でもない、まして口語的・文語的などという分類は意味を持たない、虚実ないまぜの文章である。中世に『源氏物語』の準拠論（いつの時代の誰のことかという史実還元説）が華々しく展開されたのは、虚構であるはずの『源氏物語』が、史書よりも生々しく歴史の真実を描き得たためであろうが、史実を無視した「血かたびら」もまた、『日本後紀』以上に歴史の本質に迫っている。あえて言えば、「血かたびら」の文体は、『源氏物語』の系譜に正しく連なる物語の文体と言うべきであろうか。

四　「海賊」と「歌のほまれ」——学問と物語の相互侵犯

「海賊」には、貫之の帰京後、海賊がわざわざ投げ入れていった漢文の文章があったことが記されている。富岡本を読み下しで掲げてみる。

懿《よ》キカナ菅公、生キテ人望ヲ得、死シテ神威ヲ耀《かがや》カス、古《いにしへ》ヨリ惟《ただ》一人ノミ。曽テ聞ク、君子辜《つみ》無クシテ不幸有リ、小人辜有リテ不幸有リ。公ノ如キハ則チ、徳有リテ辜ニ非ズ。然ルニ亦不幸ニシテ外藩ニ貶《へん》セラル。其ノ冤《ゑん》トセザル所以《ゆゑん》ハ、蓋《けだ》シ君臣刻賊ノ天運ニ遇ヒテ、致仕シテ以テ其終ヲ令《よ》クスル能ハズ。又藤菅根ヲ罵辱シテ、其ノ冤ヲ結ビ、三清公ヲ挙ゲズ、人以テ私ト為ス。且ツ其ノ革命之諫ヲ納《い》レズ、抑《そもそも》之ヲ求ムルニ非ザルカ。清公ノ言ニ云ハク、「明年辛酉ハ、運命革ニ当タリ、二月建卯ハ、将ニ干戈ヲ動カサントス。凶ニ遭ヒ禍ニ衝《つ》ク、未ダ誰カ是ナルヲ知ラズトイヘドモ、弩《ど》ヲ引キテ市ニ射ラバ、当ニ薄命ニ中《あた》ルベシ。翰林ヨリ超エテ槐位ニ昇ル者、吉備公ノ外ニ、復《また》美ヲ与《ともに》スル無シ。伏シテ冀《こひねが》ハクハ其ノ止ヲ知ルトキハ、則チ其ノ栄分ヲ察スルニ足ラン」。是ニ由リテ之ヲ思ヘバ、吉公妖僧朝ニ立ツノ時ニ当タリ、大器ヲ持シテ傾殆《けいたい》セズ、勃平《ぼつぺい》ノ勲ヲ建ツ。今ヤ、公朝ノ寵遇、道ノ光燁《くわうくわ》ヲ以テ、左相公ト釁《ひま》有リ、終ニ貶黜《へんちゆつ》セラル。故ニ辜無シトイヘドモ、亦不幸ヲ免レザル也。然レドモ生キテ人望ヲ得、死シテ神威ヲ耀カス。有徳ノ余烈、見ルベシ、万世ニ赫々然タルヲ。

菅原道真への毀誉褒貶あい半ばするこの漢文の論は、実は、享和元年（一八〇一）頃に秋成自身によって書かれた歴史批評であった。「菅相公論」と題された鍵屋文庫蔵の自筆原稿と比較すると、文章の細部には異なる箇所もあるが、ほとんど同一の文章といってよい。史論というには大げさな、短い歴史上の人物への批評的エッセイであるが、「皇太子阨戸論」「皇太子大友論」などの漢文と並んで、秋成の文章の中ではまぎれもなく学問的な文章の方に分類できるものである。古井戸への著書投棄後に手元に残った数少ない学問的な文章ということになろうが、それがそのままの形でそっくり物語の中に持ち込まれているということは、『雨月物語』「仏法僧」における毒玉川の和歌の考証に、秋成自身の和歌研究の成果が生かされているなどの先例があるにしても、やはり異様である。

文中に引かれている「明年辛酉ハ」以下は、三善清行の「奉菅右相府書」の要約。三善清行の「意見封事十二箇条」は、「海賊」のこの「菅相公論」が出る直前の箇所でも、海賊こと文屋秋津によって長々と批評されているが、『万葉集』の注釈書である『金砂《きんさ》』や史論『遠駝延五登《おだえごと》』（ともに一八〇三年頃成立）等に再三引かれ、この「意見封事十二箇条」への批評も秋成自身の歴史批評と見てよい。文屋秋津に秋成自身を投影した、といってすむ問題ではない。学問を放棄したはずの秋成が、なぜ学問的な論説を再び物語の中に持ち込むのか。

端的に言えば、秋成はかつて書いた学問的な論説を、物語という遊びの中に解放しているのである。学問が真理を突き止めることだという呪縛から解放されれば、学問は心楽しい遊びとなるということであろう。もろもろの学問的な考証も、真理ではなく楽しい空想である。「菅相公論」を前に、所詮明らかにしようのない道真の実像などはどうでもよいのだ、私は道真をこう見たかったのだと秋成が思い直した時に、「菅相公論」は、「ほしきまゝなる、かの海賊の文」となるのである。

『月の前』『剣の舞』などには、史実に抵触せず、史実の空隙を補填するための虚構という形で、学問と創作（物語）の間には、隠微なしかし明確な境界があったが、『春雨物語』ではその境界が取り払われ、虚実が混融した独自の時空となっている。「海賊」で言えば、貫之の土佐からの帰京（九三五年）から百年も前に没している文屋秋津（八四三年没）が船上で貫之と対面し、さらに海賊の秋津がその名を口にする以貫（穂積以貫、一七六九年没）は、何と秋成の同時代に生きていた人である。この時間感覚を無視した奔放さもさることながら、海賊の一方的な長広舌の内容も、古今集の別名である「続万葉集」の題号の批判、仮名序にいう「六義」の批判、五巻という恋の部の多さへの批判、「意見封事十二箇条」への批評等々、目まぐるしく変わり、長話に咽が渇いたといって酒と肴を要求し、飽きるほど呑み喰らった後に、「今は興尽たり」といって、自分の舟に飛び移ると、あっという間に姿をくらましてしまうという次第である。学問と物語が一つに解け合ってしまえば、学問的な話題をどのように形を変えて、物語に組み込もうかというような配慮や逡巡はもはや無用である。「菅相公論」が、そのままの形で「海賊」の中に取り入れられているることは前述したが、さらにはなはだしい例としては「歌のほまれ」がある。富岡本ともとは一つだったと思われる天理巻子本から引用する。

山部の赤人の、

和かの浦に汐満くればかたを無み芦べをさしてたづ鳴わたる

と〔いふ〕歌は、人丸の「ほの〴〵とあかしの浦の朝霧」にならべて、哥のちゝ母のやうにいひつたへたりけり。此時のみかどは、聖武天皇にておはしませしが、筑紫に広継が反逆せしかば、都に内応の者あらんかとて恐たまひ、巡幸と呼せて、伊賀・伊勢・志摩の国、尾張・三河の国々に行めぐらせたまふ時に、いせの三重郡阿虞《あご》の浦にてよませしおほん、

妹に恋ふ阿ごの松原見わたせば汐干の潟にたづ啼わたる

又、この巡幸に遠く備へありて、舎人あまたみさきに立て、見巡る中に、高市の黒人が、尾張の愛智《あゆち》郡の浦べに立てよみける、

桜田へたづ鳴わたるあゆちがた汐ひのかたにたづなき渡る

是等は同じ帝につかうまつりて、おほんを犯すべきに非ず。むかしの人は、たゞ打見るまゝをよみ出せしが、さきの人のしかよみしともしらで、いひし者也。赤人の哥は、紀の国に行幸の御供つかふまつりて、よみしなるべし。さるは、同じ事いひしとて、とがむる人もあらず。浦山のたゝずまひ、花鳥の見るまさめによみし、其けし

き絵に写し得がたしとて、めで丶はよみし也。又、おなじ万葉集に、よみ人しれぬ哥、
　難波がた汐干にたちてみわたせば淡路の島へたづ鳴わたる
是亦同じ心なり。いにしへの人のこ丶ろ直くて、人のうた犯すと云事なく、思ひは述たるもの也。歌よむはおのが心のま丶に、又、浦山のた丶ずまひ、花鳥のいろね、いつたがふべきに非ず。たゞ〳〵あはれと思ふ事は、すなほによみたる、是をなんまことの道とは、歌をいふべかりける。

「歌のほまれ」の全文である。登場人物もストーリーもなければ何の虚構の味付けもない、『春雨物語』に入っているのが不思議に思われるような一篇である。物語というより、類歌についてふれた短い歌論といった方が断然ふさわしい。この「歌のほまれ」とほぼ同じ類歌論は、『金砂』、『遠駝延五登』、考証随筆『茶瘕酔言《ちゃかすいげん》』（一八〇七年頃成立）や、物語『鴛央行《えんのうこう》』（一八〇四年頃成立）にも見える。物語的というなら、この「歌のほまれ」よりも、高市黒人とその妻の旅を描いた『鴛央行』の方が、はるかに物語的である。

実はこの「歌のほまれ」も、秋成が『春雨物語』を書き始めた時には、虚構の枠組みを一度は整えようとした形跡がある。それは『春雨物語』の最初の原稿である『春雨草紙』の断片から推測できることである。この七十余枚の断片の中に、「目ひとつの神」の原稿が四十枚ほどあり、それ以後の天理冊子本・富岡本・文化五年本の「目ひとつの神」に比べると、当初書かれた『春雨草紙』の段階の「目ひとつの神」は、二倍から三倍の長さを持った話だったらしい。その『春雨草紙』の「目ひとつの神」の中で、神が語る和歌談義の中に、この「歌のほまれ」に当たる部分が見いだせるのである。秋成は、和歌を中心に歴史論などへも拡散した『春雨草紙』の「目ひとつの神」における様々な話題を整理し、天理冊子本・富岡本・文化五年本の「目ひとつの神」では、話題をほぼ和歌伝授の虚妄性への批判

と独学の勧めに絞り込んでいるが、その時に『春雨草紙』の「目ひとつの神」から分離したものが「歌のほまれ」である。その際、秋成は別の虚構の枠組みを用意せず、いわば裸で投げ出すように「歌のほまれ」を独立させたのである。

『春雨物語』全体を貫くテーマが「命禄」（人の力ではいかんともしがたい、偶然として顕現する現象を支配する内在的な理法、後漢の王充『論衡《ろんこう》』にあることば）であることを指摘したことがあるが、「歌のほまれ」は、その「命禄」のありかたを、『春雨物語』の中でもっとも端的に語っている篇である。文化五年本に、

おほんと黒人が歌とは、世にかたりつたへずして、和かの浦をのみ秀歌と後に云つたふる事のいぶかしかりけり。

というように、同じような歌でありながら、聖武帝の歌も黒人の歌も後世では評価されず、赤人の歌のみ秀歌の名声を得る不思議、すなわち「命禄」が人ばかりではなく和歌にさえあるという発見が（『春雨草紙』「目ひとつの神」の中のことばを借りれば、「哥のほまれにさへ幸と不幸あり」）、この「歌のほまれ」では語られている。この時、秋成の中では、名歌の誉れを得た赤人の「わかの浦に」の歌は、「渠儂《かれ》が天ろくの助くるならめ」（彼の天運が助けているのだろう）と評された「海賊」の文屋秋津や、「稟《うけ》得たるおのがさち〱」（生得のそれぞれの幸運による）と評された「天津をとめ」の宗貞（僧正遍昭）と同様に、一話の中における、幸いなる「命禄」を受けた主人公なのである。類歌が生まれる心理のメカニズムを分析している歌論に見えながら、実は秋成は擬人化された和歌の明暗の運命に思いを致し、それに興じている。「命禄」に翻弄される和歌。あえて虚構の粉飾を施す必要もなく、これはすでに物語である。考証の文体、学問の文体を、いささか強引ではあるが、そのままの形で物語の文体としおおせているきわめて特異な例であろう。

おわりに

以上、わずかに二、三例を示したに過ぎないが、秋成の『春雨物語』の文体は近世小説の中でほとんど孤立している。秋成個人の小説の中でもまた孤立しているといってよい。読本、黄表紙、洒落本、滑稽本など、それぞれの小説様式を純化することに腐心してきた近世小説の文体の歴史からすれば、その様式化への努力をあざ笑うかのような奔放な文体である。『春雨物語』の中だけに限っても、異質な文体同士がせめぎ合っている。統一とか均整とかいうことばからは遠い、雑然とした物語集であるといえるが、逆に言えば、この時点で考え得る物語の文体の様々な可能性の限りを、この『春雨物語』は試みているといってもよい。法然上人にまつわる遊女入水伝承を物語に変換してゆく「宮木が塚」のような文体も、兄が妹の首を切り落とすという衝撃的な実在の事件を物語化してゆく「死首の咲顔」のような文体も、悪漢小説と宗教小説が融合したような「樊噲」のような文体もある。物語の文体に対する、実に様々な実験が『春雨物語』にはある。

ちなみに、この『春雨物語』を書いたのとまったく同じ時期に（すなわち死の前年である）、『春雨物語』各話の文体とはなはだしく違った文体で綴られた『長者なが屋』を秋成は書いている。大阪の貧民街の人間群像を、大阪弁の会話を主体として描いた俗語小説である。洒落本や滑稽本とはまたひと味違った典型的な会話体小説である。晩年の秋成の文体探求にかける情熱には、驚き入るほかはない。

読むことまたは性愛

エステル・フィゴン

どのような種類のものであれテクストは快楽を組織する儀式である。
ロラン・バルト、『サド、フーリエ、ロヨラ』

谷崎潤一郎の『鍵』は、発表当時「猥褻だ」という非難を浴びたが、こうした批判とは裏腹に、いくつかの等式を解くことを読者に求める性質の作品でもある。この小説で問題となっているのは確かに性愛だが、それは作品の冒頭から、読むという行為、従って当然のことながら書くという行為と等価のシステムで結びつけられているのである。『鍵』は、非常に込み入ったエロチックな状況を描いた作品で、谷崎のトポスのかなりのものを見出すことができる。主人公の片割れの年老いた大学教授は、自分より若く、彼自身の言葉によれば異常なまでに淫乱な妻に情欲を燃やしているが、妻を満足させることができなくなるのを恐れ、遥かに若く、彼等の娘、俊子の求婚者であるかもしれない木村を妻に近づけようとする。妻の郁子は、嫉妬を刺激にしている夫、そして、父よりも不純な動機を隠しているように見える娘との共犯関係のもとに、木村と愛人関係になる。しかし、夫は病気にかかって死に、妻は夫が倒れた後も木村との関係を続ける。そして、彼女は小説の最後で、自分は故意に夫が死ぬように仕向けたのであり、娘と木村は偽装結婚をし、同じ屋根の下で三人が住むことになるだろうと語る。

この物語は、夫の日記の第一ページにあたる一月一日から六月一一日までの数ヶ月にわたっているが、作品そのものは二部にはっきりと分かれている。第一部は一月一日から四月一七日までで、夫と妻の二人がそれぞれ日記をつけていて、二人の日記はいわば交代に出て来るが、一七日から一八日の夜に夫が発作に襲われたため、四月一七日からは妻だけが日記をつけるようになる。

更に我々は、この夫と妻という二人の主人公がそれぞれの日記で明かしている「事実」以外は知る事ができない。ところが、冒頭の二人の日記が既に予告しているように、二人は互いに、相手の日記に文字通り取り憑かれているのである。

もしかしたら一方が他方の日記をこっそりと読んでいるのかもしれない、だから、それを隠さなければならない、あるいは見るように仕向けなければならないということがテクストを通して問題となっており、オブリガートの旋律のように全編を貫いている。自分の日記を読むようにと妻をそそのかしていることが一目瞭然の合図を夫の方が彼女に与えているのに対して、妻の方は様々な策を弄して隠そうとやっきになり、また夫の日記を自分は絶対に読んでいないと信じさせようとしているかの如くである。従って、小説『鍵』の第一の地平をなし、この二つの日記からなるテクストにつきまとい続ける問い（「木村と寝るか、寝ないか」）に、もう一つの問い、そして最初の問い以上に執拗にテクストを離れず、作品の冒頭から既に存在している二重の問い、つまり誰が何を読むのかという問い（「私は読まれているのか、いないのか」、「私は読むのか、読まないのか」）が重ね合わされ、そして結局、このような状況において書くことが何を意味するのかということが問われるのである。

小説『鍵』において、読みの問題がこの小説の真の中心をなすとすれば、性愛の方は、読者の最も混沌とした際どい部分に訴えるものであるため不透明な遮蔽幕として機能することになる。この小説に関しては、よりエロチックな第一部のみをよく覚えていて、より短くはあるが夫の病状に大きく割かれている第二部を、その重要さにもかかわらず忘れてしまうということがよくある。しかし、夫が病気となり死ぬに至るというプロセスの中で、セックスイコール読む行為という等式のシステムに何が起こるのだろうか。単独の語り手となった妻が導入する新たな読みの契約はどのようなもので、その中で読む者はどうなるのだろうか。また、契約は一つしかないのだろうか。そしてまた、この小説そのものの読者については何が言えるのだろうか。

一　エロス契約としての読みの契約

日記の物質的側面に異常に執着し、相手が読んだかどうかを確かめようとしたり日記を開いたことを隠そうとしたりするために弄する数々の小細工が、驚くほど詳細に語られるのは、夫婦の間の性関係についての語りに休止符が入り、多くは省筆されたり簡略にのみ記されたりする時期とまさに対応している。つまり、相手の日記を読むという行為が、語られる内容である性関係を「代行する」形で登場するので、読むというタームとセックスするというタームの間にいわば等価関係が成り立つことになる。既に見た、読むということと肉体関係とが小説の冒頭から対とし扱われていることとは別に、日記そのものが性的肉体[1]のメタファーとして機能することになる。

二つの日記がまったく対称的に交代して行くということ自体が既に、小説の全体的形としてこの関係を暗示している。主人公達は日記を通じて性交するばかりでなく、二つの日記そのものが性関係を模倣する。ページ同士がまさに、

な印象を与えるのである。
方の日記に頻繁に出て来る。このように、句読点によって区切られ、分断され、テクストそのものが喘いでいるよう
ッシュについても同じことが言える。ここでは基本的に、コメントを並列的に添えるために使われているようで、双
全くない（意図的なカットということだろうか、だとすると誰がどんな目的で行ったのか）[2]。日本語のテクストに特徴的なダ
「絡み合う」のである。テクストは、連続する点の列にたっぷりとスペースを与えているが、これについての説明は

結局、以上挙げてきた類似性は、全体の一部に過ぎないだろう。日記そのものが、着物を脱がされ、一枚、一枚は
ぎ取られて行く肉体、言うまでもなく、とりわけ女の肉体のように提示されるのである。既に見たように、日記を封
印するための小細工の描写が日記に侵入して来るのは、物語において性関係についての語りが息切れする時点である[3]。
音があまりしない和紙を選び、冊子に綴り、恋愛遊戯の色々なたくらみを選ぶように、夫が自分の日記を読んでいる
かどうか調べる仕掛けを置く作業を、誘惑するための化粧を長々と語るかのように、妻は事細かに描写する。また、
急いで隠す時に日記の紙が立てた音を描写するために擬態語「ぴらぴら」が使われているが、それは紙ばかりでなく
布にも用いられる表現である。一方夫は、日記を読むために、どのように接着テープを「剥がして」、その後丁寧に
貼り直さねばならなかったかということを書いて喜んでいる。こうして、日記そのものを取り巻く官能的な世界が析
出されて行き、日記をつけるということがいわばストリップショーとなって、物語の冒頭から起動している覗き見的、
露出狂的エロスの在り方を増幅しているということが理解される。そして日記という物が性的肉体のメタファーとし
て機能しているとするならば、まさにそれが、病的執着、二人のパートナーによる曖昧で矛盾に満ちたサドマゾ関係、
覗き趣味、露出狂、フェティシズム、等々の谷崎の作品ではおなじみの願望の塊としての性的肉体だということを、
今までざっと見て来た例は示している。フェティシストの夫の病的な執着の対象として彼の写真が切り分ける妻の肉

体と同様に、正確な日付と息切れをする句読点によって分割されている日記ほど分割が進んでいる語りのテクストはあるだろうか。そして、軀の部分的な写真が、からだの全体を示し尽くすことも、それを見る者を支配する者にすることもできず、全てが互換可能な写真になってしまうのと同様に、日付が並ぶ日記は、そこに置かれている点の列の作用で、「選ばれた」断片《モルソー・ショワジ》だけを読んでいるのであり、同じことが繰返し述べられ、反復的な図式による状況が語られているのだという印象を与えるので、読者は飽きてしまう。それぞれの日付における記述は、こうしてその固有性を失い、他の日付のものと互換的なものに堕してしまうのである。

　これ見よがしの隠匿という撞着語法《オキシモール》によっても明らかな覗き趣味と露出狂的心性について改めて検討する必要はないだろうし、夫と妻が二人して行っている相手の日記への侵入が形象化する強姦願望が、被害者と加害者の役割が交代するあいまいで矛盾に満ちたサドマゾ関係を象徴しているということについても同様である。結局、肉体的、精神的に相手を操ることによる快楽が、日記をも人物をも浸食しているということなのである。

　しかし、小説はさらに先に突き進んで行き、夫婦の間に暗黙のエロス契約を成立させ、まさにそれによって二人の間に読みの契約を成立させる（エロスの世界から読みの世界への橋渡し役としては理想的な物、愛撫するときに妻の腹に落ちる夫の眼鏡を通じて）。そして、いずれの場合も、見せかけの素振りと隠蔽とがバネとなっているのである。木村と関係して自分を「完全に」裏切ることは望まないと言いつつも、妻を木村の腕の中に追いやり続ける夫、夫の腕の中で眠っている振りをし、嫌悪以外の何ものも感じないと言いつつ夫の偏執的欲望の全てに身をまかせる妻、そして二人は互いに自分の日記を読むことを相手にそのかしながら、互いに読んでいない振りをしているのである。山田広昭氏がまさに指摘しているように、ディスクールのシステムそのものが腐敗している。[4]

挑戦として機能することを狙った否認をあちこちにばらまき挑発し合う。純粋な事実の記述としての描写は全くなく、すべての発話は行為遂行的《ペルフォルマティフ》である。「彼女が囈言《うわごと》を言っていたのか、それとも囈言を言う振りをしていたのか、今でもよくわからない」と疑いを語るのは、「どうか、振りをし続けておくれ」と、あからさまに哀願する行為を代理しているのである。

ここでエロス契約と読みの契約とが結びつくのは、日記を介してエロスに関わる指示が与えられ、その実現条件が「議論される」からである。妻は、自分の日記について語りながら、それをはっきりと言っている。

> つまりこれからは、こう云う方法で、間接に夫に物を云うのである。[5]

換言すれば、読む行為は、「再帰的」というタームで呼ばれる、個人の日記の属性に他ならない自分のためだけの再読ではなく、ある特殊な「意思疎通」の在り方となったのである。このように日記のページを交換し合うことをある種の会話として読むことができる上、主人公・対話者の一方があるテーマを展開すると、もう一方がそれを引き継ぐことが多いため、この印象は増々強くなって行く。しかし、この交換で最も奇妙なのは、それが全く生産的でないという点である。換言すれば、ほとんどが執行要請という形を取るこの会話が、筋の展開に殆ど貢献していないのである。ある種の会話の形になってはいるが、「ツンボ同士の会話」に陥る傾向があり、そこで語られる話が筋の「結び目《ヌーマン》」を構成することがないのである。妻と木村が最後の一線を越え、肉体関係を完遂するかどうかということは常に問題になってはいるが、それが結局どうなったかは読む者にとってはどうでもよくなり、性関係であれ日記であれ、相手が仕掛ける策略をどうかわすかということに関心はむしろ移行する。重要なのは結局、夫と妻の日記のページが答え合い、というよりは、対話が不在なので、呼応し合い、互いに相手を映す鏡として機能し、物語の内容に限らずその形においても、覗き趣味の、そして自慰的エロスの極限を形づくるということなのである。まさに坪井秀人氏が指摘している通り、夫と妻の日記のページは、書記法によってはっきりと区別されてはいるが（大まかに言えば夫はカタカナを妻はひらがなを使っている）、語り手が混同されかねないくらい話の内容は似通っているし、スタイルも同じなのである。[6]

> （……）『鍵』においては奇妙なことに、夫と妻は暗黙の了解のもとに、ずっと相手の日記を読んでいない振りをし続け（……）文字通り、「秘め事の交換が共同所有に行き着き」、その結果逆説的に、複数の違った視点が違いを消し去ることになるのである。

語り手は一つの仮面を持ち、読み手もまた別の仮面を持っている。性別を持つ書記法は、複数の理由から興味深い。語ら《レ》れる《シ》話の中心に読むことへの欲望を上述した特異な形で据えることによって、見せかけの振りによって刺激され、包み隠されたコミュニケーションコードに従って書くということへの欲望も、不可避的に語られるのである。

二　小説の語り手としての妻の誕生

主人公の一方が、振りをしなくなったら何が起こるのだろうか。夫の脳梗塞の発作後に置かれる二つ目の等式も、関係のある種の推移性に基づいて、やはり読みに関わるものになるのだろうかと、当然問うこともできる。夫の病気は身体の自由を全く奪ってしまうので、夫は自分で日記をつけることはできなくなり、それ以降は、妻の日記が小説の最後までテクスト空間を占めることになる。

語られる話の所有は、互いにかなりはっきりと分かれてる四つの時に分割されて行われるが、これらの時は転換点をなす五月一日のページを中心に組み立てられている。四月一七日から三〇日の間の約一二の日記記述において、妻はアプリオリに読み手なしに日記を続ける。五月一日の日記で、娘が彼女を騙し彼女の日記を夫に読んだことに気づいたと彼女は言う。次いで、何も書かれない一か月以上の空白があり、我々は、夫が一日から二日の夜の間に死んだと知らされる。そして、夫の死後の六月九日、十日、十一日の長い日記においては、家族の中に存在しているかもしれない読み手についての言及はなく（この問題は宙づり状態だが、彼女が日記を隠しおおせたと考えることもできる）、主に二人の日記の再読という形で、彼女は自分の話を続けることになる。

この第二部は従って、パートナーとしての書き手から小説『鍵』の語り手へと移行する妻を、複数の動きを通して表しているが、以下に見るように、読みの契約も語りも明らかな変化を遂げることになる。

まず、第一の五月一日までの時であるが、夫が健康を取り戻し彼女の日記を読むことになるかどうか定かではないので、しばらくためらっていた後、彼女は自分だけの真に私的な日記をつけることになる。これは、日記の記述が乏しくなることに示されていて、四月三〇日に至っては数語に過ぎなくなる。

たった一人の語り手となった彼女は、まず模倣的語りを試そうとし、小説冒頭の日記の第一ページで夫が提起していたと一見して同様の読みの契約、つまり言わば再度動機づけられたエロス契約を自分も提起しようとし、夫がその日記において慎重さを放棄すると予告しいたのに対して、彼女は慎重であり続けるつもりだと言う。

従って今日一日の出来事は細大隠すところなく刻明に書いておきたいのだけれども、しかしそう云っても早まったことはしない方がよい。

彼女は、夫以上に正確に語り始め（慎重にと言っていたのは、では何だったのだろうか）、まず、恋人の腕の中で一日いちゃついていたことを、次いで、夫が脳溢血の発作に襲われた最後の愛欲の時を語る。結局、彼女は夫が説き聞かせていたのとは反対に、慎重にすると言った口の下から、さらに大胆に夫以上に性行為を誇示するのである[7]。そして、物語そのものの進展の過程で、発作が性行為の最中に起こったと同じように、語りの過程においてテクストの中に発作が現れるのである。その夜に起こったことについての語りは四月一八日の日付で再開されるが、これが中断されたのは外的な事情によるに過ぎないと言うかの如くで、その後続くページについても同様に、あらゆる点から考えて、この語りには一七日に存在していた読みの契約がそのまま適用されているようである。ところが、発作後病人に行われた検査をこと細かに描く四月一八日付の日記は、夫が妻に関して述べている最初の晩の叙述と、鏡像のような対称をなしている。事柄の順序と事柄の類似性がそれを雄弁に語っているのである。夫の一月二九日の日記においては、妻は酔って人事不省となり、医者が呼ばれ注射を打つ。そして夫が妻を裸にし、蛍光灯にどぎつく照らされた軀を夫はいじり回し、細部に至るまで観察し、彼女と性交する。妻が語る四月一七日の場合は、二人は性交し、夫が発作に襲われ、彼女が夫を仰向けにするために身体をいじり、掛け布団をかける。そして医師が到着し、やはり同様に蛍光灯の光の下で彼が夫を検査するのを妻は観察する。事の順序は大体において逆になっている。夫の客観的な肉体状況及び与えられた治療についての描写は、多くの点で小説の第一部において夫が裸の妻について行っている描写を思わせる。夫は酔って半ば心神喪失に陥っている妻の状態を利用して彼女の裸の身体を調べるのであり、妻はほぼ対称性の保たれている道具立ての中で（同じ寝室、同じく煌煌《こうこう》と光るランプ……）、夫が発作に見舞われ半ば昏睡状態にあることに乗じてその裸体を観察し、医師が行う検査を見るのである。しかし、夫が「クラシックな」誇張的表現で描写する妻の美しさは、サド侯爵の見事な犠牲者達にも匹敵するのに対して（彼は妻の身体にはしみが「ただの一つもなく」、彼女の性器は「特別である」と言う）、彼女は病気の夫、そして彼の醜さについて、正確であからさまに語る。これは丁度逆の、サドの加害者についての特徴的な描写であると言えよう。[8] いずれにせよ、この凋落した姿は、愛人木村の健康に輝く身体[9]に対するまさに負の呼応として登場し、夫婦の間のサドマゾ関係を逆転させるように思われる。

妻は、語りの役を引き継ぎ、従ってだいたい夫と丁度逆を行くが、同時に模倣のプロセスに基づいてそれを行っている。彼女は、その日の出来事を「細大隠すところなく」語るという、読みの契約のネガを提案し、愛人との激しい情欲の日を語ることから始めるので、改めてエロチックな小説にのめり込んで行くかと思っていると、四月一八日付けの日記から、早くもこの期待は裏切られることになる。

この時点から、またそれに続く全ての日記において、「全てを言う」ことは、夫の病気と、それに対する治療をできる限り詳しく書くことを意味するようである。かくして、妻は夫の血圧と熱を記録し、あれこれの食事の時間を記し、その食欲の具合を述べて行く。そしてこの細部へのこだわりは（リアリズムと言うべきか）、性器の検査が語られるとき猥雑と紙一重になる。

> それから児玉さんは、病人の左右の脚を一尺五六寸程の間隔に開いて、睾丸がよく見えるようにした。そして件の箸の棒を以て、睾丸の根元の両側の皮膚の上を、またさっきのように擦った。（睾丸を吊っている筋肉の反射を見るのだと云うことを、あとで説明して貰った）。

と言うのも、身体のこの部分が、妻の視点から、欲望を孕んだ状況またはニュートラルな立場で描かれたことはこれまでになかったのである。このように描くことによって、彼女は、これらを非性的な生理機能に閉じ込めてしまい、この描写の肥大が、木村との性交描写の凋落を伴うものであるので、彼女はこれによって『鍵』におけるエロス的な読みの契約の終了にサインし、新たな、まだその名が示されない契約を始めるのである。

問題は、この病気についての詳しい話が誰を対象に語られているかということだ。発作のあった四月一七日から五月一日までのページを全て調べてみると、夫の病状に大きな変化が生じないままに安定して行くに連れて、日記の記録は短くなって行き、最後の三日間のものは、暗示的とも言えないほど短く木村との関係のみを記したものに収斂して行く。

四月二二日から二五日までの日記は、多かれ少なかれ同じ書き方になっている。

十一時に庭に足音が聞こえる。……

二八日、二九日、または三〇日に到ってもそれが続く。

十一時、庭に……

この十二の日記部分において、父の枕元にいる娘敏子の役割は大きくなって行くが、彼女が母の日記の読者でありうることを示すものは何もない。それに対して、日記の記述が徐々に減衰して行くことは、日記が読者を失ってしまうだろうという確信が強まって行くことに関係しているのではないかと考えることもできよう。読まれるという確信がない状況で書くということが不可能になるということは、私的な日記の本質的な在り方そのものを、まさにそれが開始されようとしているかに見える時に否定する、新たなやり方なのである。

五月一日のページで、母は、自分の私的な日記を恐らくは娘が夫に読んでいると確信し、読み手は一人ではなく二人の可能性があることを認識する。その途端に、書く力が盛り返してくる。

この急激な変化は、物としての日記が非常に象徴的なやり方で分割されることによって強調されている。続きを書いていることを隠すために、母は自分の日記を文字通り二つに分冊することに決める。はじめの方は見つけられてもいいもので、発作のところで終わり、発作後の本当の自分だけの私的な日記は、その存在を知らせないようにする。これを実行することにより、性的肉体としての日記をバラバラに切り離すという行為に赴く訳である。

ここまでのところで、語られる話の中に、暗示的表現を装った娘に対する一連の問いが含まれていたが、本人からの反応がないので、母は諦めたように思われたのであった。しかし、五月一日のページでは、この間接的な問いという表現形式の持つ力が完璧に発揮される。

敏子はそれを計算に入れて、病人と自分と二人きりになるように、私を外へ出したのではあるまいか。

こうして彼女は、娘とともに、夫が自分と始めた読みの契約に類似するものを再現することになり、虚構的な私的日記の書き方を捨てて、新しい「意思交換」の関係に入ろうとする。

しかし、この読み手が複数化する可能性は、すぐに暗礁に乗り上げてしまう。というのも、妻がこれを理解したのは夫の死の直前だったからである。テクストが語るところによれば、娘は母の日記を父に一回読むことができただけであったので、この読みが導く等式は死と固く結ばれており、読むこと（従って書くこと）は、病気と同様に、危険なもので、特に読まれる内容に全くの信頼をおいてしまうと、死の経験と組み合わされてしまうということを語っている。

父が死んでしまうと、母が語る話はその目的を失い、消滅してしまう可能性がある。そして確かに、日付が我々に教えるように、休止期間が入っている。沈黙は約一か月余り続く。しかし、テクストの中に読者にそれを知らせるものがないため、注意していないと、既に述べた、大きな空白を日記のページに刻んでいるテクスト凋落のエピソードの後では、五月一日付けのものと六月九日付けのものは、その密度において類似し、目を奪うものがあるので、この二つが連続しているかのように一瞬錯覚し兼ねない。

日記は、従って六月九日に再開され、五月一日から二日の夜の間に夫が死んだことを我々に知らせるその筆者の言葉によれば、始められたものをしかるべく締めくくるという必要に応えるために書くということである。しかし、妻はこの時点で、これが最後となるが、全てを明らかにするとの信仰告白を三度目に繰返すのである。

そこで、もう一遍夫の日記と私の日記とを読み返し、照らし合わしながら、夫と私とがこう云う風な発展の後にこう云う風な永別を遂げるに至ったことの次第を、今こそあけすけに跡づけて見たいのである。

変化は、視覚的にも明らかで、最後の三つの日付の日記は、語られる話の密度が濃くなり、中心的な部分において、父の（カタカナの）過去の日記、母の日記、そして、娘と医師達の言葉が直接・間接話法で数多く引用される。この宛先が明らかでない総括においては、新たな事実を記録することはもはやなく、真実を明らかにするべく妻と夫の私的な日記について批判的な再読とコメントを行うのだということが言われる。はっきりと語られている訳ではないが、これまでにあったことの全てが、母の日記を娘が読む可能性を示唆しているので、この日記が両親の死を賭したエロスの闘いの現実に娘の目を開かせるために書かれたと想像することも出来よう。その意味で、妻が夫と「通信していた」のとは違う、暗黙の読みの契約に基づいて、この娘との間に成り立つ全く違った新たな契約にかなった再読が行われるという風に考えることもできる。

本質的な違いの一つは、新しい契約がエロス契約ではないという極めて自明な事実に由来するもので、少なくとも表面的には、行為遂行的な陳述、あるいは命令はない。従って、時間的に見ると、プロレプス、即ち、行為の先取りであったものが、アナレプス、即ちフラッシュバックとなる。母は、書かれ、行われたことに戻って来るのである。プロレプスにかかわる部分は、唯一小説の最終部分、娘と木村との結婚を予告する部分のみである。語りの観点からは、状況は全く変わってしまうのである。夫が生きていた間は、話は二人の語り手・読み手との間のある種の対話の形で組織され、プロットが生成するのを妨げていたのだが、妻一人が語り手になった時点で、彼女は語りの手綱を一人で捌くことになるので、時間処理を操作してプロットを生み出すことがまさにできるのである。

この観点から見ると、彼女が語る話の変調が目を引く。小説の最初のサスペンスは母と木村の関係であった。彼等の関係がどのようにして遂げられたかということである。このサスペンスは二人の主人公の間で非常に注意深く扱われ、読者はいかなる時点においても、確かなことは何も分からない。ところが、彼女が話の続きを自分一人で引き取った時点で、木村との本当の関係について語り、夫の日記を確かに読んでいたとも言ってサスペンスを終らせてしまう。最初の二重のサスペンスがこうして機能しなくなると、彼女は急いで、夫の死の原因は自分にあると言い、エロチズム小説を謎を伴う犯罪小説へと切り替え、新たなサスペンスを組み立てようとする。

また、このコメント付きの再読を行うことによって、母親は語り手と読み手という二つの機構を自分一人のうちに融合させ、語り手としての彼女の口から夫の日記の読み手であったときに彼女が読むべきであったこと、そして実際に彼女が読んだことを説明するのである。換言すれば、あり得たであろう複数のタイプの読み手について彼女が語るときに、書き手としての彼女が操作し得たことについても明かすことになる。読み直しと書き直しへのこの病的な恐慌的執着の中に、極限的にまで支配しようとする欲望、書き手、語り手、読み手を一人の言説主体にまとめてしまい、語られる話を出来る限りきつく閉じ込めてしまおうとする、ある種の誇大妄想的狂気を認めざるをえない。

この視点からは、母親はいわば語り手のマスターとなり、言葉を配分し、これまで行われて来た複数の語りをたった一人で再度取り上げ、この再読をしながら、語られた複数の話から読者が得ることができた事柄全体を再び操作するのである。この時から、彼女は娘を受け手としてではなく、――彼女が語る話からは娘宛の偽装された問いかけも消えている――、小説『鍵』の読者を相手に書くことになる。

言葉を換えれば、小説が俎上に載せる読みのプロセスを通して、語り手の、というよりは女の語り手の誕生のプロセスが描かれるのである。実際、我々が見るのは、妻が、夫の日記の読み手・対話相手の立場から、手探りで、しばしば模倣に頼りながら育って行く、唯一の読み手は師匠（夫）しかいない見習いの語り手の立場に移り、次いで自分の読み手（娘）を探し求める自立した語り手へと移行し、最後の長い三つの日付の日記において、谷崎の語り手[10]へと移って行く姿なのである。語られる話を構成する複数の声（夫、娘、医師等）が交差する場そのものとして、谷崎の多くの小説、特に『細雪』に見出される語り手の特質を彼女は凝縮している。しかしながら、自分の支配を確認することで、語り手の彼女は自分の手のうちもいわば明かすことになり、この小説における読みの契約自体を揺るがしてしまう。

三　『鍵』とその読者

というのも、物語世界の中で複数のレベルにおいて繰り広げられる読みの迷路は常に、小説の登場人物ではないもう一人の読み手、つまり小説『鍵』の読者の読みの対象となっているのである。

まず、小説の冒頭部分は何に対応するのだろうか。一組のカップルの秘められた生活をそのあらゆる細部において知ることである。読者へのアプローチはエロチズム小説のそれである。ところが、この一月一日の夫の日記に記された冒頭部分を想起して見ると、夫が妻に提起しているプログラムは、作者が読者に提起するプログラムと全く同じである。従って、読みの契約は錯綜していて、小説の読者と夫の日記の読み手とを混同するものなのである。そして読者はエロチックな話が語られるという約束が果たされず、既に見たように、相手の日記を読むことへの禁を犯せという誘いとしての挑発が最優先となるのを見て失望する。とは言え、成り行きに従って、読者も主人公達が交わし合う挑戦に関与して行くことになる。

しかし、この小説の冒頭から、何が他に起こっているのだろうか。これについては、小論を含め、二つの日記の書記法の違いを取り上げることが多い。

男は、カタカナと漢字を（内いくつかは男性文学に出て来る用法に従って省略字が使われている）、女は平仮名だけに漢字を補うのではなく、よく指摘されているように、現在どこにでも認められる用法の、三つの字体を組み合わせた標準的書記法で書いている。つまり夫の日記は、別の観点から見直せば、不完全で「不具」であり、平仮名の不在をその特質としている。二つの日記のこの形の上の違いは、その具体性とダイナミズムにおいてあまりに強力なので、読者の目を眩ませ、視界を飽和する。

よく言われることだが、この二つの仮名の使用によって、二つの日記のページがだれのものか簡単に分かるので、読者は、新しい日付の日記を見るだけで誰が書いたのかを知らされることになる。なぜこの用法なのかということについて、複数の理解がありうるだろうが（日本における男の日記と女の日記の歴史的在り方、自らの教養を示したいという夫の望み、または、いわば「古風」な在り方を好む態度）、これが孕む問題を説明し尽くすことはできない。

というのは、夫が、日記の半分の書き手であるということを示すのにカタカナを使う必要はなかったのである。カタカナの使用に頼らないで済むためには、日本語には他の手段が色々あるのだから、例えばまず、一人称を示す別の言葉を使えばよいのである。しかし、全くカタカナで書かれたテクストを読むのは楽ではないし、その苦労は、妻が蟻が這うような夫の筆跡は読みずらいと述べていることを想起させ、特に、この具合の悪さは、情交において不器用な夫を思わせ、妻が使っている全てが備わったなめらかな書記法と、それが指し示す彼女の性愛における巧みさとに対比されるのである。ところがこの具合の悪さは、まず最初に小説の読者が味わうものであり、夫の性愛における不器用さを読者は具体的に意識させられることになる。夫はつまり、決定的に不完全なのである。

この仮名の使い方は、テキスト本体をいわば裸にするという機能があり、テクストをその生の姿で示し、既に述べた日記が性交を模倣するという構成に、あらたな要素を付け加えることになる。この性別を持つ二つのテクスト本体が、呼応し合い、挑発し合い、その闘いが小説の読者には、テクストのまさに体において行われていると感じられるのである。

しかしながら、結局この書記法の違いは誰にとって実際最も重要なのだろうか。ある種の精神分裂症にかかっていると想像しない限り、物語の二人の主人公は自分が相手の日記を読んでいることは言われなくても分かっていて、区別する印など必要ではない。従って、この区別は、小説『鍵』の読者だけを対象としたものであろう。この書記法は、読者の視線を、文字通りその判別的能力を通して、その身体性において演出するのである。読者の身体をエロスへの偏執的執着の材料として導入することが、何を意味するかということについて改めて解説するまでもないだろう（読むことの覗き趣味、日記の抜粋を読むことのフェティシズム、等々）。これに、二つの日記の配列とその内容がもたらす、現在の中で無限に拡張して行く時間感覚が、読書の時間性に対応するということも付け加えるべきであろう。テクストの形そのものによって読者の位置が与えられ、読者は、新たな人物として、自分の役割を十全に果たし、操られ、そして操ることになる。

まず言うまでもなく、この性別を示す書記法、裏がないないというには余りに性の違いを高らかに主張していることの書記法に、既に操られている訳である。この書記法は、もう一人が書いた可能性もあるということをまるで忘れさせようとするかの如く、自らの性を執拗に主張している。二つの日記の内容と言葉とが極めて近いため、性を表示する弁別的記号システムが消えたならば、複数のスタイルを試みている一人の語り手しかここにはいないという考えを導き出しかねない。また結局、妻による二つの日記の再読・チェックは、その方向に向かうものであるし、この小説を、双頭の女の語り手を想像しながら読み（あるいは『土佐日記』の語り手の如く女に身をやつした男の語り手ということも）、話のある時点で、現実に、また比喩的に、この語り手が自分の男の分身を殺し、語りを独占するのであると想像しながらこの小説を読んで悪いことはない。ここにおいて既に述べた一連の点の列は、アンヌ・バヤール＝坂井がまさに指摘しているように、最も陳腐な段落をすべて消去してしまって、読者を城壁の中に閉じ込め[11]、テクストを囲い込んでしまうのである。また同様に、詳しく検討してみると、病気であるとか娘のはっきりしない行動とかの主題は、小説の冒頭から現れており、言わばクレッシェンドをもって扱われているのである。読者は、従って、最初から最後までこのエロチズム小説に騙されたと考えることもできる訳で（妻による「犯罪」の告白も同じルートを示す）、読者自身が自分の読みを再検討し、どのように操られたかを調べるべきなのである。

けれども、どのような一部始終になるか皆目分からず、目の眩むような成り行きに読者が巻き込まれているこの時以上に、小説がこれほどの確信を持って読みの力を肯定したことはなかったのである。

起こったばかりの事態について妻が書き継いでいる非常に長い三つの日付の日記の後、小説は唯一のプロレプスをもって終る。

木村の計画では、今後適当な時期を見て彼が敏子と結婚した形式を取って、私と三人でこの家に住む。敏子は世間体を繕うために、甘んじて母のために犠牲になる、と、云うことになっているのであるが。……

この言説が真実であると読者が思い、自分に語られていることをそのまま信じようとするならば、娘の敏子はこの話の中で一番損な役を引受けたと理解することになろう。そして、『鍵』を、女の欲望をその破壊的力の展開のうちに見事に描き出した作品と言うことができるだろう。

しかし、読者が読み終えつつあるこの小説の一部始終から「教育されて」、もう一つのテクストの論理があると理解し、母親が始めから終わりまで嘘をついたのであり、闘いに負けるのは母親の方だと考えることも可能である。注意深く再読すると、ろくでもない二人、木村と娘が、同じ小細工を使って、今度は、年が上で病気であるかもしれない彼女を死に追いやろうとしているという風に読むことも可能である。

そしてまた、先ほど引用した山田広昭氏のような精神分析に目がない読者は、父が殺されてしまうと、愛人の男を死なせ、母と子の融合的一体的なカップルが、何の気兼ねもなく思う様に振る舞うようになるのだ、つまり、死ぬのは木村であるという風に小説を理解することも可能だし、そのように結論する手がかりもまた多数存在している。

そして勿論、これらの読みは全てまちがっていない。

換言すれば、既に語られたことだけをまた取り上げるという堂々巡りに語りが陥り、文字通り力尽きて死ぬという時になって[12]、読みは、驚くほど精力的にいくつもの可能性の中で開花するのである。

この作家の最後の小説ではないが、様々の意味において『鍵』を、彼の作家としての遺書と見ることへの誘惑は大きい。この作品が、様々な谷崎的テーマをほぼ完全に登場させていること、彼の作品の中で何度も展開されたフォーマルな問題が扱われていること、そして特に欲望の四重奏が再び取り上げられていることなどから、一つの総括となっているのは間違いない。そしてまた、この作品における語り、狂気に近い主人公二人の闘い、そして最後のただ一つの声に至るまでの緩慢な変化が、ある種の語りへの断念、失語症的状況を暴き出すものとなっているということに驚かされるのである。それは厳しい現状認識と言ってもいいものだ。二人の主人公の間の仮借ないエロスの闘いを演出することによって、谷崎は、書くというプロセスに必要な、死に至るまでの欲望と暴力の重要性を白日のもとに曝したのである。老いつつある男のエロスの衰弱は、書く欲望そのものの衰弱を反映し、それがここで、テーマと形式の双方における、いささか異様な手垢のついた手法として表れている。しかし、作者がこの計り知れない疲労感に負け、読者に全てをそっと委ねようとしているかに見えるとき、読みが持つ比肩するもののない創造力と彼の作品の延命とを再び主張することになるのである。

〔注〕

1 作品の第一部においては、その対称性はほぼ完璧である。小説の約三分の二を占める日記のページ（夫の発作前は約四〇ほどの日付がある）は夫と妻の間でほぼ均等に分け合われていて、全体として数行の違いがあるに過ぎない。交代の仕方においても、順序、語られる内容において対称性は完璧に守られている（多くの場合、同じエピソードをまず一方が語り、次いで他方も語るという構成となっている）。

2 『鍵』の特異な句読点の使い方、及びフィクションとしての日記の問題については、アンヌ・バヤール＝坂井の仏訳の注が非常に参考になる（Gallimard, Bibliothèque de la Pléiade, Paris, 1998）。

3 それはまた、夫が、ポラロイドで、次いでツワイス・イコンで妻の裸の写真を撮り始め、二人の関係の道具として介入して来る第三者、木村の積極的参加を予告する時期に対応する。そして、この行為者を客体として措定することによって、サディズムが、どのようにして二人の主人公の世界からはみ出して行くかということを示している。

4 Yamada Hiroaki, «Tanizaki, ou les effets d'un quatrième terme», in *Lire avec Freud, Pour Jean Bellemenin-Noël*, sous la direction de Pierre Bayard, PUF, Paris, 1998.

5 引用は新潮文庫（一九八六年）

6 Tsuboi Hideto, «Ecrire comme un homme», in *Junichirô Tanizaki*, revue Europe, Novembre-décembre 2001.

7 とは言え、その描写は、肉体の部所であるとか、体位であるとかをあからさまに述べ、状況を描くといった赤裸々なものではない。彼女は常に暗示的であり続けるが、性関係が理想化されるにせよ（木村との関係）、けなされるにせよ（夫との関係）、誇張的である。結局、性行為をそれとしてはっきりと語ること自体が「赤裸裸」と形容されるのである。

8 Roland Barthes, *Sade, Fourier, Loyola*, Editions de Seuil, Paris, 1971.

9 郁子が描く愛人木村の非の打ち所のなさは、夫が描く彼女の身体の完璧さを思わせる。木村は、この位置づけから見ると被害者になるということだろうか。この論文の最後に挙げているように、それもまた、この作品の読み方の一つの可能性だと思われる。

10　アンヌ・バヤール＝坂井が、まさに指摘している通り二つの日記の編集者でもある。

11　この点から言っても、『鍵』の日記は真にサド的世界なのである（前掲、バルトを参照のこと）。

12　テクストの構成はここでもまた、示唆的である。五月一日には、四ページと、書く行為の復活がある。そして、六月九日には九ページとクレッシェンドを描いた後、六月十日には六ページと下降して行き、最後の日付六月十一日には再び四ページに戻っている。

（寺田澄江 訳）

Ⅳ　総　括

二〇一一年パリ・シンポジウム　総括

寺田　澄江

三月十一日とパリ・シンポジウム

パリ源氏グループ主催のシンポジウムの論文集はこれで二冊目になる。一冊目の『源氏物語の透明さと不透明さ』[1]の編集時に、一緒に作業をしていた東京大学の藤原克己さんが、「二〇〇八年」という年を表題に入れたいとおっしゃった。アンヌ・バヤールの開会の挨拶、藤原さんの総括、私自身の後書きでも触れているように、シンポジウム開催から論文集の出版までの二〇〇八〜二〇〇九年の一年半は、フランス版の大学「法人化」が強行されて行く過程であり、大学研究の意味が根底から問われ続けた期間であったことを念頭においてのご提案だった。

二冊目の論文集も、「二〇一一年三月」という時の刻印を持つ論集となった。シンポジウムは当初予定していた二日間のうち三月十九日の一日のみを維持し縮小した形での開催となったが、その背景は説明するまでもなく日本を襲った未曾有の大惨事だった。

日本からの参加が予定されていたのは、立教大学の小嶋菜温子さん、上智大学の三田村雅子さん、東京大学の長島弘明さん、青山学院大学の土方洋一さんだった。東日本大地震と東北地方を襲った津波の緊急速報を聞いたのは十一日のフランス時間早朝で、既にフランスにおられた小嶋さんと今後の見通しを話し合っているうちに、事態が急速に深刻化して行くことが、シンポジウム直前の渡仏を予定しておられた土方さんからのメイルなどで、ひしひしと感じられるようになった。一般報道はないものの福島原発の危機を知らされていたフランスでは、国立研究センター（CNRS）からの日本出張中の研究員に対する引き上げ命令、日本出張禁止命令がネットを通じて我々研究者に入って来る一方、学生の日本からの引き上げを指示する大学も出始めていた。このような中で、土方さんは渡仏を断念され、小嶋さん、そして非常な苦労をして渡仏された長島さんは、ご家族とのやり取りの中で苦悩を深め、混乱のただ中の日本にご帰国された。そして、やはり大変なご苦労の末渡仏された三田村さんが、一人残ってシンポジウムに参加して下さることになった。予定変更に伴うプログラムの組み替えなどを慌ただしく行いながら、繰返しテレビ画面に現れるヘリコプターによる福島第一への海水投下を半ば呆然と見ていた午後は忘れることができない。それは、あらゆる試みを蟷螂の斧に変えてしまう原発事故というものの巨大な影を映し出しているように思えた。

それから一年経った二〇一二年三月にパリでサロン・デュ・リーヴルが日本を特別招待国として開かれた。あるセッションで多和田葉子氏が「これまで見えなかったものが見えるようになった」と言っておられた。恐らくこの言葉は広く共有されているはずだし、今この時にも、日本のどこかで、または世界のどこかでこの言葉を語り、書き、あるいはつぶやいている人がいるだろう。しかしまた、突然目の前に現れた戦後の歴史の断面と向き合うということは、私達の現在を問い直すということを意味した。離れた土地ではあったが多くの方々にとって止まってしまった時間を同時に生きていたという意味での当事者として、私達も極めて私的な自分達の時間から出発せざるを得なかったが、このあまりにアンバランスな力関係の軋轢の中で、書くということの意味が切実に問われていた。サロンに招かれていた吉増剛造氏は、「考えていたり表現したいことが多岐にわたって、深くて自分の手に負えないことを表現するため、非常に難解な塊を提出しようとすることが避けがたくある」とおっしゃっている。また、「感覚の原基盤を変えることを余儀なくされている時が来た」とも「言葉を作り直さなければならないのだろうか」とも語っておられた。パリのシンポジウムは、思えばそうした、言葉が本質的に問われている時に開催されたのであった。

書くことの歴史的意味について　第一セッション「神話から物語へ」

このシンポジウムは、そもそも物語をテーマとした三年サイクルの最終段階として、二つの研究集会、『物語と詩的言語』（二〇〇九年）、『女達の日記・自叙伝』（二〇一〇年）に次いで開催された。仮名文による物語文学の特質を異なるアプローチを重ねることによって考えて行き、三年目に散文による仮名文学の一つの達成に他ならない『源氏物語』を中核に据えたシンポジウムを開き、物語言語というものに迫りたいという企画であった。日本という研究の中心からは辺境にある海外で行うという「地の利」を活かして、シンポジウムの枠を柔軟に設定し、あまりない顔合わせを試みて行きたい、そのようなアプローチで組織した前回のシンポジウムの方針を日本側もよしとされて、江戸文学の長島さんに加わって頂くことになり、時代的にも古代から近世までとなった。企画そのものは、このように文学史の常道を行くものとして設定され、シンポジウムの準備にいそしみつつ二〇一一年の三月を迎えたのだった。

パリ源氏グループのシンポジウムやワークショップでは通訳として常連となっている詩人の関口涼子さんが、シンポジウムの当日、石川辰彦氏の作品を仏訳した瀟洒な詩集を下さり、冒頭ページを開いて興奮気味に「これ、見て下さい」と言った。パリ・ディドロー大学で三月十五日に開かれ、氏が参加された現代詩朗読会を機会に出版されたこの訳詩集の冒頭、「海は泡立ち地は揺らぐ日に」は、大地震と津波を予告するかのように始まっていた。確かに驚くべき符合だった。その後関口さんは『Ce n'est pas un hasard（偶然ではない）』というタイトルの震災前日から四月までの身辺の記録を出版されたが、様々のことが符合する、あるいは思考の新しい筋道が見えて来るということは確かにあった。三月十九日のシンポジウムの発表についても同じことが言えるように感じられる。この日に扱われた作品は、それぞれの参加者がとうの昔に選んだものだったにもかかわらず、一年を経過して振り返ると、このシンポジウムの状況に呼応すべく選ばれ、語られたと言っても過言ではないものがあった。

古事記の語り——神話から物語へ

第一セッション「神話から物語へ」は、イナルコのフランソワ・マセによる同じ表題の発表から始まった。ジョルジュ・デュメジルの同名の著作、神話と物語が交錯する構造を明らかにした『神話から物語へ』を念頭に置き、この著作へのオマージュとして行われた発表だった。思想史研究者として古事記の翻訳を手がけている彼は、シンポジウム参加のテーマとして古事記の「物語」をいくつか取り上げたいと語り、『古事記』を読み進んで行くと、神話世界の戸が一つ、一つ、閉じられて行くのが目に見えるのだと言っていた。神話的論理というものについて、ここで改めて取り上げるまでもないかもしれないが、論点整理のために、非常に分かりやすいレヴィ＝ストロースの説明を引用するのを許して頂きたい。

神話に固有なのは、ある問題に直面したとき、その他の局面、例えば宇宙論的、物理的、倫理的、法的、社会的等の様々な局面において生じるその他の問題と、相同的（ホモロジーの）関係においてそれを考えるということなのです[2]。

そして、彼は神話は何の役に立つのかという問いに答えて次のように言う。

なぜ出発点において違っていたものが、このようなものになったのか、そしてそうではないものではありえないのかということを説明するということです。特定の分野に変化が生じた場合、まさに、分野同士の間に存在する相同性によって、世界の秩序の総体が覆されてしまうからなのです。

ここでレヴィ＝ストロースが指摘している全体性という観点を、フランソワ・マセ自身は古事記という書物の根底をなす意識と捉え、古事記の個々の逸話の中に歴史的事象の残滓を追い求め、証拠立て、歴史の中に解体して行く読みに反対している。そして、この書物の記述が優れて有機的な相互作用によって形成される世界の再構築という、全体的視点に貫かれてなされたものであるということを「オキナガタラシヒメ物語（神功皇后）」を中心に、明快に説き進めて行った。相同性という見方は、話型というようなパターン思考に解消されるものではなく、世界を総体的な射程距離において把握して行こうとする態度に注目したものであり、その意味において、日本文学を規定する性格の一つに触れるものではないかと思われる。彼は古事記の「物語」を構成するモチーフについて次のように述べている。

『古事記』の構成は、比較的限られた状況及びモチーフからできている。それらが使われると、それらが含まれている他の話と響き合うということが起こる。しかしそれは繰り返しではない。モチーフの色合いはその都度微妙に違うのである。

この一節だけ取り出して、これは和歌について語っていると言われたら、違和感なく受け入れる和歌の研究者はかなり多いのではないだろうか。重ねであるとか掛かりであるとか、関係性を起点とし、関係性の構築に腐心するという和歌の本質的な在り方の根底にあるものを提示するような指摘であり、日本古典文学の中に占める和歌の重要性を考えると、その意味するものは重いと思われる。また、『源氏物語』には、相同性を下敷きとしたモチーフの変奏として繰り広げられるエピソードが散見される。この事実を話型の問題、インスピレーションの問題、書きやすさの問題に還元してしまうこともできるかもしれないが、このような語りが、フランソワ・マセが注目する全体的視座から見たモチーフの共鳴という神話的語りの論理を抱え込んでいると考えることも可能である。

神話の起源などは幻想に過ぎないと述べた後、レヴィ＝ストロースはまた、次のように語っている。

百万年、二百万年前に人間が分節化された言語を既に持っていたということは十分ありうることで、神話を語っていたという想像を否定するものは何もありません。時の推移につれてこれらの神話が変化し、あるものは消え、あるものは新しく生まれました。どのような条件においてかというと、まあ、キノコのようにと言うべきでしょうか。キノコが生えてくるところを見た人って、いませんよね。個人の発明は、そのものとして神話となることはあり得ません。神話となるためには、密かな錬金術による変質を経たものを、一つの社会集団がその知的・倫理的必要に応えるものであるという理由から、取り込むことが必要です。物語は個人の口から出るものです。成功するものもあれば、しないものもある……

『源氏物語』という作品を起点に日本文学史を見通して行くことが優れて意味を持つのは、この物語がレヴィ＝ストロースの言う神話的語りの論理と物語の論理を併せ持つ分水嶺のような作品として屹立しているからではないだろうか。近代の心理小説に対しても遜色のない深い人間洞察を示すこの作品が与える強い手応えは、奥深い時間の闇を抱え持つということにも由来しているように思われるのである。この問題とも関係することだが、フランソワ・マセは二十世紀の人文科学を支配していた進化論的、直線的時間の観念を批判し、相異なる語りの論理の共存は長い間続いた筈であると述べている。

彼はまた、この発表がデュメジルへのオマージュであるとともに批判でもあるという。物語を神話の退化だと言うのは間違いで、『古事記』という作品を通して見た場合、神の時間としての神話に意味を与えるのは人間の時間に属する物語であり、神話はこの人間の時間を正しく位置づけるという役割を帯びていると述べる。それは別の言葉で言えば、事実としてあった歴史的事象を記述するという学術的な歴史家の態度ではなく、現在を大きな時間の流れの中に位置づけようという強烈な意識がこの書物を支えていたということであろう。『古事記』における系図と「物語《récit》」との関係が議論の中で取り上げられたが、それはこうした『古事記』の在り方と関係しているように思われる。彼は以下のように両者の関係を説明する。この書物においては系図と物語が交錯し、両者は交互に出て来るが、系図は極めて重要な場所に置かれている。『古事記』は系図から始まり、系図をもって終っている。そして大きな断絶の後には連続性を保証するものとして系図が出て来る。これに対して「物語」は断絶を語っている。黄泉の国が、そして海が、次に空が、という風に物語は世界が閉じられて行く過程を語っているのだ、と。なお、『古事記』第三巻の衣通姫関係のエピソード、輝く肉体をめぐる『軽太子物語』の部分は今回の出版にあたって加筆されたものである。

『日本霊異記』の今

イタリアのソレント大学、マリア＝チアラ・ミリオーレの『日本霊異記』についての発表は、イタリア語への翻訳作業を通じてこの書物の世界に深く関わった経験から出発している。ミリオーレは歴史家として、『霊異記』が誰に対して書かれたものかということに焦点を当て、その撰述意図についての考察を行い、漠然とした聞き手を想定対象とする唱導文学的動機ではなく、当時の仏教界が置かれていた政治的状況の中で、自らが属するエリート官人層を対象とし、恐らくは危機的な状況にあると景戒が考えていた仏教の擁護のために撰述したものであると主張するのである。またその論拠として、この書物の出典等を調べると、一般に持たれているイメージとは異なる、内典・外典に通じ国史にも詳しい編者像が浮かび上がるだけでなく、この書物が宮廷および貴族社会において多くの読者を持っていたという事実を挙げている。

この作品は、編者が自分自身の置かれた状況から、自分が直面している時代に鋭く関わって行くことによって生まれたものであるというミリオーレの発表は、フランソワ・マセの『古事記』についての発表と深く響き合うところがある。『日本霊異記』という作品が持つ激しさの根底に、編者の「今」に対する鋭い姿勢を見出すこの説は説得力があり、想定される読者との関係がどのように書物を規定して行くかということについての考察の一つの在り方を示している。

ミリオーレはまた、『霊異記』が民族学的材料として利用され、歴史学的・宗教学的研究の対象になることが多く、その高い文学性に着目した研究が進んでいないのは残念だと言う。この作品が放つ圧倒的な力を感じつつも、それを訓読文で読むしかない者が大半の状況においては、残念ながら中々難しい課題である。しかし、『日本霊異記』という、いわば創世記の日本文学を担う書物の、作品の根幹をなすその文章に対して、いまだに定まった評価がないという事実をどのように考えればいいのであろうか。

今回のシンポジウムのテーマ、「物語」との関係では、極めて簡潔で、状況描写が不在であるということが各話のテーマをせり出させる効果を発揮するという、いわゆる「説話」のスタイルから一歩踏み出し、善行は現世において報われるといこの書物のテーマの直裁な提示を放棄しても、描写を重ね細部の豊かさに筆を費やし、その意味で物語に一歩近づいている例として第二巻の第三四話をミリオーレは挙げている。

　この発表を巡って『霊異記』の中に現れる生々しい肉体というものに関する議論があった。ミリオーレの言うように、作品が置かれている文化的コンテクストを無視し、単なる官能の問題として肉体を語ることができないのは事実であるとして、肉体、特に輝く肉体というテーマに向かう流れが今回のシンポジウムにおいてほの見えたように思われる。自分の身体が炎に焼かれるのを見るという景戒自身の夢のエピソードは仏教的隠喩であると理解すべきだというミリオーレの解釈が正しいとしても、一つの興味深い課題が提出されたと言っていいであろう。

　この論文集の中には、ジャン＝ノエル・ロベールの論文も収められているが、彼も仏教のコンテクストにおける「輝く身体」を巡って、『源氏物語』の一節を再検討している。『源氏物語』の時代にその影響力を強めていた仏教の経典は、例えば

　　唇舌は赤好《しゃくこう》にして丹華《たんげ》の若《ごと》く　白き歯の四十なる　猶お珂雪《かせつ》のごとし
　　額は広く鼻は脩《なが》く面門（口）は開け　胸に万字を表《ひょう》して獅子の臆《むね》なり[3]

と、仏陀の聖性を説くために詳細な肉体の描写に筆を費やし、しかも聖なる身体は「光」との関わりにおいて常に語られている。フランソワ・マセの『古事記』の読みも輝く肉体の問題を提起していた。その意味で、当初第一セッションの最後に『竹取物語』についての発表を予定されていた小嶋菜温子さんを含めての議論ができなかったのは残念であった。

明代白話小説から

第一セッションの最後には、中国古典文学を専門とするイナルコのヴァンサン・デュラン＝ダステスが、「放浪としての生、生の軌跡としての旅―十六〜十九世紀における白話文学の一ジャンルを検討する」というテーマで発表を行った。明代の白話（俗語）小説の中から十七世紀初頭に出版された鄧志謨（Deng Zhimo）作の神仙を主人公とする三部作、道教小説とも言われる『鉄樹木』、『呪棗記』、『飛剣記』を取り上げたが、中国文学の場合、史書と旅行記が語りの源泉であり、この三部作は作品の質はともかく、旅、放浪が中心的テーマとなっているという意味において物語を考える上で興味深い素材であるからという理由であった。この中では救世、転生、修行としての旅等が語られているが、中でも注目されるのは地名そのものが内容よりも重要であるということ、そして、当時流行していた地獄巡りの物語などにも見られるように、「生」と「生の外」との往還を骨子とする構成が顕著であるということであった。旅、地名の重要性は、日本文学においても同様であるが、これら中国の作品に見られる精神性の積極的な探究という側面は、日本文学においては希薄であることなどが確認された。また、虚構性は白話作品の場合に強く、古典語の場合は基本的に現実の旅行に関するものであり、膨大な数に上る旅行関係の文献は、報告書等の官人としての職務上の著述と分ちがたく結びついているとのことであった。

第一セッションの司会を担当したパリ・ディドロー大学のやはり中国古典文学を専門とするレニエ・ランセルより、中国文学の場合は歴史性の比重が日本文学よりも重いという印象を受けるという指摘もあり、歴史と文学の折り合いをどのようにつけて行くかということに議論が集まった。

デュラン＝ダステスは、ジャンルという区分的思考法ではなく、歴史・思想・文学が分ちがたく絡み合っている、

『日本霊異記』に象徴される複雑な作品のあり方を受け止めて行くアプローチが求められているのではないかと述べている。小嶋さんと同じく今回の出版により紙面発表となった長島弘明さんは、当初の予定では二日目の午前に、文学作品・文学批評・歴史といったジャンル意識を蹴飛ばすかのようにして書かれている『春雨物語』についての発表を、中国における同時代の文学を研究しているこの二人の仏中国文学者と行う筈であった。それが実現しなかったことは残念ではあったが、歴史に関わる問題は、今後パリにおいても広い視点から取り上げられるべき課題であることを確認した第一セッションであった。

声、そして視線　第二セッション「語りの誘惑」

「帚木巻」の構図

第二セッションは、前回のシンポジウムで独創的な垣間見論を展開したパリ・ディドロー大学のダニエル・ストリューヴの『「帚木巻」を通して見る物語観』で始まったが、今回も「帚木巻」の構成、登場人物達の在り方・互いの関係を精緻に分析して行くことを通じて、この巻が物語の世界をいわば象徴的に提示しているという、斬新な物語論を展開した。

雨夜の品定めは、男達の女をめぐる「聞きぐるしきこと多」き雑談であると、物語の中では語られるのだが、ストリューヴは「もの言ひ」、つまり周りの人々を面白がらせる話の名手というキー・ワードを手がかりにして、しゃべりまくる左馬頭という「もの言ひ」と、それとは対照的にほとんどしゃべらず聞き手に徹する源氏を対角線上に配置し、聞き手の存在によって形成される語りの場という、物語の本質的な在り方を鮮やかに示した。彼の論で特に興味深いのは、この構図を一歩進めて、この物語空間の真の中心は実は聞き手として沈黙を守っている源氏であり、更に言えば若い源氏の心を占めている禁じられた恋という秘密、つまり、決して語られることのないものの存在が物語の原動力となっていると見ている点である。

ストリューヴは、この物語の中心をなす秘密という主題が、雨夜に語られる三人の男達の体験談という一人称の語りに対比されるディスクールの在り方、即ち、深い秘密によってそうした語りの在り方から自己を排除する源氏の物語が「三人称」で語られることとの必然性について述べ、夕顔を巡る頭中将の雨夜の一人称の語りとその後の源氏と夕顔の交渉についての三人称の語りが対照的に配置されていると指摘する。つまり、一人称・非一人称という言語上区別される語りの違いを、この物語の最も本質的な主題に直結させたのである。その意味で、「桐壺巻」はこの物語のプレリュードであり、「帚木巻」がこの物語の本当の出発点だと彼は主張する。そして、この観点から、『源氏物語』が、別々のエピソードを数珠つなぎにした作品ではなく、構成について周到な用意をもって書かれた作品だと見るべきではないかと述べている。

雨夜の体験談の大半を占める、女達を巡る滑稽なエピソードについて、滑稽譚というものは、単発的なものであって物語としての発展性を持たないのだろうかという問いかけに対して、「物よく言ふ」という能力は、遊びやユーモアを含みまたそれがなければ成り立たないものであり、雨夜の叙述の中にも抑制されたユーモアが散見されることを指摘した後、ストリューヴは、「帚木巻」から「夕顔巻」という一つの纏まった構成の「帚木三帖」がいずれも失敗譚・挫折譚であり、その意味で物語論では有名な「蛍巻」にも現れている「痴れ者の物語」というテーマと響き合っていることを指摘し、物語が失敗譚から始まっているということにも注目すべきではないかと述べた。なお、滑稽譚で提起されたエピソードの自己閉鎖性という問題については、二〇〇八年シンポジウムの論文集に収められているアンヌ・バヤールの「アネクドート、あるいはミクロフィクション、そして読者との関係」を参照されたい。語りの精緻な分析では定評のある土方洋一さんも、全く異なった観点から、「き」の使われ方に焦点を当てて「蓬生巻」を検討され、三月十八日発表予定であった原稿の中で以下のように述べておられる。

『源氏物語』の語りは、公的な語りと私的な語り、あるいは伝承性・回想性・実況性、等の性格の異なる言説のアマルガム（混合体）です。その様々な語りのスタイルの中のある部分は、従来の仮名物語のあり方からは大きく外れているものです。

このような表現構造をもっているということは、物語そのものが、ジャンルとしての物語を相対化する要素を含んでいることを意味しているといってよいのではないでしょうか。

あるところでは伝統的な物語のスタイルであり、あるところではそれからはみ出す、その混合体であるということは、『源氏物語』が、「物語とは何か」をたえず問い直し続ける働きを、語りの仕組みとして内蔵しているということを意味しているといえます。

そこに、『源氏物語』というテクストの最大の特徴があると思います。

非常に平易な日本語で書かれているのは、土方さんが来仏を断念され、会場での読み上げ原稿という状況を想定され丁寧に書き直して下さったためである。お許しを頂いて引用したのは、午前中の第一セッションで議論になったジャンルを乗り越えるべき視点の必要性という指摘とまさに響き合うご指摘であるからだ。ダニエル・ストリューヴと土方さんとは切り口がかなり違うが、二人のアプローチの違いは『源氏物語』の懐の深さをおのずから語っているように思われる。同席されていたら、どのように議論が発展しただろうかと想像してみたくなる発表であった。

絵画の語りとオリジナリティー

次いでイナルコのエステル・レジェリ＝ボエールが十七世紀前半の土佐派の絵師、土佐光則について「新しい読みの地平へ—十七世紀中頃の源氏絵」と題する発表を行った。レジェリ＝ボエールによれば、細密描写の名手として専ら知られている光則は独創性という点で注目すべき絵師である。まず彼のこうした資質を考えて行く前提として、レジェリ＝ボエールは図像学的な類型を以下の四つに整理した。①後続するものがない孤立した一回切りの図像（例えば「若菜」における明石女御の出産直後の場面）、②定型化し、平安から江戸を通じてカノンとなっている場面（例えば「蓬生巻」において源氏が廃屋を訪れる場面）で、絵師には一定の枠内での自由が与えられている、③特定の構図に従うもので（例えば「垣間見」、「眺める人物」）、②よりも絵が語る内容を理解するための知識を要しない、④単純化・コード化が進んでいるもので（例えば「若紫巻」の場面を表す空の鳥かご）、連作という広がりの中で解読される場合が多い。

さて光則であるが、レジェリ＝ボエールはこの絵師のオリジナリティーを図像学上の常道からの距離の取り方という観点から検討した。中でも③の特定の構図伝統を下敷きにした二つの例が興味深いが、その一つは「蜻蛉巻」において薫が女一宮を垣間見する場面である。光則は一段落後ろで語られる成り行き、つまり、慌てて襖を閉めに来た女房から、これもまた慌てて身を隠そうとする薫という場面にずらし、見るという行為を通じて対象、つまり女を所有するという垣間見の構図を反転し、見る者として登場した筈の主人公が見られまいとするというコミカルな場面を構成している。また①にあたる、他に例がない場面構成のケースとして挙げられたのが、「澪標巻」の六条御息所が娘の前斎宮の後見を源氏に託す場面である。レジェリ＝ボエールはこの場面が視線劇として構成されていることに注目する。源氏と御息所の視線は交わらず、娘の将来を気遣う母、御息所の心配をよそに、源氏は娘に対する関心をむき出しにして将来の秋好中宮を覗き見しようとしている。これらは、図像の伝統からどのようにずらして場面を構成するかという方法が、対象にのめり込むのではなく、コミカルに、あるいはイロニーを交えて距離を置いて見ようとする素材への取り組み方とまさしく対応している例であった。レジェリ＝ボエールは光則が非常に注意深く『源氏物語』を読んでいると指摘しているが、これらの作品は彼のそうした読みの成果でもあるのだろう。

しかし、常道からの距離を図ろうとすれば、彼の時代における常道がどういうものであったかということを押さえておかなければならず、研究はその端緒についたばかりだとレジェリ＝ボエールは述べ、当時におけるテクストとしての『源氏物語』の読みの状況をも視野に入れた研究の必要性を語った。彼女は光則の一部の作品が我々に与えるコミカルな効果というものに対しても慎重な態度を取っている。

人物を画面のどこに配置するかということが何らかの意味を持つのかという会場からの質問に対して、絵巻という形が右から左へと視線を走らせて見て行くという行為を取らせるため、絵を見る者の視線は右に配置された人物の視線に同一化されることが一般だが、色紙の場合はまた別であろうし、それはこれからの課題だとのことであった。ストリューヴの発表の際に議論となったイロニーの問題がここでも取り上げられ、この点に関してストリューヴは、『源氏物語』の世界に戻れば、当時の宮廷社会における高度な社交性が、コミカル、シニカルといた態度を醸成したということは『枕草子』などから明らかに窺えることで、江戸文化というものが、王朝文化に対する深い関心から発達したものであることを考えると、当時影響力を強めつつあった俳諧における王朝文化享受の在り方を考慮する必要があろうと述べた。私自身、当時最も流布していた、慶長八年（一六〇三）以前に成立した連歌の寄合集、『随葉集』を調べる機会があったときに、人間そのものに対する強い関心を背後に持つオリジナルな寄合が散見されることに興味を惹かれた経験がある。[4] 十七世紀前半は新しい文化の胎動期として非常に豊かなものを孕んでいた期間だと思われるが、この時代の研究を光則という絵師を通して深めて行く事が期待される発表であった。

『うつほ物語』の語り――見ることと書くこと

最後に、日本からの唯一の参加者、上智大学の三田村雅子さんの『うつほ物語』についての発表が行われた。三田村さんは、この物語が語り口から見て大きく二つに分かれるという見解を発表された。前半は第十二巻の「沖つ白波」までで、カメラが被写体を捉えるように、淡々と、しかし事実・物の存在に対しては貪婪な、漢文日記の書き方を思わせる叙述を進めて行くのに対して、それ以降は、登場人物達が他者を見始めるという風に視点が変化し、この結果後半部分での動詞「見る」の頻度は、前半の三倍ほどにふくれ上がっているという。しかも「見れば……見ゆ」という表現を多発し、「見られる世界」を確認しつつ物語が進んで行くが、人物描写も見る者の視線を感じさせるものになって行き、例えば仲忠の妻、一宮の出産直前の場面では、「御髪《みぐし》揺りかけたり」と、うつろいの中にある姿を夫の視線がとらえる描写になり、これと並行して「うつくしげ」など、見る者の感情を絡めて表出する「〜げ」の使用も増え、全体として、心の波動を映し出す、複雑な視点の文学に入っているとの解釈である。文章においても例えば次の一節は、前半の不器用な文体とは格段の差があるもので、『うつほ物語』は作品そのものの中に変貌が仕掛けられた書物である、という結論であった。

入り日のいと明くさし入りたるに、いぬ宮、白い薄物《うすもの》の細長《ほそなが》に、二藍《ふたあゐ》の小袿《こうちき》を着たまひて、丈《たけ》は三尺の几帳《きちゃう》に足らぬほどなり。御髪《みぐし》は糸を縒《よ》りかけたるやうにて、細脛《ほそはぎ》にはづれたり。扇の小さき捧げたまひて、稚児《ちご》、大人ど

> も、三、四人添ひてあれどいぬ宮「ころよ、ころよ」とて、簾《す》のもとに何心なく立ちたまへるに、風の簾を吹き上げたる、立てたる几帳のそばより、傍《かたは》ら顔の透《す》きて見えたまへる様体《やうだい》、顔、いとはなやかにうつくしげに、あなめでたのものやと見えたまふを、え念じたまはで［源涼］笑みて見やりたまふに、大将、あやしと見おこせたまふ。[5]

『うつほ物語』の作者は繰り返し飽くことなく語るという三田村さんの説明を受けて、このセッションの司会を勤めたアンヌ・バヤールが、現代文学の研究者からのアナクロニズムの発言であることは承知の上で、あえて言えば、「書くことへの欲望」に圧倒されたと述べたが、この作品の持つ一種アナーキーな魅力を言い当てたものであろう。

この作品が『竹取物語』等の初期物語が一様に持っている、事の描写に真っ直ぐに向かう漢文的文体から、心理的波動を組み込むものへと変貌を遂げているというご意見であったが、後半部分においても『竹取物語』的文体の系列に属する語りは根強く、伝奇的エピソードになると筆の運びが俄然きびきびするという側面も維持されているなど、複層的な一筋縄では行かない作品のように思われる。

議論は、「見れば……見ゆ」という表現、風景との関わりで使われている「思ふ」という表現、音楽を主題とするこの作品において「聞く」ことがどのように表現されているかなどの質問が出され、また、「帚木巻」冒頭のイロニックな語りを「桐壺巻」との関連において考察した三田村さんの興味深い解釈も提出され、実り豊かなセッションであった。

三田村さんが「日のいと明くさし入りたるに」と、前掲の引用文を、張りのある声で読み上げておられた頃は、会場にも夕暮れが迫っていた。一日の熱心な討論に心地よく疲れた頭は、なにやら別世界に運ばれたような印象にとらわれ、恐らくは、『うつほ物語』のなせる業であろうが、記憶の中のエコール・ノルマルの会議室には窓から夕日が際し込んでいるのであった。三月十一日の衝撃から出発したこのシンポジウムが、物語という世界に思いを致しつつ、イロニー、ユーモアなどを巡って笑いのうちに活発に進められて行ったことを思うと感無量である。

シンポジウムのレポートを終えるにあたって、震災直後の日本を出発され、午前・午後を通じて、議論の活発化に熱心にご協力下さった三田村さんには心からお礼を申し上げたい。

シンポジウムに向けた二年間

二〇〇九年と二〇一〇年の蓄積を語り、その延長線上でシンポジウムの総括を行う、当初はそのように考えていたが、三月十一日の震災とその後の原発事故を境に生じた時間の断絶が、そうした穏やかな時間との付き合い方を不可能にしてしまった。正直に言って何と遠い昔になってしまったかと思う。しかし、いずれも重要な問題提起が行われた充実した時であった。

物語と詩的言語——「夕顔巻をめぐって」

まず二〇〇九年のシラネ・ハルオ、藤井貞和対論、『物語と詩的言語—「夕顔巻」をめぐって』においては、コロンビア大学のシラネさんの『「夕顔巻」における和歌と散文—近代的小説としての源氏物語、歌物語としての源氏物語』、そして立正大学の藤井さんの『源氏物語というテクスト—「夕顔巻」の和歌を中心に』という二つの発表が行われた。

シラネさんは、副題に明快に示しておられるように、二つの散文ジャンル、和歌の論理が支配する歌物語と散文の論理が支配する近世の小説に取り込まれた「夕顔巻」という二つの極を設定し、和歌の孤立性、記号化の問題、語りに組み込まれた場合のその役割について、享受史をからめて発表された。分析用のテクストとしては、六条院の朝の場面、夕顔の宿の歌を贈答する場面、そして軒端荻との歌の贈答の段が選ばれた。この対論で印象深かったのは、詩人でもある藤井さんが詩的言語に対して非常に禁欲的で、歌の解釈を地の文の散文の論理から攻めていくというアプローチに徹されたことだった。そしてそこから、「白露の光そへたる夕顔の花」という和歌において、「夕顔の花」は源氏の顔を意味すると結論された。

私自身は、夕顔を女、白露を源氏とする清水婦久子さんの解釈に組みし[6]、この巻は、朝顔・夕顔共に「花」を女のメタファーとし、「露」を源氏とするモチーフに導かれて構成された面が大きいと思っている。この解釈の延長線上で軒端荻との贈答における女の答歌「下荻のなかばは霜に結ぼほれつつ」を読むと、「霜」は、光源氏のメタファー「輝く露」に対して「白く曇った霜」、結局はぱっとしない男と結ばれてという女の嘆きを表すものとも受け取れる。そのようなことを思いつつ、清水さんの『光源氏と夕顔』を読み直して、「白露の光そへたる……」の本歌として『古今集』の凡河内躬恒の歌「心あてに折らばや折らむ初霜の置きまどはせる白菊の花」を清水さんが挙げておられるのを再発見した。花から寒々とした荻のイメージへ、露から霜へというモチーフの変奏が躬恒の歌を起点として繰り広げられたとすると、和歌が散文の論理に深く食い込み、その構成に大きく関わっているということが改めて認識される。

しかしまた、散文の表現に注目して読み解いて行く藤井さんのアプローチ、例えば「帚木巻」冒頭において「夕顔巻」のエピソードが既に用意されているという御指摘などは、散文作品としてのこの物語の語りの成熟度に注目させ、この物語の力が歌と散文の拮抗関係の中から生み出されているということを改めて自覚させてくれる。

二〇一〇年三月の高橋亨、クリスチーナ・ラフィン対論、『女達の日記・自叙伝』は、名古屋大学の高橋亨さんの「〈紫式部〉の身と心の文芸」、ブリティッシュ・コロンビア大学のクリスティーナ・ラフィンの「中世日記における『源氏物語』の読み」、さらに、パリ・ディドロー大学の名誉教授で『蜻蛉日記』を翻訳されたジャクリーヌ・ピジョーによる「蜻蛉日記における身と心」についての発表が加わり、国立高等研究院（EPHE）の教授で『とはず語り』を仏訳されたアラン・ロシェが質問者としてパネルに加わった。高橋さんの簡潔な要約をここで引用させて頂くと、高橋さんが事前に提示された身と心を「キーワードとして、王朝女性たちの境遇の変化に対応したその相克をエネルギーとしつつ、『源氏物語』の「浮き舟」を主として継承した『とはず語り』などを含む女性日記史的な展開を再検討する視座が明確になった[7]。」「身と心」が、歌集、日記、物語という異なった性格のテクストをくりうるだけの有効性・重要性を持つテーマであるということが議論を通じて明確になったが、時間的な制約から十分な議論がつくせなかったのは残念であった。このテーマについては今後再度取り上げる予定である。

最後にこの論集の構成について一言ご説明させて頂くと、基本的には物語をテーマとした二〇〇九年から二〇一一年のパリでの発表、又は発表予定であった方々の論文からなるが、それに二つの論文が追加された。まず、エコール・ノルマル・スーペリユールのエステル・フィゴンのもので、近世にとどまらず近代までも射程距離に入れたいという考えに賛同し『谷崎における語りの問題』を執筆してくださった。今一つは、二〇〇五年にパリで開催したシンポジウム、「源氏物語の時代」において源氏物語と仏教について発表された、コレージュ・ド・フランスのジャン＝

ノエル・ロベールの『源氏物語における仏教的場面について』である。この論文は『シパンゴ』の源氏特集号として二〇〇八年に出版された。[8]その後、後半の和歌に関する部分を加筆した論文が既に日本で発表されているが、[9]女人成仏についての指摘がある前半部分を含め元の形でここに収録することは、法華経と『源氏物語』の関係、さらにこの作品における仏教の重要性を考える上で意義深いと思われるので、お許しを頂いて改めて本書において発表する次第である。

〔注〕

1　『源氏物語の透明さと不透明さ』、青簡舎、二〇〇九年
2　*De près et de loin*, Claude Lévi-Strausse avec Didier Eribon, Editions Odile Jacob, 1988, p. 194-198. 日本語訳は『遠近の回想』としてみすず書房から一九九一年に出版されている。
3　『無量義経』（『新国訳大蔵経』、法華部1、無量経・法華経上、大蔵出版、一九九六、七一ページ）
4　「交錯する雅俗」（『源氏物語と江戸文化』、二〇〇八年、森話社、一三四〜一四四ページ）
5　『うつほ物語』、三、「楼の上」、「上」（新編日本古典文学全集、二〇〇二、四七三〜四七四ページ）大将（この物語の主人公、仲忠）の友人の源涼（共に琴の名手）が、仲忠の娘、いぬ君を垣間見て、その美しさに感嘆している場面。いぬ君は六歳くらいで、蝶に目を奪われている。
6　『光源氏と夕顔―身分違いの恋』（新典社新書、二〇〇八）
7　Global COE Newsletter No. 9, 海外出張報告
8　*Cipango—Autour du Genji monogatari*, Numéro hors-série, Publication Langues O', 2008, p. 385-401, http://cipango.revues.org/
9　「言葉の力―中世釈教歌の意味論」（『聖なる声　和歌にひそむ力』、三弥井書店、二〇一一、三〜五四ページ）

後記にかえて

本書の刊行に至る過程で、巻末に所収された寺田澄江先生の「二〇一一年パリ・シンポジウム総括」および、INALCO日本研究センター所長アンヌ・バヤール＝坂井先生の「開会の辞」にも触れられるとおり、二〇一一年三月一一日の大震災が発生しました。あの未曾有の大災害（それにともなって引き起こされた原発事故）は、想像を絶する甚大な被害をもたらしました。一年半を経た今もなお、沢山の方々が日常を取り戻せないままの生活を強いられている状況には、ほんとうに言うべき言葉も見つかりません。

三・一一は日本社会の根幹をも痛撃する形で、政治・経済・文化さらには国際的な諸活動を停滞させずにはおかなかったのでした。わたくしどもの「二〇一一年パリ・シンポジウム」も例外ではありえませんでした。「語り——時代を超えて」と題した同シンポは、INALCO日本研究センター主催で、三月一八日・一九日に開催の予定でした。日本文学をめぐる国際的連携の一環として、パリ側と日本側の共同企画のもとで東芝国際交流財団の助成も得つつ、有意義な成果が期待されるところでした。しかし、三・一一大震災の発生によって変則的な開催のやむなきに至りました。多大なご迷惑をおかけいたしましたINALCOの諸先生方をはじめ、参加者の皆様のご高配に深く感謝申し上げますとともに、紙上参加の形を取らせていただいた日本側一同より、深甚からのお詫びを申し上げねばなりません。

思い起こしますと、同シンポジウムの企画を本書編纂の企画とリンクさせる形で、寺田先生からご提案いただいたのは二〇〇九年春のことでした。それから二年越しで計三回、寺田先生の御帰国にあわせ、土方洋一さん・長島弘明さんを交えて池袋の立教大学にて打ち合わせを重ねました（発表予定者の三田村雅子さんもご多忙のなか、最初の顔合わせに顔をお出しくださいました）。シンポジウム開催にあたり、これまでのＩＮＡＬＣＯとの連携関係を踏まえつつ、青山学院大学と立教大学も共催という形を取らせていただくことにもなりました。三度にわたる打ち合わせを通して、テーマから人選にいたるまで、寺田先生と土方さん・長島さん・小嶋の三人で楽しく知恵を出し合ったことも、とても懐かしく思い出されます。寺田先生が当日配布用の発表資料・原稿の翻訳と印刷をなさってくださるとのことで、三人それぞれ事前にデータをお送りして、いよいよ発表に臨もうとした矢先のところだったのですが……。

そして三・一一――早めにパリ入りして寺田先生との打ち合わせも含む準備にいそしんでいたわたくしにしましても、文字通り打ちのめされる想いでした。それからの数日間は目前に迫るシンポ日程をにらみながら、海外メディアやネット情報に釘づけで、ほとんど一睡もできずに過ごしました。津波被害の甚大さに加えて、フランスのメディアやＢＢＣ・ＣＮＮなどが刻々と伝える福島第一原発の爆発事故の状況は悪化の一途を辿りました（日本国内ではメルトダウン云々といった報道は抑制されていたようでしたが）。一五日あたりには、在留仏人のために日本へ救援機を飛ばすかどうか、フランス政府が検討に入る旨のニュースも流れ、シンポジウム会場を予定していたパリ日本文化会館が閉館されるなどの事態となりました。かつて経験したことのないほどの緊迫した状況下で、寺田先生そして長島さんや土方さんと協議を重ねた結果、公私にわたる事情に鑑み、わたくしども三人の発表については紙上参加に代えることを、パリ側に御諒承いただくこととなった次第です（三田村さんがシンポにお出になられたことが唯一の慰めでした）。まさに断腸の想いの決定でしたが、開催すら危ぶまれたシンポジウムは、主催者であるＩＮＡＬＣＯ・寺田先生のご奔走とアンヌ・バヤール＝坂井先生のご高配、そして参加者全員のご協力で、日程を短縮しつつ実現されました。御後援くださった東芝国際交流財団、フランス財団、サレント大学、パリ・ディドロー大学（CRCAO）、エコール・ノルマル・スーペリユール関係者各位をはじめ、本書に結実したごとき素晴らしいシンポジウムの実現にお力をお貸しくださった諸先生方に、重ねて深甚よりのお詫びと感謝の言葉を捧げたく存じます。

さらに、以上のような困難をきわめた経緯があったにも関わらず、本書の刊行を見ることができましたことに、寺田先生をはじめとするＩＮＡＬＣＯの先生方、シンポジウム参加者の皆様方にあらためて厚くお礼申し上げます。なお、去る一一月には寺田先生・土方さん・長島さんにもご参加いただき、立教大学日本学研究所主催の国際シンポジウム「日本学の現在と未来」の一部として、「〈物語〉2012――語り・絵・『源氏物語』」と題するセッションを持ちました。果たせなかったパリシンポでの討議を、及ばずながらこれからも様々な連携を模索しつつ、少しずつでも持続していければと考えます。なにかと見通しの立ちにくい国際情勢のもとではありますが、日本文学をめぐる〈知〉の交換をとおして、未来に向けての指針を探るための協働を目指していければと願うものです。今後とも、おおかたのご批正とご教示を賜りますれば幸甚です。

最後になりましたが、本書の刊行を快くお引き受けくださった青簡舎の大貫祥子社長に、心より感謝申し上げます。

二〇一三年一月

小嶋　菜温子

編者・執筆者紹介

寺田　澄江（てらだ　すみえ）
一九四八年生まれ。INALCO（フランス国立東洋言語文化大学）教授。
〔主要業績〕*Figures poétiques japonaises—La genèse de la poésie en chaîne*—(Collège de France, 2004)、「交錯する雅俗」（『源氏物語と江戸文化』森話社二〇〇八年）、「見立ての古代」（『アジア遊学　フランスにおける日本学の現在』二〇〇七年六月）

小嶋　菜温子（こじま　なおこ）
一九五二年生まれ。立教大学教授。
〔主要業績〕『かぐや姫幻想　皇権と禁忌』（森話社、一九九五年）、『源氏物語批評』（有精堂、一九九五年）、『源氏物語の性と生誕　王朝文化史論』（立教大学出版会、二〇〇四年）。

土方　洋一（ひじかた　よういち）
一九五四年生まれ。青山学院大学教授。
〔主要業績〕『源氏物語のテクスト生成論』（笠間書院、二〇〇〇年）、『物語史の解析学』（風間書房、二〇〇四年）、『日記の声域』（右文書院、二〇〇七年）

アンヌ・バヤール＝坂井（Anne Bayard-Sakai）
一九五九年生まれ。INALCO（フランス国立東洋言語文化大学）教授、CEJ（日本研究センター）所長。
〔主要業績〕「谷崎小説の書き出し」（『ユリイカ』二〇〇三年五月）、*Le Japon après la guerre*（共著）、(Editions Picquier, 2007)、「アネクドート、あるいはミクロフィクション、そして読者との関係」（『源氏物語の透明さと不透明さ』藤原克己他編、青簡舎、二〇〇九年）、「焼け跡の文学場」（『占領期雑誌資料大系　文学編II』岩波書店二〇一〇年）、谷崎潤一郎、大江健三郎、大岡昇平など、翻訳多数。

フランソワ・マセ（François Macé）
一九四七年生まれ。イナルコ（フランス国立東洋言語文化大学）教授。
〔主要業績〕*La mort et les funérailles dans le Japon ancien*（P.O.F. 1986）、『古事記神話の構造』（中央公論社、一九八九年）、《Fondation et refondation, histoire et commencements - l' écriture de la tradition au Japon》（*Transcrire les mythologies*, Albin Michel, 1994）。

マリア=キアーラ・ミリオーレ（Maria-Chiara Migliore）
一九六〇年生まれ。サレント大学研究員・講師。
〔主要業績〕『日本霊異記』伊訳（a cura di, *Nihon ryōiki, Cronache soprannaturali e straordinarie del Giappone*, Roma, Carocci, 2010）、《Intercessione dei bodhisattva e svuotamento dell'inferno in Giappone》（in Maria Chiara Migliore e Samuela Pagani, a cura di, *Inferni temporanei. Visioni dell' aldilàdall'estremo Oriente all'estremo Occidente*, Roma, Carocci, 2011）。

ダニエル・ストリューヴ（Daniel Struve）
一九五九年生まれ。パリ・ディドロ大学准教授。
〔主要業績〕*Ihara Saikaku Un romancier japonais du XVIIe siècle*（Presse Universitaire de France, 2001）、「垣間見―文学の常套とその変奏」（『源氏物語の透明さと不透明さ』藤原克己他編、青簡舎、二〇〇九年）、「西鶴における金と色の論理―徒然草との関係を中心にして」（『西鶴と浮世草子』第三号、笠間書院、二〇一〇年四月）。

藤井　貞和（ふじい　さだかず）
一九四二年生まれ。立正大学教授。東京大学名誉教授。
〔主要業績〕『物語文学成立史』（東京大学出版会、一九八七年）、『源氏物語論』（岩波書店、二〇〇〇年）、『平安物語叙述論』（東京大学出版会、二〇〇一年）。

ジャン=ノエル・ロベール（Jean-Noël Robert）
一九四九年生まれ。コレージュ・ド・フランス教授。
〔主要業績〕法華三部経仏訳（*Sûtra du Lotus, suivi du Livre des sens innombrables et du Livre de la contemplation de Sage-Universel*, Fayard, 2003）、慈円『法華要文百首』仏訳・注釈（*La Centurie du Lotus : Poèmes de Jien*［*1155-1225*］*sur le Sûtra du Lotus*, éditions de Boccard, 2008）、「言葉の力―中世釈教歌の意味論」（『聖なる声　和歌にひそむ力』、三弥井書店、二〇一一年）。

髙橋　亨（たかはし　とおる）
一九四七年生まれ。名古屋大学名誉教授。
〔主要業績〕『源氏物語の対位法』（東京大学出版会、一九八二年）、『源氏物語の詩学』（名古屋大学出版会、二〇〇七年）、『〈紫式部〉と王朝文芸の表現史』（髙橋亨編、森話社、二〇一二年）。

クリスティーナ・ラフィン（Christina Laffin）
一九七三年生まれ。ブリティッシュ・コロンビア大学アジア研究学科准教授。
〔主要業績〕*Rewriting Medieval Japanese Women: Politics, Personality, and Literary Production in the Life of Nun Abutsu* (Honolulu: University of Hawaii Press, 2013)、「旅、自伝、経験、阿仏尼の日記をめぐって」（『アジア遊学　環境という視座―日本文学とエコクリティシズム』、二〇一一年七月）。

エステル・レジェリ＝ボエール（Estelle Leggéri-Bauer）
一九六七年生まれ。イナルコ（フランス国立東洋言語文化大学）准教授。
〔主要業績〕*Le Dit du Genji illustré par la peinture traditionnelle japonaise* (Diane de Selliers éditeur, 2007)、共編 Emakimono et Tapisserie de Bayeux Dessins animés du Moyen Âge. Lecture croisée de trésors nationaux japonais et français (Musée de la Tapisserie de Bayeux, 2011)、「絵の中の絵―『源氏湖水絵巻』をめぐって」（佐野みどり監修・編『源氏絵集成』、藝華書院、二〇一一年）。

長島　弘明（ながしま　ひろあき）
一九五四年生まれ。東京大学大学院教授。
〔主要業績〕『上田秋成全集』（中央公論社、一九九〇年～、共編）、『雨月物語の世界』（ちくま学芸文庫、一九九八年）、『秋成研究』（東京大学出版会、二〇〇〇年）、『国語国文学研究の成立』（放送大学教育振興会、二〇一一年、編著）

エステル・フィゴン（Estelle Figon）
一九六四年生まれ。エコール・ノルマル・シューペリユール（高等師範学校）専任講師。
〔主要業績〕《L'art d'accommoder les chutes》(*Cipango* n°12, 2005)、《La fofolle de *Shayô* : voix narrative, démence et mystification chez Dazai Osamu》(*Japon Pluriel 6- Actes du sixième colloque de la Société française des études japonaises*, Picquier, 2006)、「ささめごとに耳を澄ませば―話し声から考えた『細雪』」（『谷崎潤一郎　境界を越えて』、笠間書院、二〇〇九年）。

二〇一一年パリ・シンポジウム
物語の言語——時代を超えて

二〇一三年二月一五日　初版第一刷発行

編　者　寺田澄江
小嶋菜温子
土方洋一

発行者　大貫祥子
発行所　株式会社青簡舎
〒一〇一-〇〇五一
東京都千代田区神田神保町二-一四
電　話　〇三-五二一三-四八八一
振　替　〇〇一七〇-九-四六五四五二
装　幀　水橋真奈美
印刷・製本　株式会社太平印刷社

ISBN978-4-903996-62-2　C3093